KB232503

1

정봉준 신무협 판타지 소설

철산전기

鐵 山 傳 記

Fantastic Oriental Heroes

철산전기 1

정봉준 新무협 판타지 소설

초판 1쇄 찍은 날 § 2006년 6월 28일
초판 1쇄 펴낸 날 § 2006년 7월 5일

지은이 § 정봉준
펴낸이 § 서경석

편집장 § 문혜영
편집책임 § 서지현
편집 § 장상수 · 최하나 · 문정흠

펴낸곳 § 도서출판 청어람
등록번호 § 제1081-1-89호
등록일자 § 1999. 5. 31
어람번호 § 제2-0947호

주소 § 경기도 부천시 원미구 심곡1동 350-1 남성B/D 3F (우) 420-011
전화 § 032-656-4452 팩스 § 032-656-4453
http://www.chungeoram.com
E-mail § eoram99@chollian.net

ISBN 89-251-0188-2 04810
ISBN 89-251-0187-4 (세트)

1

정봉준 신무협 판타지 소설

철산전기

鐵 山 傳 記

Fantastic Oriental Heroes

鐵
주먹을 입증하기 위해
산으로 들어가다

도서출판 청어람

목차

序

가슴으로 싸우는 사람은 지지 않는다

쾅! 우직!

무시무시한 소리가 터지며 덩치가 산만 한 장한의 몸이 키 만큼 떠올라 처박힌다.

"끄응."

신음을 흘리는 장한의 앞으로 다가서는 사내.

홀러덩 벗겨진 대머리를 슬쩍 쓰다듬으며 다가서자 쓰러 졌던 장한이 후닥닥 도망친다.

우두머리가 도주하자 주변에 기절한 척 쓰러져 있던 졸개 들 역시 부랴부랴 도망쳐 간다.

대머리사내는 그런 장한들을 붙잡지 않고 껄껄 웃는다.

지켜보던 소년이 놀란 표정으로 물어본다.

"우 대가, 저 사람들은 숫자도 많고 덩치도 우 대가보다 더 큰데 왜 우 대가를 못 이기는 거죠?"

소년의 물음에 대머리사내는 또 한 번 껄껄 호탕한 웃음을 터뜨린 후 자신의 머리를 톡톡 친다.

"싸움은 이걸로 하는 게 아니라……."

이번에는 팡팡 소리가 나게 가슴을 두들긴다.

"이걸로 하는 거란 말이다. 머리로 싸우는 놈들은 가슴으로 싸우는 사람을 절대 이길 수가 없거든."

마침 구름에 가려졌던 태양이 드러나며 대머리사내의 등 뒤로 눈부신 빛이 비추어진다.

그다지 크지 않은 사내의 몸이 거대한 태산과 같이 소년의 두 눈 깊이 새겨졌다.

'싸움은 가슴으로…….'

어린 소년의 가슴속에 한 명의 우상이 들어서고 머릿속에는 확고한 신념이 자리잡는 순간이었다.

열여덟 살
─뚝심으로 서다

양주 땅 근방에 그의 이름을 모르는 사람은 없었다.

제대로 여물지 않은 나이에도 뒷골목 파락호에서부터 조직을 가진 주먹꾼들까지 누구도 그를 건드리지 못했다.

채 약관도 되지 않는 어린 놈 하나를 무어 그리 두려워할까 싶기도 했지만 실상을 알고 보면 당연하다.

그의 말 한마디면 수십 명의 청년이 죽음을 불사하고 몰려든다.

단지 그뿐이면 별거 아니다. 정작 무서운 것은 그 인간 자체다.

한번 이빨을 드러내면 죽을 때까지 멈추지 않는 근성.

뼈가 부러지고 머리가 깨어져도 절대 멈추지 않는 투지에 상대가 오히려 질려 버리기 일쑤다.

게다가 어떻게 된 놈인지 싸움 실력도 발군이다.

쇠심줄 천 가닥을 배배 꼬아놓은 것 같은 뚝심과 싸움 실력, 게다가 근방 주민들에게 강한 신뢰까지 받고 있으니 그를 건드려 괜한 고생을 할 필요는 없는 것이다.

다행히도 그는 자신과 관계된 일이 아니면 특별히 관여하는 일이 없다.

때문에 제법 주먹질 좀 한다는 이들도 그와 부닥치는 일이 발생하면 한 수 접어주고 물러나게 되었다.

뚝심 하나로 자신의 입지를 확고히 굳힌 사내.

그의 이름은 장철산이었다.

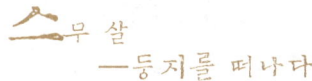

 무 살
　　—둥지를 떠나다

　　　　　"철산 형, 정말 떠나실 거요?"

　물어오는 말투에 섭섭함이 가득 담겨 있다.

　슬쩍 돌아보는 시선에 눈물이 그렁그렁 매달린 얼굴들이
보인다.

　이렇게 나를 생각해 주는 이들을 버리고 가는 것이 옳을
까?

　일순 마음이 흔들리는 듯하다.

　그러나 사나이 결심. 한번 정한 의지를 번복할 수는 없었
다.

　"이곳에 내가 있어야 할 이유가 없잖아."

결론짓는 철산의 말에 그들도 더 이상 붙잡지 못한다. 한번 정하면 세상 무너져도 꺾지 않는 철산의 고집을 알기 때문이다.

다만 그 여정이 최대한 빨리 끝났으면 하는 바람뿐이다.

"철산아, 이거 가져가."

어렸을 때부터 볼 것 다 보며 자란, 소위 말하는 불알친구 마삼이 천에 싸인 것을 건넨다.

"먼 길 가야 되니까 먹을 게 필요할 것 같아서 급히 싸 왔어."

물컹물컹한 것이 만져진다.

'만두겠지.'

마삼의 집은 행상에서 만두를 내다 파는 것으로 생계를 꾸려 나간다. 결코 여유있다 할 수 없는 그가 이만한 양의 만두를 빼돌렸다는 것을 안다면 집에서 한차례 호된 꾸지람을 들을 것이다.

평시의 철산이라면 결코 받지 않았을 것이다. 그러나 이렇게나마 자신을 위해주는 마삼의 성의를 알기에 받지 않을 수 없었다.

"그래, 잘 먹을게."

이번에는 그보다 한 살이 많은 소소가 무엇인가를 건네준다.

"네가 떠난다기에 다들 조금씩 모아서 마련했어."

그녀가 건네는 주머니에서 짤랑거리는 소리가 들린다. 보고 만지지 않아도 알 수 있는 소리. 돈이다. 그들을 한없이 초라해지게도, 또한 한없이 슬프게도 만드는 돈이 내는 소리.

철산은 차마 손을 내뻗지 못하고 물끄러미 돈주머니를 바라본다.

조금씩 모았다고 말은 하지만 다들 가지고 있는 돈을 모두 내놓았을 것이다.

철산은 마삼에게 만두를 받을 때보다 더욱 망설였다. 그러나 자신에게 모인 선한 시선들을 결코 저버릴 수는 없었다.

"하하, 덕분에 찬이슬을 덜 맞을 수 있겠군. 고마워."

짐짓 호탕한 척 소리치며 아무렇지 않게 돈주머니를 품속에 넣었지만 모두 알고 있다. 철산이 굶어 죽을 지경에 처하더라도 결코 저 돈을 함부로 쓰지 않을 것이란 사실을.

모두와의 작별 인사가 끝나자 철산은 망설이지 않고 몸을 돌렸다.

마을을 훨씬 벗어나 산 중턱에 이르도록 발길을 돌리지 못하는 이들에게 한 번쯤 돌아보며 손을 흔들어줄 법도 하련만 끝내 고개조차 돌리지 않는다.

그는 언제나 그랬다.

자신을 믿는 사람들에겐 항상 든든한 등을 보여주었고, 지금까지 그 등이 흔들린 적은 단 한 번도 없었다. 이번에도 역시 그럴 것이다.

남은 이들은 철산이 금세 하하 웃으며 돌아올 것을 믿어 의심치 않았다. 작은 이별은 더욱 반가운 재회를 위한 가슴앓이일 뿐이니까.

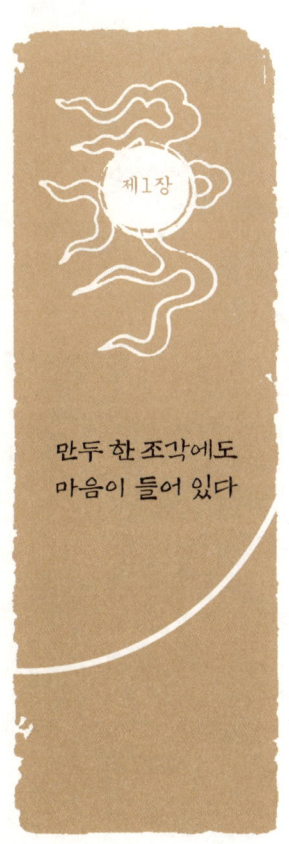

제1장

만두 한 조각에도
마음이 들어 있다

만두 한 조각에도
마음이 들어 있다

　　　　　　성큼성큼 발걸음을 내딛는 철산의 심정은
복잡했다.

　지난 이십 년간 키워주고 먹여주었던 장가촌.

　부모 없는 갓난아이가 살아남을 수 있었던 것은 마을 사람
들의 보살핌이 없었다면 생각할 수도 없는 일이다.

　그 보답으로 철산은 스스로를 마을의 지킴이라 생각하고
몸을 아끼지 않았다.

　다른 마을 사람들이 대부분 도성에서 장사를 하며 주먹 패
거리들에게 일정의 돈을 상납하고 있음에도 주먹패들이 장가
촌만은 결코 건드리지 못하는 이유도 그 때문이었다.

그러나 그는 이제 약관을 넘긴 나이.

작은 마을에 안주하여 움츠려 있기엔 그의 가슴이 너무 뜨거웠다. 그래서 떠날 것을 결심한 것이다.

보다 넓은 세상을 보기 위해, 뜨거운 가슴을 식힐 수 있는 일을 찾기 위해서.

그가 발길을 정한 곳은 낙양이었다.

낙양에는 우삼광이 있다.

우삼광은 십여 년 전 철산에 앞서 마을을 지켰던 사내이다. 호쾌한 성격에 대단한 싸움 실력으로 근방 모든 패거리들을 제압하여 마을 사람들이 피해를 입지 않도록 했다. 지금은 낙양에서 제일 큰 표국에 몸담고 있다고 한다. 마을 사람들 중에선 가장 성공한 사례로 꼽히는 인물로, 철산에게 매우 특별한 의미를 주는 사람이기도 했다.

"하하하, 싸움은 가슴으로 하는 거란다!"

특유의 호탕한 웃음소리를 떠올리자 벌써부터 기분이 좋아지는 철산이었다.

아마 그의 성격과 실력으로 보아 낙양을 한주먹에 휘어잡고 있음이 틀림없다.

그를 떠올리자 철산은 마음이 바빠졌다.

당시의 꼬마가 이렇게 컸다는 것을 빨리 보여주고 싶었고,

자신에게도 큰일을 맡겨달라 부탁하고 싶었다.

반가운 재회와 새로운 세상에 대한 설렘으로 조금 전까지 머릿속에 아른거리던 고향 생각이 한편 깊숙이 묻혀간다. 아무리 뚝심 좋고 싸움을 잘한다 할지라도 그 역시 아직 약관에 불과한 한창때의 젊은이였으니.

마음만은 벌써 낙양에 도착하여 우삼광과 더불어 누구의 웃음소리가 더욱 호탕한지를 겨뤄보고 있는 철산이었다.

들뜬 마음으로 길을 재촉하던 철산은 문득 허기를 느꼈다.

하늘을 보니 어느덧 해가 중천을 가로지르고 있었다.

대강 시간을 추측해 보니 미시(오후1시~3시) 정도 된 듯하다.

품속을 주섬주섬 뒤져 보니 반쯤 먹다 만 만두가 잡힌다.

원래는 주먹만 한 크기였으나 길을 걸으며 한 입씩 베어 먹다 보니 반도 남아 있지 않았다.

만두를 한 입 베어 물자 차갑게 식은 만두피가 씹힌다.

만두 속에 씹히는 고기 조각이 유난히 크게 느껴지는 것은 고향을 떠올렸기 때문일까.

만들어진 지 며칠이 지났기에 딱딱하게 굳고 볼품없는 만두 일지언정 철산은 정말로 맛있게 먹었다. 천하 진미를 입 안에 담기라도 하는 듯 한 입 한 입 아껴가며 먹는 모습이 마치 음식을 먹는 것이 아니라 고향 친구들과의 추억을 되씹는 듯했다.

철산이 그렇게 만두 하나로 마음을 따뜻하게 데우고 있을 때 갑자기 등 뒤에서 급한 말발굽 소리가 들려왔다.

호기심에 뒤를 돌아보니 멀리서부터 흙먼지를 잔뜩 불러 일으키며 달려오고 있는 몇 필의 인마가 보인다.

'발바닥에 불이라도 붙었나?'

지금 철산이 걷고 있는 길은 장정 세 사람이 겨우 지나갈까 말까 한 좁은 오솔길. 철산은 잠시 걸음을 멈추고 그들이 지나가기를 기다렸다.

그가 쳐다보고 있는 사이에도 인마는 앞뒤를 다투며 급속도로 가까워져 오고 있었다. 먼지 속에서도 시야가 트일 정도의 거리가 되었을 때 철산은 먼지를 일으키는 말이 네 필이고, 그 위에는 각각 한 명씩의 인물이 타고 있음을 볼 수 있었다.

그러는 사이 선두의 말이 철산을 스치고 지나간다.

두두두두!

거친 말발굽에 누런 먼지가 피어올랐다.

"이런."

철산은 당혹성을 흘리며 얼굴을 가렸다. 급히 가린다고 가렸으나 이미 먼지를 한숨 가득 들이킨 후였다.

그게 끝이 아니었다. 뒤를 이어 두 번째와 세 번째 말이 잇달아 지나가자 조금 전과는 비교도 되지 않는 먼지가 몰려왔다.

가늘게 치켜뜬 실눈 사이로 먼지가 비집고 들어온다.

철산이 잔뜩 인상을 찌푸리고 있을 때 마지막 네 번째 말이 덮쳐 왔다. 이번에는 앞선 일행에게 뒤처져 있어 다급했던지 철산을 피하려는 시도조차 하지 않는다.

"이놈아, 멍하니 있지 말고 비켜라!"

요란한 말발굽 소리 가운데 들려오는 거친 호통 소리에 철산은 다시 한 번 인상을 찌푸렸다. 그러나 철산의 표정 따윈 제 알 바 아니라는 듯 다시금 호통성이 들려왔다.

"멍청한 놈, 비키라니까!"

목소리가 들려오는 시점에 말은 이미 지척으로 들이닥치고 있었다.

"젠장."

철산은 어이없다는 표정으로 급히 몸을 틀었다. 간발의 차이로 말이 스쳐 지나간다.

"뭐 이런……."

철산이 막 푸념을 내뱉으려는데 느닷없이 말 위에 타고 있던 자의 발이 철산의 가슴을 짓밟듯이 밀쳐 낸다.

"미련한 놈."

말 위에 타고 있던 자는 철산이 말발굽에 치여 다칠 수 있으니 그를 밀쳐 내서 넘어지게 만들려는 의도인 것 같았다. 워낙 먼지가 자욱했기에 철산이 아슬아슬하게 말을 피하는 것을 보지 못했기 때문이다.

그는 자신이 철산을 살려준 것이나 마찬가지라 생각했다.

철산의 입장에서 본다면 분통 터질 일이다.

툭.

발길에 차이는 바람에 철산의 손에 쥐어져 있던 만두가 땅으로 떨어졌다.

흙구덩이 속에 떨어진 만두가 더럽혀지는 데는 눈 한 번 깜빡할 시간도 필요치 않았다.

발길질에 밀려 넘어지지 않기 위해 하체에 힘을 집중한 것이 실수다. 그만큼 가슴을 차오는 발길질이 갑작스러웠다.

"이런!"

철산에게서 짧은 당혹성이 흘러나왔다. 발길질을 날렸던 사내도 자신의 발길질을 버텨내는 철산을 보고 놀라는 기색이다.

철산이 뭔가 소리치려 했으나 두 사람 사이에 대화가 오가기에는 달리는 말의 속도가 너무 빨랐다.

두두두두!

말은 순식간에 뒷모습을 남기고 지나쳐 갔다.

철산은 이글거리는 눈빛으로 떨어진 만두를 쳐다봤다.

자신이 먼지를 뒤집어쓴 것쯤이야 그냥 넘어갈 수 있다. 먼지 좀 뒤집어쓰는 것을 겁낼 성격도 아니다.

그러나 만두가 더럽혀진 것은 결코 그냥 넘길 수 없다. 힘든 형편에도 자신을 위한 마음 하나만으로 들려준 음식이다. 고작 만두 하나였지만 거기에는 부스러기 하나조차 그냥 버릴 수 없는 마삼의 정성이 담겨 있다.

분노가 끓어올랐다. 눈빛을 번득이며 발밑에 놓인 돌멩이를 주워 들었다.

양손에 하나씩 쥐고 앞을 보니 조금 전 그를 차고 간 자의 뒷모습이 보였다. 노려보는 철산의 팔뚝에 힘줄이 돋아난다.

 철산의 눈빛이 차갑게 가라앉았다 싶은 순간,

 쐐애액!

 돌멩이가 쏜살같이 날았다.

 철산은 돌멩이가 적중하는지 확인도 않고 연달아 두 번째 돌을 던졌다.

 쐐애액!

 "헛!'

 심상치 않은 파공성에 말 주인이 깜짝 놀라며 상체를 숙였다.

 돌멩이가 아슬아슬하게 그의 어깨를 스치고 지나갔다. 말 주인이 안도의 한숨을 내쉴 때 철산이 던진 두 번째 돌멩이가 말의 뒷다리를 정확히 가격했다.

 이히히힝!

 말이 놀라며 앞발을 들어올리자 그 위에 타고 있던 자는 대경하여 급히 말에서 뛰어내렸다. 잠시 말의 상세를 살피던 그는 돌멩이가 날아온 곳을 찾기 위해 주변을 두리번거리더니 이내 철산에게로 다가왔다.

 "설마 네놈이 던진 것이냐?'

 차갑게 소리치는 말 주인의 모습은 의외로 젊은 청년이었다.

귀한 집 자제인 듯 얼굴에는 귀티가 흐르고 몸에는 고급 옷감으로 만든 경장을 입고 있다. 누가 보아도 평범한 신분은 아님을 알 수 있는 청년의 모습.

　철산의 눈살이 다시 한 번 찌푸려진다. 대답이 늦어지자 청년은 피식 실소를 흘렸다.

　"하긴, 너 같은 촌놈이 어찌……."

　뒷말은 감히 나한테 돌 같은 것을 던질 배짱이 있을까, 일 것이다. 직접 말로 듣지 않아도 알 수 있다.

　"대체 어떤 놈이 돌을 던진 거지? 안 그래도 늦었는데……."

　청년은 짜증스럽게 중얼거리며 돌아섰다.

　그러나 그는 뒤에서 들려오는 소리에 걸음을 멈추어야 했다.

　"멈춰!"

　결코 들어본 적 없는 무게감이 가득 실린 목소리다.

　청년은 자신도 모르게 걸음을 멈추고 뒤를 돌아보았다.

　조금 전 우습게 여겼던 초라한 행색의 사내가 그를 뚫어지게 노려보고 있었다.

　"방금 뭐라고 했지?"

　혹시 자신이 잘못 들었나 싶어 재차 물어본다.

　눈앞의 볼품없는 사내는 결코 자신과 같은 사람에게 함부로 말할 수 있는 신분으로는 보이지 않는다.

황당함에 굳어 있는 청년의 두 눈에 철산의 손이 땅에 떨어진 만두를 가리키는 것이 보였다.

"만두를 집어 흙을 깨끗이 떨어내고 가져와라."

일개 촌부라 여겼던 자의 것이 아니다. 마치 목에 칼 한 자루를 바짝 들이밀고 협박하는 듯 소름이 돋는 목소리였다.

"지금 저까짓 만두 하나 때문에 내게 시비를 거는 것이냐?"

"그깟 만두 한 조각에도 사람의 마음이 담겨 있지."

철산의 말에 청년은 허허 웃으며 소매를 걷어붙인다. 자신이 이런 꼴을 당하는 것이 우습다는 표정이다.

"네놈이 감히 본 공자를 업신여기는 것인가?"

이쯤 되면 일의 발단인 만두는 완전히 도외시된다. 청년으로서는 자신이 우습게 여겨졌다고밖에는 생각할 수 없었다. 그것도 무림의 인물도 아닌 한낱 촌뜨기 따위에게.

청년의 얼굴이 금세 터질 듯 벌겋게 달아올랐다. 더 이상의 인내를 발휘하기란 어려워 보였다.

반면, 철산의 얼굴은 무표정하기만 하다. 그러나 그의 속내는 청년과 비할 수 없는 분노가 끓어오르고 있었다.

전혀 굽힘 없는 철산의 모습을 보자 청년은 더욱 화가 났다. 그의 몸이 금세 쏘아지려는 찰나, 그를 저지하는 목소리가 들려왔다.

"어이, 자룡! 거기서 뭐 하는 건가?"

말을 하며 다가오는 것은 먼저 지나쳐 간 삼 인이었다. 일행이 오랫동안 따라오지 않자 걱정이 되어 돌아온 듯했다. 말을 타고 천천히 다가오던 삼 인은 먼지를 온통 뒤집어쓴 철산을 보고는 그제야 일이 생겼음을 알아챈 듯 말에서 내린다.

"무슨 일이야?"

동료의 물음에 청년은 어깨를 으쓱해 보였다.

"글쎄, 저 촌놈 나부랭이가 별거 아닌 만두 하나 가지고 시비를 걸지 않겠나."

짐짓 아무렇지도 않다는 듯 대답했으나 목소리에는 냉기가 묻어 있다.

물어왔던 사내가 이번에는 철산을 쳐다보았다.

"나는 고산 도가장의 소가주인 도문소라고 하오. 형장은 무슨 이유로 시비를 걸어서 가는 길을 방해하는 것이오?"

어투는 공손하나 내용인즉슨, '우리는 귀한 집 자식들이니 너 같은 무지렁이가 함부로 시비를 걸 상대가 아니다' 라는 것이다.

하나 철산은 아무것도 모른다는 듯 묵묵히 처음의 청년만을 노려볼 뿐이다.

이번엔 일행 중 다른 자가 나선다.

"난 자운성이라고 하오. 창해무관주님이 나의 부친이시지."

혹시 자신의 이름은 알지 않을까 하는 기대감이 담긴 말에 철산은 여전히 무응답으로 대꾸할 뿐이었다.

자운성은 어색한 표정으로 다시 입을 열었다.

"험험, 얼핏 보아하니 우리 때문에 먼지를 뒤집어쓰고 먹고 있던 만두가 떨어져서 화가 나 시비를 건 것 같은데……."

대략적인 정황만을 가지고 원인을 알아낸 것을 보면 상황 판단이 빠른 인물인 듯했다. 자신의 생각이 맞았다 여긴 듯 자운성은 말을 이어나갔다.

"만두 값을 줄 테니, 이거 받고 각자 갈 길을 가는 것이 서로에게 이득이지 않을까? 우리는 이런 데서 시간을 지체하지 않아서 좋고 자네는 다치지 않아서 좋고."

툭.

던져지는 것은 동전 두 닢이다. 철저한 무시. 말투도 어느덧 하대로 바뀌어져 있다.

철산의 입술이 더욱 굳게 닫힌다. 눈썹이 꿈틀거리고 이가 바드득 갈리는 소리가 새어 나온다. 그가 분노했을 때의 버릇이다. 양주 인근 사람이라면 이런 표정의 철산에게는 절대로 양보를 한다. 건드려 봐야 득 될 게 없기 때문이다.

그러나 이곳은 양주가 아니다. 그가 상대하고 있는 사람들 역시 양주의 순박한 사람들이 아니다. 하지만 그는 장철산이었다. 상대가 누구든 그의 성격이 바뀌는 일은 절대 없다.

"나는 저놈에게 직접 만두를 주워 오라고 했다."

철산의 말에 청년의 몸이 부들부들 떨린다. 억제하기 힘든 분노에 더 이상 주변의 만류가 보이지 않았다.

쉭!

청년이 번개같이 철산을 덮친다. 한걸음에 철산의 앞에 다가와서는 손바닥으로 얼굴을 후려치려 했다.

워낙 빠르고 갑작스러운 일이라 금세라도 짝! 하는 소리가 울려 퍼질 성싶었다. 그러나 들려진 청년의 손은 철산의 얼굴을 치지 못하고 허공에 멈춰야 했다.

어느새 철산의 손이 그의 손목을 잡아챘기 때문이다.

"이, 이놈이?"

뜻밖의 상황에 당황한 청년이 급히 반대쪽 주먹을 후려쳤다.

지척에서 뻗어진 주먹을 피하기란 결코 쉽지 않은 일. 철산은 피하지 않고 오히려 주먹을 마주 뻗었다.

주먹과 주먹의 싸움.

퍽!

둔탁한 소리가 터지며 먼저 주먹을 뻗었던 청년이 비틀거리며 두어 걸음 물러난다. 철산은 원래 서 있던 자리에서 조금도 움직이지 않았다. 순수한 힘의 싸움에서 이긴 것이다.

청년의 얼굴이 더 이상 붉어질 수 없을 만치 달아올랐다.

아무도 없었더라도 창피할진대 지금은 동료들이 보고 있다.

더욱이 그중 한 명에게는 결코 이런 창피한 모습을 보여주고 싶지 않았다.

창피함과 분노에 의해 청년의 얼굴이 부들부들 떨려온다.

"내 오늘 꼭 네놈을 죽이겠다."

말에 살기가 묻어난다. 보통 사람이었다면 겁먹고 움찔거릴 기세였으나 철산의 투지 역시 청년 못지않았다.

귀한 집 자식들의 생각에는 항상 굽실굽실거려야 마땅할 촌놈이 주제를 모르고 시비를 건다고 여기는 듯했지만, 철산이 여기기에 누가 뭐래도 잘못을 한 것은 상대편이었다.

지금껏 마음이 정한 일을 고민해 본 적도, 또한 주저한 적도 없는 철산이다. 상대가 고개를 숙일 줄 모른다면 고개를 숙이게끔 만들면 되는 일.

팽팽히 맞선 두 사람의 격돌은 이미 불가피한 상황이 되었다.

그때 좌중의 긴장을 녹이는 영롱한 목소리가 울렸다.

"그쯤에서 끝내도록 하죠."

마치 맑은 물에 물방울이 또옥또옥 떨어지는 듯하다. 그 소리에 모두의 시선이 집중되었다.

목소리의 주인공은 여인이었다.

그녀는 먼지를 막으려는 듯 얇은 천으로 입 주변을 살짝 가리고 있었는데 오뚝한 콧날은 지나치지도 모자라지도 않았고, 그린 듯한 눈썹은 마치 날렵한 갈매기가 내려앉은 듯하다. 햇볕 한번 접하지 않은 듯 백설같이 하얀 피부 위에 자리한 서늘한 두 눈에는 총명함이 가득 담겨 있다.

면사에 의해 정확한 얼굴을 알 수는 없었으나 드러난 얼굴만으로도 보기 드문 미녀임을 알 수 있었다.

여자에 관해 무심한 철산조차도 그녀를 보자 마음이 흔들려 왔다.

여인은 통이 넓은 경장을 입고 있음에도 호리호리한 몸짓으로 말에서 내렸다. 집중된 사람들의 시선에 대답하듯 여인의 손이 가볍게 휘저어진다.

슈욱.

그녀의 소맷자락에서 한 가닥 천 조각이 뻗어져 나온다 싶더니 땅에 떨어져 있던 동전 두 닢이 어느새 여인의 손으로 빨려 들어간다.

세 청년의 얼굴에 뜻밖이라는 표정이 떠올랐다.

여인은 그들을 스쳐 본 후 철산을 향해 걸어왔다.

사박사박.

가벼운 여인의 발소리는 땅을 부드럽게 쓰다듬는 듯하다.

철산에게 다가온 여인은 천천히 동전을 내민다.

"중요한 일이 있어 급한 마음에 소협께 실례를 저질렀습니다. 노기를 가라앉히고 너그러이 이해해 주십시오."

정중한 어투임에도 조금의 비굴함이 없는 말이다. 듣는 이로 하여금 절로 고개를 끄덕이게 만드는 여인의 말.

철산은 고개를 돌려 청년을 쳐다본다.

그의 행동에 여인 역시 청년을 쳐다보았다.

그것이 무엇을 의미하는 것인지 알아챈 청년은 급히 입을 열었다.

"오 소저, 나는……."

말이 채 나오기도 전에 여인이 그의 말을 자른다.

"금 공자가 자신의 실수조차 인정하지 못하는 소인배는 아닐 거예요."

약간의 책망이 담긴 그녀의 말에 청년은 아무 말도 하지 못하고 고개를 숙였다. 다른 사람이 하는 말이었다면 절대 수긍하지 않았을 것이나 그녀가 하는 말이라면 듣지 않을 수가 없다.

쭈뼛거리며 다가온 청년은 결코 하고 싶지 않은 말을 한다는 표정으로 한마디 툭 내뱉는다.

"미안하게 됐소."

청년의 말에 철산은 가만히 눈을 감아버렸다. 마지못해 하는 사과 따위에 마음이 흔들려서는 아니다.

여인. 부드러운 그녀의 눈빛에 사과를 받지 않을 수가 없었다.

"자세한 사정을 알 수는 없지만, 만두가 떨어졌다 하여 그 의미까지 떨어지진 않을 거예요. 이 돈으로 그 의미를 살 수는 없을 테지만 만두 값으로는 충분할 것입니다. 만두에 의미를 담은 분 역시 이 상황을 알게 된다면 능히 이해해 주실 것이라 생각되는군요."

말과 함께 철산의 손에 동전이 놓여진다. 철산이 동전을 받아 들자 여인은 기분이 좋은 듯 몸을 돌렸다.

"더 지체되면 금 백부의 회갑연에 늦을 거예요. 서둘러 가도록 하죠."

여인의 말에 청년은 잠시 주춤거리다가 결국 말에 올라탔다. 그렇지 않아도 늦은 여로에 괜히 일을 만들어 행로를 늦춘 것은 분명 자신의 잘못이었다.

그는 떠나가면서도 철산을 매섭게 노려보는 것을 잊지 않았다.

여인이 나선 후 일이 싱겁게 끝나 버리자 괜히 나서서 본전도 찾지 못한 두 사람도 쓴입맛을 다시며 말에 올랐다.

"뭐, 어찌 되었든 미안하게 되었군. 그럼 우린 갈 테니 그 돈으로 만두나 새로 사다 먹게."

가벼운 비웃음이 담긴 말과 자욱한 먼지만을 남기며 사라지는 그들의 뒷모습에 철산은 침을 퉤, 뱉으며 한편에 떨어져 있는 만두를 주워 들었다.

만두를 집어 든 손목이 찌릿하게 쑤셔온다. 조금 전 청년과 주먹을 맞부딪쳤을 때의 충격이 남아 있는 모양이다.

'무림인이라는 것인가?

생전 처음 접하는 무림인이라는 부류에 철산은 강한 투지를 느꼈다. 간혹 전국을 돌아다니는 입담꾼에게 전해 듣기로, 무림인은 한주먹에 바위를 부수고 하늘을 날아다니는 능력이 있다고 했다. 그 이야기를 들었을 때는 거짓이라 웃어넘겼는데 오늘 접해본 그들의 힘은 분명 범상치 않은 것이었다.

하나 두렵진 않았다.

상대가 누구든 그는 지지 않을 자신이 있었고, 그럴 만한 신념이 있었다. 신념이 있는 사람은 결코 꺾이지 않는다는 생각은 확고하다.

이래저래 불유쾌한 일을 겪은 철산은 발길을 재촉했다. 우삼광의 호쾌한 웃음소리를 떠올리자 발걸음에 힘이 솟는 듯했다.

제2장

우상의 몰락

우상의 몰락

철산은 아침부터 날이 저물 때까진 걷고 밤이 되면 이슬을 피할 수 있는 곳을 찾아 휴식을 취했다. 일반인이라면 그 고된 여정을 감당하기 힘들었을 테지만 철산은 워낙 튼튼했기에 크게 힘들지 않은 여행이었다.

고향을 떠난 지 열흘가량이 되었을 즈음 철산은 드디어 목적지인 낙양의 성문 앞에 도착할 수가 있었다.

낙양은 역사 이래로 수많은 왕조가 도읍으로 삼았던 도시이다. 거래가 활발하고 상속이 밝아 하루에도 수많은 사람들의 발길이 왕래하였고, 곳곳에 구경거리가 넘쳐 났다.

성문을 지키는 병사들에게 간단한 신분 확인 절차를 마친 후 들어선 성내의 풍경은 철산의 눈을 휘둥그렇게 만들었다.

이십 년 평생을 촌구석에서 벗어나 본 적이 없는 철산으로서는 수를 셀 수 없이 바글거리는 인파와 그들이 내는 시끌벅적함이 익숙지가 않았기 때문이다.

"허허, 여기에 비하면 내가 있던 곳은 산골 촌구석에도 못 미치는구나."

철산은 이곳저곳 두리번거리며 무작정 앞으로 걸었다. 일단 여기저기 돌아다니며 우삼광이 일한다는 표국을 찾을 생각이었다.

듣기로 낙양에서 제일 큰 표국이라 했으니 금방 눈에 뜨일 것이라 여긴 것이다.

그러나 두 시진 후 그는 자신이 얼마나 큰 착각을 했는지 깨달았다.

"젠장, 무슨 도시가 이렇게 크단 말이냐?"

도대체가 걸어도 걸어도 끝이 보이질 않는다. 사방을 둘러보면 본 적 없는 건물들이고, 앞을 보면 여전히 끝이 없다.

이래서는 안 되겠다는 생각에 지나가는 사람을 붙잡았다.

"혹시 우삼광이라는 분이 일하는 표국이 어디인지 아십니까?"

그러나 돌아오는 답변은 냉담 그 자체.

쌀쌀한 표정으로 이상한 사람 쳐다보듯 힐끗거리며 휙 지나가 버린다.

십여 명의 사람에게 무시당하자 슬슬 오기가 치밀어 올랐
다. 기필코 답을 들어야겠다는 생각에 행인들을 유심히 살펴
보았다. 인상이 좋고 친절할 것 같은 사람을 찾으려는 것이
다.

워낙 사람이 많아서인지 그런 사람은 금세 눈에 띄었다.

불혹이 되었을까 싶은 나이에 통 넓은 금삼을 잘 차려입고
느긋느긋 걸어가는 남자.

철산은 혹여 놓칠까 싶어 후닥닥 그 남자의 앞을 막아섰다.

"실례합니다. 제가 이곳이 초행이라 그런데 길 좀 묻겠습
니다."

제 딴에는 예의를 갖추어 정중히 말했지만 상대는 어지간
히 놀란 표정이다. 하긴 철산의 행색은 관아에서 갓 도망쳐
나온 소도둑놈이라 해도 믿을 만치 허름하고 볼품없는 모습
이었다.

그러나 남자는 약간 놀란 표정을 금세 지우고는 사람 좋은
웃음을 지어 보인다.

"낙양은 초행인 사람한텐 길 찾기 어려운 곳이지. 그래, 어
디를 찾으시오?"

남자의 말에 철산은 토해내듯 후닥닥 말했다.

"우삼광이라는 분이 일하는 표국을 찾고 있습니다."

철산의 말에 남자는 어리둥절한 표정을 지었다.

"우삼광? 그게 누구요?"

우삼광을 모른다는 말에 철산은 약간 당황스러웠다. 우삼
광의 능력과 성격으로 볼 때 분명 이곳에서도 유명세를 떨칠
거라 생각했기 때문이다.

'이름을 모르는 것일까?

원래 자신의 업적을 떠벌리는 것을 좋아하지 않는 우삼광
이었기에 충분히 그럴 수도 있겠다 싶었다. 그래서 우삼광의
모습을 설명해 주었다.

"덩치는 저만 하고 머리는 완전 대머리에 눈썹은 없고 코
는 주먹코인데 모르시겠습니까? 웃을 때 '하하하' 하며 호탕
하게 웃는 분인데."

그러나 남자는 여전히 모르겠다는 표정이다.

이렇게 되면 철산의 입장이 매우 난감해진다.

우삼광만을 믿고 무작정 이곳까지 왔는데 그를 찾지 못하
면 어찌한단 말인가?

잠시 궁리를 하던 철산은 혹시나 싶어 다시 말해보았다.

"싸움을 매우 잘하고, 뭐든 못하는 게 없는 분인데 정말 모
르시겠습니까? 듣기로는 이곳에서 제일 큰 표국이라는 곳에
서 모셔 갔다고 하던데."

표국이라는 말에 남자가 '아' 하며 물었다.

"제일 큰 표국이면 금룡표국을 말하는 거요?"

남자의 말에 이번엔 철산이 손뼉을 친다.

"맞아요, 맞아. 금룡표국. 황씨 아저씨가 분명 금룡표국이

라고 했던 것 같아요."

황씨 아저씨는 이곳저곳 떠돌아다니며 물건을 파는 행상인이다. 가끔 마을 출신 사람들의 소식을 가져오곤 했기에 우삼광에 대한 이야기도 그에게 전해 들었다.

크게 기뻐하는 철산의 모습에 남자는 어이가 없다는 듯 혀를 찼다.

"쯧쯧, 그럼 진작 금룡표국을 물었어야 할 게 아니오? 다짜고짜 우삼광이라는 사람의 소재를 물어보면 누가 알 수 있겠소? 별로 유명한 사람도 아닌 것 같은데."

"분명 우 노대는 큰일을 하고 있을 텐데……."

"그건 내 알 바 아니고, 어쨌든 금룡표국을 찾는 거라면 여기서 우행해서 일각쯤 가다 보면 관청이 있을 것이오. 그곳에서 다시 왼쪽 길로 일각쯤 가면 커다란 건물이 있소. 거기가 금룡표국이니 잘 찾아가 보시오."

남자는 말을 마치고는 철산을 슬쩍 밀치며 가던 길을 계속 갔다.

"허, 거참, 좀 자세하게 알려주지."

그러나 대략이나마 길을 알려준 것이 어디인가? 철산은 더이상 길을 물어볼 생각은 못하고 남자가 알려준 곳을 향해 걸었다.

다행히 대략적인 설명이나마 들어 길 찾기가 훨씬 수월했다. 약 이각이 지났을 무렵 철산은 드디어 커다란 장원 앞에

도달하게 되었다.

그런데 장원 분위기가 왠지 다른 건물과 달리 요란스럽다. 다니는 사람도 많고, 안에서는 연신 악기 소리가 들려왔다. 게다가 코를 찌르는 냄새는 분명 음식 냄새. 먼 길을 제대로 먹지도 못하고 걸어왔기에 음식 냄새를 맡자 더욱 허기가 졌다.

드디어 찾았다는 생각에 배고픔을 참고 장원 문을 들어서자 서생 옷을 입고 턱에 얇은 염소수염을 매단 사내가 인사를 하려다 말고 눈살을 찌푸린다.

"뭐냐?"

다짜고짜 나오는 하대에 철산은 잠시 할 말을 잃었다. 그의 나이가 어리고 서글서글하게 생긴 것은 사실이지만 누구에게 무시당할 만한 인상은 아니다.

생각 같아서는 자신이 만만한 놈이 아니라는 것을 행동으로 보여주고 싶었지만 이곳은 우삼광이 있는 곳이라는 생각에 움켜쥔 주먹을 풀었다.

"우삼광이라는 분을 찾아왔소!"

기분 나쁜 속내를 숨기려 일부러 크게 소리치자 주변 사람들의 시선이 집중된다. 그러나 철산은 당당히 어깨를 펴고 그들의 시선을 받아냈다.

철산의 말에 염소수염은 고개를 갸웃거렸다.

"우삼광? 그게 누구야? 그런 사람 없으니 가거라."

"뭐요? 그럴 리가! 이곳이 낙양에서 제일 큰 표국 아니오?"

어리둥절한 철산의 표정에 염소수염사내는 고개를 끄덕였다.

"낙양에서 제일 큰 표국은 맞는데, 우삼광인지 우사광인지 하는 사람은 없어. 그러니 손님 왕래하는 데 방해하지 말고 가."

귀찮다는 듯 짜증스러운 어투로 손짓하는 남자의 반응에 철산의 이마에 힘줄이 돋았다.

"이보쇼, 날 언제 봤다고 자꾸 반말을 하는 거요? 그리고 손님이 와서 사람을 찾으면 한 번쯤 알아보고 대답을 하는 게 예의 아니오? 이토록 사람을 무례하게 대하는 게 당신네들 법도요?"

철산의 꾸짖는 말에 남자의 얼굴에 떠오른 짜증이 더욱 짙어졌다.

"나 원, 바빠 죽겠는데 별 해괴한 놈이 다 와서 성질 건드리네! 그런 놈 없다는데 왜 안 가고 행패냐, 행패가! 어디 한군데 부러져야 뜨거운 맛을 알겠느냐?"

그가 화를 내며 소리치자 어디선가 푸른 옷을 입고 날쌔게 생긴 두 명의 장한이 후닥닥 달려왔다. 몸놀림이 가볍고 눈빛이 매서운 것이 표국에서 일하는 표사들인 모양이다. 상대가 무력을 동원하려 하자 철산은 더욱 화가 치밀어 올랐다.

"좋다! 어디 한번 할 수 있으면 해봐라! 낙양의 주먹이 얼마나 매운지 맛 좀 보자!"

소매를 슬쩍 걷어붙이는 철산의 태도에 염소수염사내를 비롯해 구경하던 사람들까지 실소를 머금는다.

"정신이 나간 놈이로구나. 혼쭐을 내서 내쫓아라."

그의 말에 달려왔던 장한들이 철산에게 다가온다.

철산은 한바탕 싸움을 벌일 것을 생각하고 그들과의 거리를 쟀다.

한 걸음만 더 다가오면 그대로 몸을 날리려는 순간,

안쪽에서 누군가가 소리쳤다.

"무슨 일이냐?"

철산은 어디선가 들었던 목소리 같다는 생각에 고개를 돌렸다.

소리가 들린 곳에는 놀랍게도 태왕산에서 만났던 청년이 뒷짐을 진 채 걸어오는 것이 보였다.

청년 역시 철산을 발견한 듯 놀란 표정을 짓는다.

"네놈이 이곳엔 무슨 일이냐?"

그때의 일은 생각만 해도 기분이 나쁘다는 듯 언성이 날카롭기 짝이 없다.

염소수염사내가 굽실거리며 청년의 앞에 머리를 조아린다.

"공자, 아무래도 미친놈인가 봅니다. 우삼광인지 뭔지 있지도 않은 사람을 찾는다는데 없다고 해도 바락바락 우깁니다."

청년은 의아한 듯 고개를 갸웃거렸다.

"우삼광? 그게 누구지?"

청년의 말에 염소수염은 다시 한 번 고개를 내젓는다.

"표국 내 백이십사 명의 표사 중에 그런 사람은 없습니다. 표두 중엔 더 더욱 없고요."

그 말에 철산은 답답하다는 듯 가슴을 두드리며 소리쳤다.

"덩치는 나와 비슷하고 머리는 털 한 가락 없는 대머리요! 게다가 눈썹도 없소! 어지간한 덩치는 한주먹에 쓰러뜨릴 정도로 싸움을 잘하고, 웃을 때 '하하하' 하며 크게 웃는 사람이오! 이런 사람이 정말 여기 없다는 말이오?!"

철산의 말에 청년의 뒤에 있던 표사가 무엇인가 생각난 듯 '아!' 하며 말했다.

"뒤채 쟁자수 중에 그런 사람이 있습니다."

표사의 말에 청년이 묘한 표정을 짓는다.

"쟁자수?"

"네. 워낙 입만 살아 허풍이 심해서 다들 우변광, 우변광이라 부르곤 하죠."

표사의 말에 염소수염이 멋쩍은 표정으로 머리를 긁적인다.

"쟁자수야 수시로 들어왔다 나갔다 하는 자들이니 알 수가 있어야지."

그의 말에 표사는 고개를 내저었다.

"우변광은 들어온 지 거의 십 년이 다 되었을 겁니다. 듣기로는 총표두가 바뀌기 전부터 있었다고 하니까요."

　표사의 말에 청년과 염소수염은 한심하다는 표정을 역력히 드러냈다.

　"쯧쯧, 십 년이나 있었으면서 아직까지 쟁자수란 말인가? 알 만하군."

　그들끼리 주고받는 말이었지만 애써 숨죽여 하는 말은 아니다. 주변 사람들 모두가 들을 수 있을 만한 크기인 것이다. 구경하던 사람들 역시 쟁자수라는 말에 키득거리며 안으로 들어가 버린다. 무시하는 기색이 역력한 행동들이다.

　철산은 더욱 기분이 나빠졌다.

　우삼광을 찾은 것 같긴 한데 이 반응은 무엇이란 말인가?

　철산이 이를 바드득 갈고 있을 때 염소수염사내가 뒤에 서 있던 표사에게 눈짓을 한다.

　"데려오게."

　사내의 말에 표사는 어디론가 후닥닥 달려갔다.

　그 모습에 철산은 잠시 화를 삭이며 기다려 보기로 했다. 우삼광이 이곳에 있으니 쉽게 일을 벌이기가 꺼려졌기 때문이다.

　사라졌던 표사는 채 반 각도 되지 않아 대머리사내와 함께 나타났다.

　표사와 함께 나타난 사내는 철산의 머릿속에 그려져 있던 호걸의 모습 그대로이다.

그를 보자마자 철산의 입에서 반가운 외침이 터졌다.

"우 노대!"

신발이 벗겨져라 달려간 철산이 사내를 와락 껴안았다.

우삼광.

그 대머리사내가 바로 철산의 우상인 우삼광이었다.

철산을 본 우삼광 역시 크게 놀란 눈치였다.

"아니, 네가 어떻게 여기를……?"

전혀 생각지도 못한 사람을 만난 탓일까. 우삼광은 아무 말을 못하고 입만 벙긋벙긋거린다.

그를 껴안고 있던 철산이 크게 웃으며 떨어진다.

"하하하, 이제 나도 나이가 약관이 넘었잖아요. 이제 우 노대처럼 큰일을 하려고 고향을 떠나왔죠!"

철산은 어디서건 거리낄 것 없는 성격인지라 평소와 같이 호탕하게 말했다. 시장통 광대 놀이 보듯 구경하던 사람들의 얼굴에 조소가 떠오른다.

그들의 심정을 대변하듯 지켜보던 청년이 박수를 치며 말했다.

"이것참, 감동적인 재회로군. 그런데 내 오늘 자네들한테 새로운 사실을 배웠어."

비웃음이 가득한 청년의 표정에 철산은 비위가 상했다. 우삼광도 찾고 했으니 더 이상 봐줄 것 없이 청년을 후려치고 싶었다. 그러나 그에 앞서 우삼광이 후닥닥 청년의 앞으로 달려간다.

"아이쿠, 공자! 이 어리석은 놈이 혹시 무슨 실수라도 하지 않았는지······."

허리가 땅에 닿을 듯 숙이며 혹여 청년의 비위를 상하게 할까 걱정이 가득한 어투다. 그런 우삼광의 모습에 철산은 눈을 부릅떴다. 작은 그의 눈이 황소 눈과 같이 휘둥그레졌고, 심장이 튀어나올 듯 숨이 찬다.

'이럴 수가······!'

우삼광이 어찌 저런 태도를 취한단 말인가?

그의 영웅 우삼광은 언제든 누구 앞에서든 당당하다. 결코 상대의 지위가 높다 하여 허리를 굽히는 사람이 아니다. 그럼 지금 그의 눈앞에 있는 사람은 누구란 말인가?

그런 철산의 모습에 청년은 피식 웃어버린다.

툭툭.

청년의 손이 허리 숙인 우삼광의 어깨를 툭툭 쳤다.

"뭐, 약간 기분이 상한 일이 있긴 했지만 괜찮아. 난 매우 너그럽거든."

완전히 주인이 하인을 대하는 모습이다. 그에 우삼광은 허리를 더 숙인다.

"허허, 도련님의 인덕이 끝없음은 소인도 익히 알고 있는 사실이죠. 저 못난 놈이 촌에서 올라온 지 얼마 안 되어 아직 세상 물정을 모르고 있으니 실수한 게 있더라도 너그럽게 용서해 주시기 바랄 뿐입니다."

철산은 약간의 어지럼증을 느꼈다. 우삼광이 저토록 비굴한 모습을 보이다니…… 이것은 그가 생각해 오던 모습이 아니다.

우삼광은 특유의 호탕한 성격과 능력으로 낙양을 한주먹에 주름잡고 있어야 했다. 그런데 이건 완전히 그의 상상을 산산이 부숴 버리는 모습이다.

"우, 우 노대."

철산의 부름에 우삼광이 고개를 돌린다. 호랑이같이 부리부리한 눈이 아니라 생기 하나 없는 죽은 눈이 철산을 쳐다본다.

"아이고, 이 녀석아! 냉큼 와서 도련님께 용서를 빌어야지!"

우삼광의 말에 이제는 허무하기까지 하다. 그러나 우삼광은 계속해서 재촉한다.

"어서! 빨리 도련님께 용서 빌지 못해?!"

그의 재촉에 철산은 마지못해 청년에게 다가갔다.

"일전에는… 실례가 많았소."

미안하다기보단 어쩔 수 없이 한다는 기색이 역력하다.

청년은 기분이 좋은 듯 비열한 웃음을 흘리며 철산을 내려다보았다.

"자네 후배는 영 버릇이 없군. 자네처럼 큰일을 하려면 한참 더 배워야 되겠어."

놀리는 말이라는 것은 굳이 구경꾼들의 웃음소리를 듣지 않아도 알 수 있다. 철산은 주먹이 으스러져라 꽉 움켜쥐었다. 이가 바드득 갈리고 가슴이 뜨거워진다.

그런 철산의 주먹을 살며시 잡아채는 손이 있다.

우악스럽기 짝이 없지만 훈훈한 온기가 느껴지는 손.

"참아라."

나직이 속삭이는 말에 철산은 지그시 눈을 감았다.

주먹의 힘을 풀고 나자 우삼광도 잡고 있던 손을 풀어준다.

"도련님, 그럼 소인들은 이만 물러가겠습니다."

우삼광의 말에 청년은 더 볼 것 없다는 듯 손을 휘휘 내저었다.

"오늘은 아버님 회갑이니 마음껏 먹고 놀아라. 저놈도 도시 음식 구경이라도 좀 시켜주고."

크게 인심 쓰듯 하는 말에 우삼광은 넙죽 허리를 숙인다. 마치 황제라도 대하듯 뒷걸음질로 몇 걸음 물러나더니 철산을 이끌고 급히 그곳을 물러난다.

앞쪽의 커다란 건물과 비교되는 낡고 허름한 목조 건물이 몇 채 붙어 있는 곳. 그중 한곳으로 철산을 끌고 들어간 우삼광은 그제야 안도의 한숨을 내쉰다.

"후. 이 녀석아, 언제 고향을 떠나온 거야?"

얼굴 가득 반가움을 표시하는 우삼광이다. 가족을 보기라도 한 듯 철산을 이리저리 살펴보던 우삼광이 껄껄거리며 웃는다.

"하하하, 이 녀석 보게? 이제 제법 단단해졌는걸?"

오랜만에 들어보는 우삼광의 기분 좋은 웃음소리.

그러나 철산은 웃을 기분이 아니었다.

십 년 만에 보는 우삼광이었으나 이것은 결코 그가 원하던 재회가 아니었기 때문이다.

철산의 굳은 표정을 보고 그의 심중을 파악한 우삼광이 한숨을 내쉰다.

"이러고 사는 내가 한심해 보이느냐?"

철산은 차마 아니라고 말할 수가 없었다.

상대가 우삼광만 아니었다면 그가 먼저 따져 물었을 것이다.

대답 없는 철산의 반응에 우삼광은 혀를 차며 탁자 위에 놓인 술병을 집어 든다.

"난들 이러고 살고 싶어 살겠느냐. 사실 십 년 전에 고향을 떠나올 때만 해도 천하를 평정하기라도 할 것처럼 자신감이 넘쳤었지. 그때는 내 배짱과 주먹을 믿었으니까."

우삼광이 잠시 과거를 회상하는 듯 아련한 표정을 짓는다.

철산의 기억 속에도 십 년 전의 우삼광은 천하를 발아래 볼 만큼 야심이 큰 사람이었다.

"그러나 세상은 내 생각처럼 그리 만만한 게 아니더구나. 어느 곳에서든 타지의 사람에게 일자리를 주는 법이 없었지. 무작정 큰 도시로 오긴 했는데 당장 먹고사는 일이 걱정이더군. 그래도 할 줄 아는 게 주먹질이라고, 뒷골목 건달패들 몇을 족쳐서 내 구역이라도 만들려고 했었지. 건달 짓을 한다는 게 마음에 들진 않았지만 일단 자리를 잡고 나면 제대로 무언가를 해볼 생각이었거든. 처음엔 모든 게 잘되는 것 같았어. 이곳의 건달패들에게도 내 주먹은 통했거든. 그런데 그건 단지 건달패들에 한해서였어."

처음엔 눈에 보이는 대로 무작정 주먹꾼들을 눕혔다.

몇몇 이름있는 싸움꾼들을 쓰러뜨리고 나자 우삼광의 존재가 서서히 알려지게 되었다. 낙양의 주먹꾼들이 그를 주시하기 시작한 것이다.

그러나 우삼광은 겁날 것이 없었다.

어차피 상대 역시 주먹을 쓰는 패거리이고, 주먹으로 하는 싸움이라면 누구에게든 지지 않을 자신감에 가득 차 있었다.

그러나 그가 구역을 침범한 건달패들은 전혀 생각지도 못한 방식으로 대응해 왔다.

무림인.

가끔 입담꾼에게서나 들을 수 있었던 그 무림인을 초빙해 온 것이다. 얼마의 수고비로 고용했는지는 알 수 없었다. 문제는 그 무림인이라는 자의 실력이었다.

우삼광이 죽을힘을 다해 덤벼들었으나 상대는 유유히 그의 주먹을 피해냈다. 가볍게 밀치는 동작에 피를 쏟으며 나동그라질 수밖에 없었던 우삼광.

그것은 결코 그가 생각해 오던 인간의 힘이 아니었다.

주먹과 주먹이 교차하며 힘과 기교, 그리고 의지를 승부한다는 그의 사고와는 완전히 다른 세상의 힘이었던 것이다.

처음엔 도저히 인정할 수가 없었다.

다섯 번이나 피를 토해내면서도 바락바락 덤벼들었고, 결국 석 달 동안 앓아누워 있으면서도 그는 싸움에 진 것이 자신이 나태해졌기 때문이라 생각했다.

거동조차 못하여 한 끼 한 끼 구걸하다시피 연명하며 몸이 낫기를 기다렸다.

어느 정도 몸이 움직일 수 있게 되었을 때 그는 자신의 몸을 단련했다.

더욱 근육이 붙고 힘이 세졌다 여겨졌을 때 그는 다시 그 무림인을 찾아갔다.

근 일 년간의 수련. 그는 이제는 전처럼 쉽게 지지 않을 것이라 생각했다.

그러나 결과는 다를 것이 없었다.

있는 힘을 다해 내뻗은 주먹은 허무하게 허공을 치게 되고,

상대의 가볍게 뻗는 주먹질에 그의 몸은 땅바닥을 나뒹굴었다.

어쩌다 우연히 그의 주먹이 적중해도 어찌 된 것인지 상대는 조금의 충격도 없는 듯 멀쩡히 반격을 해왔다.

'이것이 무림인인가?

또다시 피를 토해내며 사지가 부러지는 고통을 맛보게 되자 생전 처음으로 자신의 무력함을 체감한 우삼광이었다.

스스로에게 큰 회의를 품은 우삼광은 하루하루를 연명하기조차 힘들었다.

처음 고향을 떠나올 때의 꿈과 이상 같은 것은 이미 떠올리기도 힘들었고, 그저 번듯한 직업이라도 잡을 수 있기를 바라게 된 것이다.

그러던 중 접하게 된 것이 금룡표국에서 새로 표사를 모집한다는 전단이었다. 낙양제일의 표국답게 대우도 좋았고, 하는 일 역시 우삼광의 적성에 어긋나지 않는 일이었다.

'그래, 표사라도…….'

고작 짐을 나르는 표사 직.

스스로의 능력을 깎는다는 생각도 들었다.

그러나 당시의 그는 찬밥 더운밥 가릴 처지가 아니었기에 무작정 신청을 해버렸다.

'비록 무림인이라는 벽에 부딪쳐 좌절감을 맛보긴 했지만 이까짓 표사 직쯤이야…….'

라는 것이 그의 생각이었다.

그것 역시 자신의 오산이었다는 것은 시험 조건이라는 사항을 듣고 나서야 깨닫게 되었다.

처음 그에게 내밀어진 시험 조건.

커다란 바윗덩이를 들고 십 보를 걷는 것이었다.

유사시에 표물을 직접 들고 움직여야 할 상황을 대비한 시험이라는데, 우삼광에게 주어진 바위는 얼핏 보기에도 삼백 근은 족히 되어 보였다.

'이것을 들고 움직이라니?'

가끔 천생적으로 힘이 센 사람의 경우 이런 바위를 성큼성큼 들기도 한다. 그러나 불행하게도 우삼광은 날 때부터 장사가 아니었다.

바위를 끌어안고 한참 동안을 끙끙대고 있으려니 감독을 하던 사람의 고개가 좌우로 내저어지는 것은 당연하다.

제대로 시험조차 받아보지 못하고 첫 문제에서 떨어진 것이다.

우삼광은 억울했다.

표사란 것이 싸움 잘하고 표물만 잘 지키면 됐지 힘이 셀 필요가 있겠느냐 싶었다.

다른 시험을 내달라고, 자신의 강함을 입증할 수 있을 만한 문제를 내달라고 고래고래 소리를 질렀다. 별거 아니라 여겼던 표사 직조차 떨어지면 더 이상 무엇을 할 자신이 없을 것 같았다.

그의 오기에 못 이긴 듯 표국에서 감독을 하던 사람이 다른 조건을 내걸어주었다. 표국에서 현역으로 일하는 표두와 겨루어 십 초를 버티면 채용해 준다는 것이다.

표두라는 직업은 표사를 관리하는 자리이다. 보통 표사 중 경험이 많고 능력이 뛰어난 사람을 뽑는 경우가 많았기에 무공 역시 남다른 사람들이다.

표두에 대한 설명에도 우삼광은 조금도 기가 죽지 않았다. 일 대 일로 싸우는 경우라면 누가 두려울까?

물론 이전에 무림인에게 당했던 기억이 있지만 세상에 그런 고수가 흔할 리는 없을 것이다.

하나 이번에도 그는 땅을 나뒹굴어야 했다.

공기를 가르는 무시무시한 소리와 제대로 볼 수조차 없는 빠르기. 본능이 위험 신호를 보냈을 때는 이미 몸이 붕 떠올라 사정없이 처박힌 후였다.

"컥!"

숨이 턱하니 막히고 사지에 힘이 들어가지 않았다.

바둥바둥 기를 쓰며 일어나 주먹을 움켜쥐자 표두가 약간 당황한 기색이다. 표사 지원자라기에 기본은 있을 줄 알고 내친 주먹 한 방에 이렇게 쓰러질 거라곤 생각 못 한 것이다.

물러나는 표두의 얼굴에는 그만 하자는 의사가 역력하다.

그러나 우삼광은 이대로 무너질 수 없었다.

하다못해 자신이 가진 것은 모두 보여주어야 할 것 아닌가?

비틀거리면서도 달려드는 우삼광의 기세에 표두는 어쩔 수 없이 몇 차례의 공격을 더 하게 되었다.

그때마다 우삼광은 피를 토하며 곧 죽을 것 같은 모습으로 일어났다.

결국 그의 오기에 감탄한 감독관이 그를 표사로 받아들인다 하였다. 단, 일반 표사가 아닌 쟁자수로 말이다.

쟁자수라는 것은 표국이 바빠서 표사가 부족할 때 모자라는 표사 대신 표행에 동참하는, 이른바 표사 대리와 같은 것이다. 말은 표사의 일원이라고는 하나 실상은 표국의 하인과 하는 일이 그리 다르지 않다는 사실은 표국 내에서 쟁자수의 위치란 것이 얼마나 하잘것없는지를 알려주는 일례라 할 수 있다.

그렇게 쟁자수가 된 지도 하루하루가 흘러 어느덧 십 년이 흐르게 되었다.

그동안 우삼광은 자신이 그동안 얼마나 어리석었고 좁은 세상 속에서 살고 있었는지를 느끼게 되었다.

여기까지 말한 우삼광은 씁쓸한 표정을 지었다.

"십 년 전 고향을 떠나올 때의 나는 그야말로 우물 안 개구리였지. 세상 무서운지를 몰랐으니 말이야."

우삼광의 힘없는 말에 철산은 화가 치밀어 올랐다.

"그깟 무림인들이 그리 강하답니까? 죽음 따위는 무섭지 않다던 우 노대가 눈을 내리깔 정도로 그렇게 강하답니까? 가슴으로 싸우는 사람은 절대 지지 않는다고 큰소리치던 우 노대가 말도 못할 만큼 그렇게 강하답니까?"

철산의 분기 넘치는 말에 우삼광은 아무 말도 하지 못하고 고개를 숙인다.

그 모습에 철산은 또 한 번 가슴을 쳤다.

"고개를 들어 저를 보십시오! 당신이 가슴으로 싸우라고 가르치던, 그래서 이렇게 가슴으로 싸우는 사내가 돼서 찾아온 나를 보라고요! 뭐가 무섭다고 그렇게 눈조차 못 마주친단 말이오?!"

철산의 외침에 우삼광은 한숨을 쉬며 고개를 들었다.

눈가에 뒤덮인 주름과 새카맣게 탄 피부.

아까 만났을 때는 알지 못했던 십 년이라는 시간의 격차가 확연히 다가온다. 사내의 당당함을 이야기하던 넓고 탄탄한 어깨는 축 처져 있고, 세상 무너지는 일이 있어도 꼿꼿해야 한다던 허리는 노인과 같이 구부정하다.

태양과 눈싸움을 벌여도 이긴다던 두 눈은 잿빛으로 죽어 있고, 한주먹에 소도 때려잡는다던 두 주먹은 탁 풀어져 한 줌 모래조차 쥘 수 없을 것 같다.

그렇게 우상의 몰락은 한없는 절망으로 철산의 가슴을 내리눌러 왔다.

그리고 끝을 찾는 우삼광의 한마디.

"웃긴 것은… 내게 그런 좌절을 주었던 두 사람이 무림이라는 세계에선 이름조차 내밀지 못하는 잔챙이라는 것이야."

자신에 대한 회의가 깊이 묻어난 말이다. 철산은 더 이상 그에게 소리칠 수가 없었다.

우삼광의 표정에서 십 년간의 수모와 고난을 볼 수 있었기 때문이다.

가슴이 답답해져 왔다. 영웅이라 여겼던 사람의 한없는 추락. 초라해진 우상의 모습이 숨조차 내쉴 수 없는 압박이 되어 가슴을 짓눌러 오는 것이다.

우삼광은 철산의 충격을 짐작한 듯 아무 말도 하지 않았다.

한참 동안 묵묵히 앉아 있던 철산이 말문을 연 것은 날이 제법 어둑어둑해졌을 무렵이다.

"젠장, 괜히 우 노대 때문에 머리만 복잡해졌잖아요. 내가 이렇게 머리 싸매고 고민 따위 하는 걸 고향 친구들이 보면 배꼽 찾느라 동네가 뒤집어지겠소. 일단 배고프니 뭐라도 좀 먹읍시다. 오늘 하루 종일 먹은 거라곤 말라비틀어져 쉰 냄새 나는 만두 조각 하나뿐이오."

하염없이 한숨만 내쉬고 있던 우삼광의 얼굴이 금세 활짝 펴진다.

주름진 얼굴에 화기가 돌자 예전의 강하면서도 자상하던 우삼광의 모습이 돌아오는 듯했다.

"이놈, 어디서 밥도 못 빌어먹고 다닌단 말이냐? 이 우삼광

의 고향 후배라는 놈이 이렇게 굶고 다닌다는 게 말이나 되겠
냐? 조금만 기다려라. 내 금방 네놈 눈이 휘둥그레질 만한 음
식들을 가져올 테니."

혹여 철산이 배가 고프지 않다 말할까 걱정된다는 듯 후닥
닥 달려가는 우삼광의 모습에 웃음이 절로 나온다.

"우 노대."

나직한 철산의 말에 우삼광이 멈칫한다.

철산의 입에서 무슨 말이 흘러나올까 염려하는 기색이다.

그런 우삼광의 뒷모습에 철산은 히죽 웃으며 종내 하고 싶
었던 말을 뱉어냈다.

"다시 만나서 반갑다고요."

철산의 말에 우삼광의 어깨가 흔들린다.

"싱거운 놈. 나도 반갑다, 이놈아."

십 년 만의 재회.

기대와 실망에 의해 어색하던 분위기가 씻은 듯이 사라지
는 순간이었다.

약 한 식경 후.

낡은 탁자 위에 진수성찬이 차려졌다.

우삼광은 음식들을 가리키며 웃음을 지었다.

"네놈은 먹을 복이 있는가 보다. 오늘이 마침 이곳 주인어
른의 회갑 잔치가 있는 날이라서 맛있는 음식이 많이 있었어.

평소라면 이런 음식은 구경도 못할 게다."

호언장담과 같이 그가 들고 온 음식들은 난생처음 보는 것들이었다.

그야말로 진수성찬이라 해도 모자랄 지경.

탁자를 전부 메우다시피 들어선 음식에 침이 꿀꺽 넘어갔다.

"쳇, 대도시의 음식은 둘이 먹다 하나가 죽어도 모를 정도라더니 실제로는 별거 없군요? 맛도 별로고. 이 정도는 고향에서도 자주 먹는다고요."

그다지 탐탁지 않다는 철산의 말에 우삼광이 껄껄 소리 내어 웃는다.

"이 녀석아, 입 터지겠다. 좀 삼키면서 집어넣어라."

우삼광의 말에 입이 터져라 꾸역꾸역 음식을 집어넣던 철산은 멋쩍은 웃음을 지었다. 그러면서도 음식을 입에 쓸어 넣는 동작은 조금도 느려지지 않는다.

마치 탁자 위에 놓인 음식을 남기면 죽어서도 눈을 감지 못하겠다는 굳은 의지가 돋보인다.

철산은 채 일각도 되지 않아 서너 명은 족히 배부르게 먹을 만한 음식을 부스러기 하나 남지 않도록 깨끗이 먹어치웠다. 태산같이 불룩 솟아오른 배가 현재 그의 고통을 말해주는 듯하다.

"이런 곰 같은 놈, 그걸 다 먹었단 말이냐?"

우삼광은 어이가 없는 듯 고개를 설레설레 저었다.

바닥까지 깨끗이 핥았던지 광이 번쩍번쩍 나는 그릇들을 주방에 가져다주고 오자 철산이 지저분한 침상에 아무렇게나 몸을 누이고 있었다.

"꺼억! 난 이제 이대로 죽어도 여한이 없소."

포만감이 가득든 얼굴로 연신 꺽꺽거리는 모습에 우삼광의 눈이 씰룩거린다.

"이놈, 젊은 녀석이 어른 앞에서 벌러덩 드러눕다니, 우삼광식 예절 교육법을 가르쳐 주마."

말과 함께 우삼광이 침상 위로 붕 떠오른다.

"같이 늙어가는 처지에 예절은 무슨… 헉!"

자신의 위로 떨어져 내리는 대머리사내의 모습에 철산의 입에서 바람 빠지는 소리가 터져 나왔다.

우삼광의 몸집이 그리 큰 것은 아니나 평범한 체구는 철산도 마찬가지.

공중에서부터 떨어져 내리는 건장한 체구에 숨이 턱하니 막힌다.

"크윽! 제, 제길, 어디 해봅시다."

시끌벅적.

사나이들의 가슴 벅찬 재회의 몸부림은 밤이 깊어가도록 계속되었다.

제3장

금자룡을 후려치다

금자룡을 후려치다

쪼르릉, 쪼르릉.

지저귀는 새소리에 눈을 뜨자 이미 해가 중천으로 향하고
있다.

'어지간히 피곤했었나 보군.'

하긴 이십여 일 동안 제대로 먹지도 자지도 못하고 걸어왔
으니 그럴 만도 했다.

방 안을 둘러보니 우삼광의 모습은 보이지 않았다.

힘껏 기지개를 켜며 일어나니 탁자 위에 간소한 먹을거리
가 놓여 있다.

"우 노대도 많이 부지런해졌군."

그가 아는 우삼광은 절대 아침 일찍 일어나 무엇인가를 하는 위인이 아니었다. 게으르고 귀찮은 일을 죽어라 싫어하는 성격 때문이었다. 그런 우삼광의 영향으로 인해 자신 역시 게으른 것으로는 둘째가라면 서러운 성격이 되어버렸는데 식사를 차려놓고 나가다니……

우삼광의 변모한 모습에 놀라는 철산이었다.

배를 채운 후 밖으로 나오니 사람들이 분주히 돌아다니는 광경이 눈에 뜬다. 사람들을 잠시 살펴보던 철산은 이내 한곳을 향해 걸어갔다.

마구간으로 보이는 허름한 목조 건물 문으로 언뜻 보이는 모습만 보고도 그가 자신이 찾는 우삼광임을 한눈에 알아볼 수 있다.

"우 노대, 뭐 하고 있어요?"

서슴없이 마구간으로 들어가며 소리쳐 부르자 우삼광이 깜짝 놀란 표정으로 고개를 돌린다.

"이 녀석아, 좀 작게 말해."

혹여 누가 들었을까 두리번거리는 모습이 영락없이 주인 눈치 보는 하인의 행색이다. 그러나 철산이 누구 눈치를 본다는 행위를 이해할 리 없다.

"하하, 날 때부터 목청이 큰 걸 어쩌겠어요?"

더욱 큰 목소리로 웃어대자 우삼광도 포기한 듯 그냥 자기 할 일을 한다.

우삼광이 하고 있는 일은 마구간 청소인 듯했다. 여기저기 어지럽혀 있는 말의 배설물을 치우는 모습에 철산도 소매를 걷어붙였다. 그 모습에 우삼광은 말리려는 듯하다가 그냥 한숨을 내쉬고 내버려 둔다. 말린다고 들을 고집이 아님을 알기 때문이다.

잠시 철산이 일하는 모습을 지켜보던 우삼광은 불쑥 한마디를 건넸다.

"이놈아, 이제 어떻게 할 거냐?"

"뭐를 어떻게 해요?"

되묻는 말에 우삼광이 철산을 쳐다본다.

"내가 너를 챙겨줄 형편이 아닌 건 알았지 않느냐? 이제 무슨 일을 할 것이냔 말이다."

안타까운 우삼광의 말에 철산은 입가에 웃음을 매달았다.

"말했잖아요. 큰일을 할 거라고."

철산의 말에 우삼광은 답답한 듯 맨둥맨둥한 머리를 벅벅 긁는다.

"이놈아, 이제 갓 촌에서 올라온 네놈이 어떻게 큰일을 한다는 말이냐? 누가 시켜주기라도 한다던?"

"그런 사람이 어디 있겠어요? 우 노대만 믿고 혈혈단신 올라왔는데."

씩 웃는 철산을 보고 우삼광은 이해할 수 없다는 표정으로 물었다.

"그럼 무슨 수로 큰일을 하겠다는 말이냐?"

"뭐, 어떻게든 되겠죠."

성의없는 대답에 우삼광은 쯧쯧 혀를 차며 고개를 내저었다.

"그래, 그건 그렇다 치고, 대체 무슨 일을 하고 싶은 게냐? 큰일이든 작은 일이든 무슨 일인지는 정해야 할 거 아니냐?"

그러나 돌아오는 철산의 대답은 우삼광을 어이없게 만들었다.

"몰라요. 그냥 큰일이면 돼요."

우삼광은 황당함에 한숨을 푹 내뱉었다.

"이놈, 이거 정말 대책없는 놈이네? 이놈아, 무엇이든 할 때 하더라도 목표는 정해놓고 해야 되지 않겠냐?"

우삼광의 말에 배설물을 긁어모으던 철산의 손이 멈칫했다. 그의 시선을 정면으로 쳐다보는 철산의 눈이 깊게 반짝인다.

"우 노대는 예전에 도시에 올라올 때 목적을 정하고 왔었나요?"

느닷없는 질문에 우삼광은 흠칫했다.

그가 이곳에 올 때 그의 머릿속에는 거대한 포부 하나뿐이었다. 목적이라든지 수단 같은 것은 머리에 들어오지도 않았다. 커다란 가슴을 한껏 채우고 있는 자신감과 흐릿한 꿈 하나에 모든 것을 걸고 있었던 것이다.

목적.

언제부터였던가, 자신의 행동에 목적이라는 것을 두고 수단 방법을 따지기 시작했던 것이.

아마도 자신감을 잃고 이곳에 안주하기 시작했을 때부터였으리. 아니, 조금 더 정확히 말하자면 세상이 그의 생각처럼 호락호락하지 않다는 사실을 깨달았을 무렵일 것이다.

철산은 대답을 기대하지 않았던 듯 다시 입을 열었다.

"보다 넓은 세상에 나온 이유는 이 뜨거운 가슴을 채워줄, 젊음을 미치도록 태울 수 있을 만한 일을 찾기 위해서예요. 좁디좁은 촌구석에선 그런 일을 찾을 수가 없거든요. 지금은 그저 그런 큰일을 위해 열정을 식히고만 있을 뿐이죠. 언제든지 열을 올릴 수 있도록 말이죠."

자신을 바라보는, 아니, 보다 먼 곳을 바라보는 철산의 눈빛과 말에 우삼광은 속에서 뭔가가 치솟아오르는 듯했다. 이제는 없어졌으리라 여겼던 사나이의 호기가 그의 가슴을 뜨겁게 달구려는 것이다.

그러나 현실을 깨달은 탓일까. 우삼광은 이내 뜨겁게 치밀어 오르던 열기를 식히며 시선을 돌린다.

"쯧쯧, 허황된 생각만 가득 차서는……. 이놈아, 그러다 정말 큰코다치게 될 거다."

"십 년 전에 우 노대가 떠나올 때 마을 어른들이 한결같이 뜯어말렸었죠. 그때 우 노대도 저처럼 막무가내였죠."

철산의 말에 우삼광은 더 이상 할 말이 없었다. 그 역시 철산과 똑같은 생각을 하고 있었으니까. 단지 철산만은 자신과 같이 세상의 벽에 부딪쳐 허무하게 무너지지 않았으면 하는 바람뿐이다.

그때 두 사람의 대화만이 울리던 마구간에 누군가의 말소리가 들려왔다.

"이보쇼, 우변광. 서 숙주한테 가서 대청에 술상 좀 가져다 달라고 하쇼."

낯선 목소리에 고개 돌린 철산의 눈에 스물대여섯 살 정도 먹은 듯한 청년이 보인다. 청년은 격한 움직임을 증명하듯 얼굴이 온통 땀 범벅에 손에는 한 자루 수련용 목도를 들고 있었다.

짜증스러움이 물씬 배어나는 얼굴로 한마디를 던지고서는 돌아서려다 철산을 보자 의아한 듯 물어온다.

"저 친구는 누구요? 처음 보는 얼굴인데, 새로 온 쟁자수인가?"

청년의 등장에 우삼광의 진지하던 얼굴에 금세 웃음기가 떠올랐다.

"아이고, 그런 일로 진 표사님을 여기까지 오시게 하다니, 정말 너무하는군요. 표국의 장래를 짊어져 갈 젊은 기재한테 그런 심부름이나 하게 하다니……."

허리를 굽신거리며 청년을 높이는 말이 철산에게는 매우

가식적으로 들린다. 그러나 그런 말에 청년은 기분이 한결 풀린 듯 얼굴 한편에 웃음기가 떠올랐다.

"아무튼 난 분명히 전했으니 나머진 알아서 하라고."

철산의 정체 같은 건 별로 알고 싶지도 않다는 듯 돌아서던 청년의 몸이 멈칫한다.

뒤통수에 꽂히는 따가운 시선을 느낀 탓이다.

고개를 갸웃거리며 돌아서자 철산이 자신을 뚫어지게 쳐다보고 있는 것이 보인다.

"이봐, 내 얼굴에 뭐라도 묻었나? 왜 계속 처다봐?"

기분이 상한 듯 약간 퉁명스러운 어투다.

그의 말에 철산이 딱딱한 표정으로 말했다.

"궁금한 게 있어서 그렇소."

철산의 대답에 청년은 말해보라는 듯 턱을 까딱인다.

"뭐, 별로 대단한 건 아닌데……."

한번에 대답하지 않고 말을 끌자 청년의 말에 짜증스러움이 배어 나온다.

"뭔가?"

청년의 물음에 철산은 태연한 표정으로 입을 연다.

"몇 살이나 처먹었소?"

너무도 담담한 말에 청년은 잠시 그 뜻을 파악지 못하는 듯했다.

"이, 이놈아!"

옆에서 불안한 표정으로 지켜보던 우삼광이 화들짝 놀라며 철산을 부른다. 그제야 철산이 한 말을 제대로 알아들은 청년의 얼굴이 사나워진다.

"뭐라고?"

청년은 설마 눈앞에 하인으로 보이는 인간이 자신에게 그런 말을 했을까 싶은지 되물어온다. 그러나 철산에게서 흘러나오는 대답은 전과 다를 바 없다.

"몇 살이나 처먹었기에 그렇게 말 짧게 어른을 대하느냐 물었소."

"감히 내게 시비를 걸다니, 죽고 싶은 모양이구나?"

청년은 사나운 표정으로 철산에게 다가온다. 우삼광이 더 두고 볼 수 없어 재빨리 두 사람 사이로 끼어든다.

"진 표사님이 참으십시오. 저놈이 지금 막 촌에서 올라온 놈이라 아직 세상 물정을 몰라서 그러는 것입니다."

그러나 그런 변명으로 화를 삭이기엔 때가 늦었다. 자신이 하인들에게조차 얕보인다고 생각되었던지 청년의 얼굴에 살기가 흐른다.

"내가 그렇게 우습게 보였나 보군. 오냐, 내가 몇 살이나 처먹었는지 몸으로 알게 해주마."

눈에 불을 켜고 다가서는 청년의 모습에 철산은 더욱 여유만만하다.

"글쎄, 딱 보니까 어른도 몰라보는 철부지 같은데? 별로 알 필요도 없겠어."

철산의 말에 청년의 얼굴에 독기가 더욱 짙어진다.

한 발 한 발 내딛는 발에 흙이 파이는 것으로 보아 그가 여간 분노한 것이 아님을 한눈에 알 수 있다. 중간에 끼어 있던 우삼광은 당황하여 어찌할 바를 몰라 하다 돌연 철산의 뺨을 힘껏 갈긴다.

철썩!

워낙 뜻밖의 행동이었기에 철산은 피할 엄두조차 내지 못하고 그대로 뺨을 얻어맞았다. 커다란 우삼광의 손찌검은 어지간한 장정이라도 쓰러질 만한 힘이 담겨 있었으나 철산은 한번 비틀거리는 것으로 충격을 받아냈다.

"무슨……."

놀라며 소리치는 철산의 얼굴로 우삼광의 주먹이 날아온다.

이번에도 넋 놓고 맞아줄 수만은 없어 잽싸게 몸을 돌려 피하자 우삼광이 씩씩거리며 더욱 거세게 주먹질을 해댄다.

"이놈아, 감히 진 표사님한테 무례를 범하다니! 이분이 누구신지 알기나 하느냐? 이놈아, 그렇게 막돼먹게 살 바엔 그냥 차라리 내 손에 맞아 죽는 게 낫겠다!"

흥분한 듯 얼굴을 붉히며 주먹질을 하는 모습이 꼭 원수를 대하는 듯 살기등등하다.

철산은 우삼광의 주먹을 피해내면서도 당혹스러움을 금치

못했다.

'우 노대가 대체 왜 이러는 거지?'

분명 철산이 보기에 잘못된 것은 그 진 표사라 불리는 청년
이다. 그보다도 훨씬 나이 많은 우삼광에게 함부로 대했으니
말이다. 그런데도 우삼광은 자신을 꾸짖으며 주먹질을 한다.
영문을 알 수 없어 억울하기만 했다.

두 사람의 소란에 한 명, 두 명씩 구경하는 사람이 생겨났
다.

쳐다보는 눈이 생기자 청년은 더 이상 자리를 지킬 수 없었
다. 금룡표국이 낙양제일의 표국이 될 수 있었던 이유는 유능
한 인재가 많은 것과 함께 엄격한 규율 때문이다. 표사라는
것이 워낙 거친 인종들이 몸을 담는 직업이기에 표국 내 분쟁
이라는 사항은 더욱 각별히 다루어지고 있었다.

괜히 이런 소란에 관계되었다는 것이 알려졌다간 문책을
받을 수도 있었다.

"험, 내 오늘은 우변광의 얼굴을 봐서 그냥 넘어간다만 앞
으로는 내 눈에 띄지 않게 조심해라."

청년이 짐짓 위협스러운 한마디를 남겨놓고 황급히 자리
를 뜨자 우삼광은 재빨리 철산의 멱살을 낚아챈다. 그 빠르기
가 종전의 주먹질과는 상당한 차이가 있었기에 철산은 꼼짝
없이 멱살을 붙잡혀 그에게 끌려가게 되었다.

철산을 끌고 마구간 안으로 들어선 우삼광은 그제야 한숨

을 내쉬며 이마에 흐르는 땀을 닦아낸다.

"대체 그자가 얼마나 대단한 자이기에 이럽니까?"

투덜대는 철산의 말에 우삼광은 고개를 휘휘 내젓는다.

"대단하긴, 그냥 삼류 표사지 뭐."

그의 말에 철산은 어이없는 표정을 지었다.

"그런데 왜 그렇게 고개를 숙이는 거예요?"

철산이 거세게 따지고 들자 우삼광은 한숨을 내쉬며 나직
이 입을 연다.

"이놈아."

그 어투가 전과 달리 무거웠기에 철산은 잠시 분을 삭이고
그의 말을 기다렸다.

"세상에는 위계라는 것이 있는 법이다. 이곳은 양주하고
달리 나이보단 신분이 더욱 큰 비중을 차지하고 있다는 말이
다. 이곳에서의 내 신분은 쟁자수, 즉 정식 표사의 잔심부름
이나 하면서 급여를 받는 것이야. 아까 그 표사는 정식 표사
이기 때문에 잔일이 아닌 표물을 운송하고, 그것을 지키는 것
이 책무지. 이놈아, 그렇게 아니꼬운 표정으로 눈 부릅뜰 것
없다. 그게 세상 돌아가는 법이니까."

한번 끊김없이 흘러나오는 말은 잔잔했으나 철산의 마음
을 헤집어놓기에 충분했다. 반박할 말이 없어서가 아니다. 납
득 가지 않는 이치라면 충분히 갈아엎고 자신의 뜻을 관철시
킬 것이다.

마음이 싸해진 것은 그런 말을 한 것이 우삼광이기 때문이다. 그렇게 하늘 높은 줄 모르던 우삼광의 입에서 스스로의 한계를 결정짓는 말이 나왔다는 사실이 그를 착잡하게 했던 것이다.

그러나 우삼광이 지난 십 년간을 어떻게 보냈는지는 전날 이야기로도 어느 정도 짐작을 하고 있었기에 차마 그런 속내를 내색할 수가 없었다.

"쳇, 우 노대도 이제 노친네 다 됐군요. 툭하면 설교를 하니 듣기 괴로워서 어디 붙어 있겠어요?"

철산의 넉살에 우삼광의 얼굴이 조금 풀어졌다.

"이놈아, 네놈 걱정돼서 하는 소리 아니냐. 나를 생각하는 마음이 조금이라도 있거들랑 제발 성질 좀 죽이거라. 부탁이다, 이놈아."

우삼광의 말에 철산은 아무 대답 없이 딴전을 피울 뿐이다. 그러나 철산도 스스로의 행동 때문에 우삼광이 난처해질 수도 있음을 느끼고 있었다. 말은 하지 않았지만 우삼광도 철산의 내심을 눈치 챈 듯 더 이상 말하지 않았다.

"나는 그럼 주방에 가서 말을 전하고 올 테니 여기 좀 치우고 있어라. 하기 싫으면 그냥 내버려 두어도 되고."

"마음 놓고 다녀와요. 그동안 여긴 내가 다 치워놓을 테니."

아무 일도 없었다는 듯 기운차게 대답하는 철산의 모습에 우삼광은 안타까운 마음이 들었다. 그리고 어찌 아끼는 고향 후배에게 자랑스러운 모습을 보여주고 싶지 않겠는가?

그러나 세상은 아무것도 가진 것 없는 무지렁이 촌놈에겐 너무 가혹하다.

그 벽을 일찌감치 깨닫지 못한다면 철산 역시 그와 같이 비참한 삶을 살아야 할 것이다. 차라리 모진 현실을 조금이라도 빨리 알려줘서 거품마냥 허황되게 부푼 꿈을 접도록 하는 것이 철산을 위한 일이라 생각했다.

하나 철산의 꿈을 깨는 일이 그 역시 한때 뜨거운 가슴을 지녔던 사내로서 영 내키지 않는 것은 어쩔 수 없었다.

우삼광이 나가고 나자 철산은 홍얼홍얼거리며 여기저기 쌓인 배설물을 청소했다. 비록 우삼광의 말이 신경 쓰이긴 했지만 그는 자신이 있었다. 무엇이든 한눈에 반할 만한 일을 찾기만 하면 쌓아두었던 열정을 쏟아 부을 것이다.

무엇보다 그는 아직 젊지 않은가? 철산은 젊음이라는 힘이 지닌 무한한 가능성을 믿고 있었다.

금방 온다던 우삼광은 일각이 지나도 오지 않았다.

표국이 워낙 넓은 데다, 아마도 오가는 길에 또 귀찮은 잡일을 맡게 되었을 것이다. 이곳에 온 지는 하루밖에 되지 않았으나 흘러가는 분위기로 보아 우삼광은 제대로 된 대접을 받지 못하는 듯했다. 그의 짐작이 크게 틀리진 않았을 것이다.

그사이 청소를 끝낸 철산은 자신이 한 일을 감평하듯 마구간을 쭉 훑어보았다.

평소 한 마리 보기도 힘든 말이 수십 마리나 있는 것을 보자 신기하다는 생각이 절로 든다. 양주에도 몇몇 부호의 집에 말이 있긴 했다. 그러나 그것도 한두 마리가 고작이었으니 이렇게 많은 말을 보는 것은 처음이었다.

그도 그럴 것이, 말 한 마리 값이 어엿집 가장의 몇 달치 수입은 될 터였으니 아무리 돈이 많다 할지라도 함부로 살 수 없었던 것이다. 아마 이곳이 표국이 아니었다면 이렇게 많은 말은 구경조차 못했을 것이다.

수십 마리 말을 수용하는 건물이니 그 크기 또한 어지간한 집 두어 채를 합쳐 놓은 것만큼 넓다. 그런 곳을 혼자 청소하려면 꼬박 하루 밤낮이 걸려도 어림없을 테지만 실상은 굳이 손댈 곳이 없을 만큼 깔끔했다.

아마도 매일 청소를 한 듯했다.

'하긴 표국이니까…….'

표국의 생명이 기동성과 안전성이었고, 그런 목적에 부합하는 이동 수단으로는 말과 마차만한 것이 없다. 말은 표국의 흥망성세를 결정지을 만큼 중요한 운송 수단이었기에 표국에서 매우 중요시 여기는 것이 당연하다.

마땅히 할 일이 없어 두리번거리는 철산의 귀에 떠들썩한

목소리가 들려왔다

"대체 얼마나 뛰어난 말이기에 이토록 자랑하는 것인가?"

"하하하, 작년 이맘때쯤 어렵게 구한 말이지. 천 리를 달려도 지치지 않을 만큼 명마라네. 듣기로는 대막에서만 희귀하게 태어난다는 한혈마의 피가 섞였다더군. 아마 오 소저도 보면 마음에 들 거요."

"호호, 기대해 보죠."

"이 친구, 이거, 이제 보니 오 소저한테 점수를 따려고 자랑을 했던 게로군?"

"하하하, 그럴 리가 있겠나?"

화기애애한 분위기로 말을 주고받으며 나타난 것은 바로 표국주의 아들이라는 청년과 그의 친구들이었다. 일전 태왕산 고개에서 마주쳤던 자들이다.

그들 역시 뜻밖의 장소에서 철산을 보자 꽤 놀란 눈치였다.

"자룡, 저 친구는……?"

의아해하는 그의 물음에 자룡이 피식 웃으며 설명한다.

"아, 내가 말을 안 했군. 소개하지. 저 멀리 시골 촌구석에서 큰 뜻을 품고 올라온 친구이네."

"큰 뜻?"

"그렇다네. 듣기로는 우리 집 쟁자수 중 한 명의 고향 후배라는데, 그와 같이 큰일을 하고 싶다고 자랑스럽게 외치더군."

그제야 그의 말이 다분히 비꼬는 데 목적이 있다는 것을 알아차린 다른 이들이 크게 웃는다. 쟁자수라는 신분이 얼마나 하찮은지 그들 역시 알고 있었기 때문이다.

그들의 비웃음에 철산은 화가 치밀어 올랐다. 더욱이 이전에 그에게 친절했던 여인 앞에서 비웃음을 당하자 더할 나위 없는 모멸감을 느꼈다.

성격 같아서는 당장 비웃는 자들의 면상을 짓뭉개 버리고 싶었지만 우삼광의 얼굴이 떠올라 차마 그럴 수가 없었다.

그저 고개를 돌려 외면하는 것으로 그들의 비웃음을 받아넘기는 수밖에 없었다. 마치 희귀한 동물이라도 보는 듯 비웃음이 가득한 시선을 보내는 청년들. 철산으로서는 참기 힘든 시간이었다.

마침 우삼광이 오지 않았더라면 더 이상 참지 않았을 것이다.

"아이쿠, 도련님! 무슨 일이십니까?"

우삼광은 황송하다는 듯 굽실거리며 들어섰다.

우삼광을 보자 자룡을 비롯한 젊은이들의 경멸 어린 시선은 한결 더해졌다.

"이봐, 가서 제일 좋은 말 세 필만 끌고 와. 그리고 흑룡도 데려오고. 친구들하고 바람 좀 쐬러 가야겠다."

그 흑룡이라는 것이 그가 자랑하던 말의 이름인 듯했다. 자룡의 말에 우삼광의 얼굴에 잠시 난처한 기색이 떠올랐다.

"저… 도련님, 흑룡 대신 다른 말을 타시면 안 되겠습니까?"

우삼광의 말에 자기들끼리 속닥거리며 대화를 나누고 있던 젊은이들이 어이없다는 표정을 짓는다. 그들이 알고 있기로 쟁자수라는 직업은 하인과 별반 다를 바 없다. 주인의 말에 말대꾸를 하는 하인이라는 것은 그들의 상식으로는 이해하기 어려운 상황이었다. 그들의 생각을 눈치 챈 듯 자룡의 표정이 일그러진다.

"쟁자수 주제에 감히 내 말을 우습게 여기는 건가?"

"아, 아닙니다. 소인이 어떻게……. 가서 데려오겠습니다."

살기등등한 청년의 말에 우삼광은 어쩔 수 없이 돌아섰다. 그 모습에 철산의 주먹이 불끈 쥐어진다.

우삼광이 철산의 속내를 눈치 챈 듯 그의 어깨를 토닥였다.

"이놈아, 표국주님의 아들인 금자룡 도련님이다. 함부로 나서지 마라."

철산이 무모한 행동을 할까 염려되는 듯 속삭이는 말로 당부한다.

"쳇."

우삼광은 쭉 늘어선 말 중에 세 마리를 끌고 나와 청년들의 손에 건네주고는 마지막으로 가장 안쪽의 말을 끌고 왔다.

우삼광이 가져온 말은 몸집이 앞서 가져온 세 마리보다 훨씬 크고 다리가 매우 길었으나 털이 윤기 하나 없이 거칠거칠하고, 걸음을 제대로 옮기지 못해 비틀거리는 것이 아무리 보아도 명마라고는 생각할 수 없는 모양새다.

의기양양하게 말을 가져오기를 기다리던 금자룡의 얼굴이 창피함으로 벌겋게 달아오른다.

"이, 이게 어찌 된 일이냐?"

금자룡의 고함에 우삼광이 고개를 조아리며 말한다.

"그게… 이놈이 탈이 났는지 사흘 전부터 제대로 먹지를 못하고 혈변을 싸고 있습니다. 오 노인이 처방을 하여 증세가 나아지긴 했지만 아직 달릴 만큼 회복하진 못했습니다."

우삼광이 말을 하는 동안에도 흑룡이라는 말은 견디기 힘든 듯 피가 뒤섞인 설사를 주르륵 흘려낸다. 그 모습에 여인이 표정을 찡그리며 고개를 돌렸고, 두 명의 청년은 무안함을 숨기려는 듯 괜한 헛기침을 한다.

금자룡의 얼굴은 더 이상 붉어질 수 없을 만큼 달아올라 마치 금세라도 터질 것 같았다.

친구들, 특히 오 소저에게 명마를 앞세워 자랑하려다 도리어 큰 망신만 톡톡히 당하게 된 것이다.

금자룡은 창피를 당하자 그 화를 혼자 삭이지 못하겠던지 씩씩거리며 소리쳤다.

"네놈은 대체 말 관리를 어떻게 하는 것이냐?!"

금자룡의 말에 우삼광은 어리둥절한 표정으로 대답했다.

"말은 오 노인이 전체적으로 관리하고 있습니다. 소인은 그저 마방 청소만 하고 있을 뿐입죠."

우삼광의 말에 금자룡의 호흡이 거칠어진다. 오 노인은 표국 전체의 말을 관리하는 자로, 말에 대해 워낙 박식하여 많은 돈을 주고 어렵게 초청해 온 사람이다. 어렵게 모신 만큼 말에 대해선 탁월한 관리를 보여주었기에 국주도 함부로 대하지 못하는 인물이었다. 금자룡이 아무리 작은 주인이라곤 하나 말이 죽은 것도 아니고, 단지 배앓이를 한다는 이유만으로 오 노인을 타박할 수는 없었다.

그렇기에 더욱 화가 났다. 누군가에겐 그 화를 풀어야 할진대 마침 그의 앞에 좋은 화풀이 대상이 있다.

금자룡은 더 이상 참지 않고 버럭 소리를 질렀다.

"네가 청소를 제대로 하지 않으니 말이 탈이 나는 것이 아니냐?!"

말과 함께 거센 손바닥이 우삼광의 뺨을 후려친다.

"억!"

우삼광은 졸지에 얼굴을 얻어맞고 나뒹굴었다.

흑룡이 싸놓은 혈변 위를 뒹굴자 우삼광의 옷은 물론이고 얼굴에까지 오물이 묻었다.

금자룡은 한번 손찌검을 하자 더 이상 거침이 없다는 듯 소매를 걷어붙인다.

"종놈 주제에 꼬박꼬박 말대꾸를 하고 있으니, 본 공자가 버릇을 고쳐 주도록 하마!"

쓰러진 우삼광의 몸으로 금자룡의 발길질이 가해진다.

평시라면 아무리 성질이 더러운 금자룡이라도 이렇게까지 하지는 않았을 것이다. 친구들과 좋아하는 여인 앞에서 망신을 당했다는 생각에 극도로 화가 나 이성을 잃은 상태에서 충동적으로 벌어진 상황이었다.

그의 친구들 역시 금자룡의 행동이 심하다 여겼던지 그를 말리려 나선다.

그러나 그들이 나서기에 앞서 이미 한 사람이 먼저 움직이고 있었다.

쉬익!

금자룡이 무엇인가 날아오는 기척에 고개를 들었을 때는 이미 누군가의 주먹이 코를 후려친 후였다.

퍽!

"억!"

금자룡은 일순 정신을 차릴 수 없는 아찔함에 비틀거렸다.

그의 앞으로 철산이 바짝 몸을 날려온다.

"개 잡종 놈아! 이 악물어라!"

악다문 잇새를 뚫고 흘러나오는 말소리가 그의 분노를 말해준다.

퍼퍽!

비틀거리는 금자룡의 턱과 복부로 철산의 주먹이 연달아

떨어졌다.

"크윽! 이놈!"

두어 대를 더 얻어맞고 났을 때 놀라고만 있던 청년들이 철산과 금자룡의 사이에 끼어들었다. 도가장의 소가주라던 도문소가 금자룡에게 향하는 주먹을 가볍게 흘리며 손바닥으로 철산의 가슴을 밀쳤다.

펑!

슬쩍 밀어붙인 듯한 손바닥에 철산의 몸이 붕 떠오르고 순간적으로 숨이 턱하니 막혀온다.

"아무리 불만스러워도 상전을 때리는 건 법도가 아니지."

위엄있게 훈계하는 말이 채 끝을 맺기도 전에 땅바닥을 나뒹굴던 철산이 언제 그랬냐는 듯 벌떡 일어나 달려든다.

"개소리!"

철산의 흉흉한 기세에 도문소가 흠칫하며 한 걸음 물러난다. 달려들던 철산이 주먹을 내뻗으려 할 때 이번에는 도문소의 뒤에서 발길질이 날아와 가슴을 후려쳤다.

"큭!"

다시금 튕겨나는 철산의 앞으로 금자룡이 씩씩거리며 나선다.

금자룡은 코와 입에서 피를 흘리고 있었다. 이미 얼굴에는 짙은 살기가 흐르고 있다. 친우들 앞에서 망신을 당한 데다 피까지 보게 되자 이성을 잃은 것이다.

"내가 오늘 네놈을 못 죽이면 금가의 자손이 아니다!"

이를 바득바득 갈아붙이며 철산에게 다가간다.

철산 역시 벌떡 몸을 일으키며 지지 않고 맞받아친다.

"개잡종! 어른을 대하는 기본 예절부터 다시 배워야겠군!"

두 사람의 대립에 도문소와 자운성은 난감한 표정이다. 살기가 등등한 금자룡에겐 차마 말 못하고 철산에게만 소리칠 뿐이었다.

"이봐, 빨리 잘못했다고 빌어! 그러다 큰일 난다고!"

"좀 심하긴 했지만 그래도 자네 상전 아닌가?"

그들의 말에 철산의 시선이 힐끗 돌려진다.

오 소저만이 약간의 걱정스러운 눈빛을 보내고 있을 뿐 모두 자신을 비난하는 눈빛이다. 그들의 눈에는 한낱 하인이 주제를 모르고 주인집 도련님에게 대들고 있는 것으로 보였을 것이다.

철산의 이가 바드득 갈려졌다.

"나는 이 집의 종도 아닐뿐더러 네놈들에게 그런 모욕을 당할 이유가 없는 사람이다! 지금 나의 행동은 내가 존경하는 우 노대가 받은 모욕을 대신 갚으려는 것이고, 또한 좋은 아비 만났다고 어른을 몰라보는 싸가지없는 새끼의 버릇을 고쳐 주려는 것이다! 그래도 나를 말릴 생각이라면 아까처럼 무력을 써보아라!"

한 자 한 자 힘이 담긴 말에 그들은 더 이상 아무 말도 하지 못했다.

이미 상황은 말릴 수 없는 방향으로 흘러가고 있었다. 소란스러움에 표국 사람들이 한 명 두 명 몰려들기 시작한 것이다. 이렇게 되면 금자룡의 체면을 위해서라도 멈출 수가 없었다. 그들로서는 그나마 금자룡이 손에 사정을 두어 그가 살인자가 되지 않기만을 바랄 뿐이었다.

"하찮은 놈이 말이 많구나! 네놈의 버르장머리를 먼저 뜯어고쳐 주마!"

금자룡은 보는 눈이 많아지자 더욱 흥분한 듯 몸을 날려온다.

그의 수련 정도가 낮지 않음을 보여주듯 단걸음에 철산과의 거리를 좁혀오며 주먹을 질러온다. 그 빠르기가 한순간인지라 철산은 팔을 들어 얼굴을 보호하는 수밖에 없었다.

퍽!

팔뚝 위에 꽂힌 주먹에 철산의 몸이 비틀거린다.

단순히 주먹을 막은 충격이 아니었다. 뼈가 욱신거리고 속이 울렁거린다.

연달아 쏟아지는 주먹 세례에 철산은 막기에 급급했다.

주먹 하나하나에 기이한 힘이 실려 있어 도저히 손을 쓸 수가 없었다.

팔이 떨어져 나갈 듯 저릿저릿해 왔고 비릿한 핏물이 울컥 치밀어 오른다.

'이게 무공이란 건가?'

우삼광을 그토록 좌절하게 만들었다던 무공.

그러나 주먹에 실린 힘이 기이할 뿐 고향에서 주먹다짐하는 것과 다를 바 없는 움직임이다.

그저 감정에 따라 휘두르는 주먹질.

그런 주먹이라면 아무리 무서운 힘이 실려 있더라도 겁날 게 없다.

부웅!

크게 바람을 일으키며 날아드는 주먹.

철산의 몸이 일순 땅에 닿을 듯 숙여진다.

머리 위를 스치듯 지나가는 바람.

숙여졌던 몸을 일으키며 어깨로 금자룡의 배를 들이박았다.

퍽!

원래의 의도는 상대를 부여잡고 같이 뒹굴 생각이었다. 상대의 실력이 자신보다 높을 때는 일단 잡고 뒹구는 것이 가장 최적이기 때문이다. 서로 뒤엉켜 드잡이질을 벌일 때는 실력보다는 경험과 운동신경에 의해 결판이 나게 된다.

일단 상대의 위에 올라탈 수만 있다면 반쯤은 기세를 잡은 것이다.

그러나 어찌 된 일인지 금자룡은 넘어가지 않았다. 철산의 힘과 기세라면 어떤 상대라도 능히 넘어뜨릴 수 있으련만, 마치 철벽에 부딪치기라도 한 듯 꼼짝도 않는 것이다.

그도 그럴 것이, 모든 무공의 기초는 하체 단련이다.

금자룡 역시 무가의 자식인지라 철들기 시작한 이후 단 한 차례도 마보행공을 빼먹은 적이 없었다. 그렇기에 아무리 철산이 강하게 부딪친다 할지라도 그의 두 다리가 땅에 붙어 있는 한 그를 넘어뜨릴 수가 없는 것이다.

철산이 그것을 깨달았을 때 금자룡은 가소로운 웃음을 흘리며 주먹을 쳐왔다.

퍽!

피할 새도 없이 안면에 적중하는 주먹에 철산은 땅을 나뒹굴어야 했다. 단 일격이었으나 머리가 웅웅 울리고 하늘이 노래진다. 얼얼한 얼굴에 진득한 피가 코를 타고 주르륵 흘러내린다.

쓰러진 철산의 복부로 금자룡의 발이 떨어졌다.

퍽!

무거운 소리가 흘러나오며 철산의 몸이 새우처럼 꺾인다.

창자가 끊어질 것 같았다.

고통을 참으며 몸을 일으키려 할 때 다시 한 번 금자룡의 발이 날아온다.

퍽!

이 정도로는 자신의 분노를 풀기에 어림도 없다는 듯 가혹한 발길질이다.

일방적인 구타는 계속되었다.

금자룡 자신이 지치든가 철산이 죽든가 둘 중 하나가 아니면 그치지 않을 기세다.

철산의 얼굴은 피로 범벅이 되었고, 몸은 죽은 듯이 꿈쩍도 하지 않는다.

간간이 들썩이는 가슴으로 보아 아직 숨은 쉬고 있음을 알 수 있었다.

"퉤!"

금자룡은 그제야 화가 조금 가라앉았는지 침을 뱉으며 발길질을 멈췄다.

"생각 같아서는 네놈을 때려죽여도 성이 안 찬다만, 내 손을 더럽히기 싫어서 이쯤 해두지. 앞으로 조심하는 게 좋을 거다."

몸을 돌리는 금자룡의 모습에 구경하던 사람들의 얼굴에도 일말의 안도감이 비친다. 아무리 싸움 구경이 좋다지만 이렇게 일방적인 폭행을 좋아하는 사람은 없기 때문이다. 게다가 그 폭행이 살인으로까지 이어진다면 표국의 일원인 그들로서도 골치 아픈 일에 휩쓸리게 된다.

이쯤 해서 일이 끝나는가 싶었는지 구경하던 사람들도 하나둘 몸을 돌린다.

그때 장내를 쩌렁쩌렁 울리는 목소리가 들려왔다.

"이놈! 고작 그 모양이 되려고 날뛰었단 말이냐?! 썩 일어나거라! 일어나서 개 잡종한테 버릇을 가르쳐 주란 말이다!"

뭔가를 향한 분노가 가득 찬 고함 소리.

목소리의 주인공은 우삼광이었다.

난데없는 고함 소리에 모든 이들이 어리둥절해할 때 뜻밖의 일이 벌어졌다. 피투성이가 되어 쓰러져 있던 철산이 꿈틀거리는 움직임을 보인 것이다.

"끄으으윽……!"

목에서 피가 고여 끓는 소리가 흘러나온다. 왼쪽 무릎으로 땅을 짚고 반대쪽 팔꿈치로 몸을 받쳐 세운다. 덜덜 떨리는 오른쪽 발이 땅을 밟고 두 손이 몸을 지탱한다.

"카악, 퉤!"

목을 긁는 소음과 함께 진득한 핏물이 튀어나온다.

비틀비틀.

흔들리는 피투성이 얼굴에 하얀색 선이 그어진다.

"우 노대는 역시 그래야 한다고요."

휘청거리는 발걸음이 놀란 얼굴을 하고 있는 금자룡에게 향한다.

"개잡종 놈아, 들었지?! 우 노대도 네놈을 혼내주란다!"

철산의 말에 금자룡의 얼굴에 다시금 분노가 치밀어 오른다. 아무리 그래도 살인까진 할 수 없었기에 참으려 했다. 그러나 주제 모르는 종놈과 그의 후배는 마지막 남은 인내심까지 바닥나게 만들었다.

"네놈이 정녕 죽고 싶은 모양이구나!"

금자룡의 몸이 비호같이 철산에게로 달려갔다. 미처 주변에서 잡을 새도 없었다.

"멈춰라!"

위엄이 가득 실린 음성이 금자룡의 행동을 막으려 했으나 이미 시위는 떠났다. 그 목소리의 정체를 안다면 금자룡으로서도 멈추지 않을 수 없겠지만 그는 살심이 동해 주변 상황을 알아볼 겨를이 없었다.

금자룡의 일권이 철산을 가격하려는 순간, 휘청거리던 철산의 몸이 앞으로 고꾸라졌다.

자연스럽게 쓰러지는 움직임에 금자룡의 기세가 일순 주춤거렸다.

기운없이 쓰러지는 철산의 모습에 그도 어느 정도 정신을 차린 것이다.

더 이상 일을 벌이면 돌이킬 수 없을지도 모른다는 생각이 스쳐 지나갔다. 상대도 이쯤 했으면 충분히 혼이 났을 것이다.

금자룡은 그런 생각에 멈칫하다 문득 이상한 느낌에 밑을 내려다보았다.

씨익.

쓰러진 줄 알았던 철산이 한쪽 무릎을 땅에 댄 채 그를 보며 웃고 있다.

"엇!"

금자룡은 놀라 물러나려 했다. 그러나 철산의 손이 그의 멱살을 움켜쥐자 뜻밖의 상황에 허우적거리는 금자룡의 얼굴로 철산의 머리가 부딪친다.

쾅!

아찔한 충격에 금자룡은 두 손으로 얼굴을 감쌌다.

철산은 멈추지 않고 금자룡의 얼굴을 연달아 후려쳤다.

퍼퍼퍼퍽!

연이은 충격에 금자룡의 몸이 뒤로 벌러덩 넘어갔다.

"크윽! 이노옴!"

자신이 쓰러졌다는 수치심에 분노조차 잊었음일까. 금자룡은 몸을 벌떡 일으켰다. 얼굴이 온통 피투성이다.

그가 언제 이런 험한 꼴을 당해봤을까.

더 이상 가릴 것 없다는 듯 흉흉하게 달려드는 금자룡의 모습에 철산은 이를 악물었다. 조금 전의 공격으로 이미 그에게는 손가락 하나 까딱거릴 힘도 남아 있지 않았다. 오기로 버티고 서 있긴 했으나 거세게 달려드는 금자룡에게 맞설 힘 같은 건 없었다.

철산의 상태를 눈치 챈 듯 금자룡의 얼굴에 잔인한 웃음이 떠오른다.

자신의 얼굴이 피투성이가 되도록 두들겨 맞았다는 사실이 마음에 들지 않은 모양이다.

그런데 그가 막 거리를 좁히며 철산의 가슴을 후려치려는

순간,

쉬이익!

한줄기 파공음과 함께 번쩍거리는 머리가 시야 가득 들어온다.

내뻗어진 주먹이 무엇인가에 잡히고 뒤이어 커다란 타격음과 함께 배에 극렬한 고통이 전해졌다.

"크윽!"

철산이 죽을힘을 다해도 꼼짝도 하지 않던 금자룡의 두 다리가 붕 떠올라 뒤로 나동그라졌다.

"우 노대!"

금세라도 쓰러질 것 같던 철산의 얼굴이 환해진다.

한주먹에 금자룡을 날려보낸 것은 바로 우삼광이었다.

철산의 앞을 막아선 채 넓은 어깨를 당당히 펴고 있는 모습은 바로 예전 철산의 영웅이었던 우삼광의 모습 그대로였다.

그런데 바로 그때,

"이놈!"

갑자기 천둥 같은 호통성과 함께 뒤쪽에서 누군가가 우삼광에게 날아든다. 날개를 접어 먹이를 노리는 응조와 같이 날렵하게 날아든 자는 가볍게 일장을 쳐왔다. 솜털 날리듯 하늘하늘 뻗어지는 듯했는 데도 그 빠르기가 멀쩡히 두 눈을 뜨고도 제대로 보이지 않을 정도였다.

팡!

가죽 공이 터지는 소리가 나며 우삼광의 몸이 주르륵 밀려
난다.

　"큭!"

　치밀어 오르는 피를 억지로 삼킨 듯 목젖이 크게 울렁인다.
비틀거리며 앞을 바라본 우삼광의 표정이 굳어졌다.

제4장

세 가지 약속

세 가지 약속

금도학은 어울려 뒹굴고 있는 두 청년을 보
자 어이가 없었다.

명색이 소국주라는 놈이 시정잡배처럼 싸움질이나 하고
있다니 그게 말이 되는가?

표국 내의 다툼에 대해 그토록 엄하게 일렀거늘, 표사도 아
닌 그의 아들이 이럴 줄은 몰랐다.

'에잉, 이게 다 부인 때문이오.'

금도학은 혀를 차며 아내를 원망했다.

대가 귀한 가문에 마흔 살이 다 되어 얻은 늦자식인지라 아
내의 품 안에서 온갖 사랑을 다 받고 자란 금자룡이었다. 누

구 하나 엄하게 대하질 못하다 보니 이렇게 약관을 넘기고서
도 천방지축이었다.

사실 금도학은 자각하지 못하고 있지만 그 자신도 뒤늦게
얻은 아들에 대한 애정이 각별하여 부인 못지않게 금자룡을
감싸고돌았다.

아마 평소라면 금자룡의 잘못에 이렇게 화가 나진 않았을
것이다. 화가 나더라도 그것은 금자룡이 아니라 상전과 싸우
는 하인에게 났을 것이다.

그러나 지금은 상황이 달랐다.

'하필이면 이때……'

금도학은 옆으로 슬쩍 시선을 돌렸다.

그의 옆에는 깔끔한 청색 경장을 걸친 초로의 노인이 서 있
었다. 노인 역시 금자룡이 싸우는 모습을 보았는지 흥미로운
눈초리로 쳐다본다.

"허허, 너무 버릇없이 자란 녀석이라……."

어색한 웃음을 지으며 나서려고 할 때 노인이 고개를 흔들
며 말한다.

"그냥 둬보시게."

노인의 말에 금도학은 의아한 표정을 지었다.

설명을 요구하는 금도학의 시선에 노인은 턱수염을 매만
지며 말했다.

"어차피 기본이 어느 정도 되는지 시험해 보려던 참이었

네. 막싸움이라도 수련이 얼마나 되는지는 충분히 알아볼 수
있으니 마침 잘된 일이 아닌가?"

노인의 말에 금도학은 한결 편안한 마음으로 싸움을 지켜
보았다.

금자룡의 상대는 못 보던 젊은이다.

아마도 허드렛일을 하기 위해 고용된 하인 내지는 쟁자수
인 듯하다. 무공은 연마하지 않은 듯 별반 대단한 움직임은
아니었지만 독기 하나는 예사롭지가 않다.

그러나 어렸을 때부터 몸을 단련해 온 금자룡이 질 것이라
고는 생각지 않았다.

그의 생각대로 금자룡은 계속해서 청년을 몰아붙였다. 그
리고 마지막 결정타를 가하려 하는 순간, 아무도 예상치 못한
일이 발생했다.

쓰러지기 직전의 젊은이를 끌어당기며 일권을 내뻗는 사
나이. 강한 주먹에 맞고 나동그라지는 금자룡.

모든 상황이 도저히 이해할 수 없는 현실이 되어 금도학의
뇌리를 강타해 왔다. 일순 멍한 표정을 짓던 금도학의 얼굴에
노기가 떠올랐다.

감히 일개 쟁자수 주제에 그의 귀한 아들을 때린 것이다.
그것도 다른 사람이 지켜보는 앞에서.

"이놈!"

참을 수 없는 분노에 금도학의 몸이 쏜살같이 날아올랐다.

우삼광은 얼굴 가득 노한 표정을 짓고 있는 금도학에게 고개를 숙였다.

그러나 우삼광이 인사를 하든 말든 금도학은 싸늘하게 호통쳤다.

"이게 무슨 짓인가?!"

금도학의 호통에 우삼광은 아무 말도 하지 않았다. 이렇게 되었는데 더 이상 무슨 말이 필요할까?

우삼광의 침묵에 금도학의 노기가 더욱 치솟는다.

"신세가 딱해 보여 거두어주었더니 키워준 주인을 무는구나! 그래서 네놈 같은 파락호들을 인간으로 보지 않는 것이다!"

평소의 금도학이라면 아무리 상대의 신분이 하찮을지라도 이런 식으로 말하진 않았다. 그러나 지금은 하나밖에 없는 아들이 쓰러지자 크게 흥분한 상태였다.

우삼광은 그런 금도학을 착잡하게 쳐다보았다.

십 년 전, 그가 표사 시험에 도전했을 때 형편없는 실력으로 쫓겨나게 된 것을 붙잡은 것이 바로 눈앞의 노인이다.

표두에게 수없이 맞아 피투성이가 되면서도 끝까지 바락바락 덤비는 끈기가 마음에 들었다던가?

돈 많은 집에서 태어나 명사에게 무를 닦고 집안의 돈으로 표국을 차려 낙양제일을 바라보게 된 금도학이다. 밝은 길만 걸어온 그였기에 우삼광과 같이 불가능한 일에 목숨을 거는 하류 인생을 처음 접해봤을 것이다. 자신과 다른 종류의 사람을 보았을 때의 호기심과 동정심 그 이상도 이하도 아니다.

크게 선심 쓰듯 쟁자수로 고용하겠다던 금도학의 눈빛에서 그것을 읽을 수 있었다. 마치 은혜에 몸 둘 바를 모르겠다며 머리 숙이기를 바라는 눈빛.

당시에는 그런 금도학의 속내를 알고도 머리를 조아려야만 했다.

자존심은 구겨졌고, 더 이상 무슨 일을 할 자신도 없었다. 그렇게나마 고용해 주는 것만으로도 감지덕지했다.

지금 금도학의 눈빛은 그때와 비슷하다. 당장 무릎을 꿇고 용서를 빌라는 표정이다. 며칠 전이었다면 망설임없이 그 무언의 명령을 받들었을 것이다.

그러나 지금은 아니다. 바로 그를 우상처럼 여기고 있는 철산 때문이다.

보잘것없는 자신을 존경한다며 이역천리 찾아온 고향 후배에게 이미 여러 차례 실망을 안겨주었다. 더 이상 못난 모습을 보여주긴 싫었다.

"먼저 싸움을 건 것은 도련님이었소."

떡 벌어진 어깨를 활짝 펴고 흔들림없이 대답하자 금도학의 옷깃이 부들부들 떨린다.

얼굴조차 올려다보지 못하던 일개 쟁자수가 말대꾸를 하

는 것을 어찌 참을 수 있을까?

"감히 내게 반항하는 것이냐?! 당장 잘못을 빌지 못할까?!"

근엄한 표국주의 명령이다. 어기면 당장 혼을 내어 표국에서 쫓아낼 것이라는 위협이 담겨 있다. 그러나 우삼광은 이번에도 고개를 숙이지 않았다.

"십 년 전에는 나 혼자였기에 자존심을 버릴 수가 있었소. 하나 지금은 그럴 수가 없소. 지난 십 년간 허황된 꿈에서 깨어나 현실을 직시하게 되었다고 생각했는데, 아무래도 그건 내 착각이었던 것 같구려. 나는 오늘 부로 이곳을 그만두겠소."

금도학의 얼굴에 일순 어이없다는 표정이 떠올랐다.

"네놈은 여기가 네놈 마음대로 들어오고 나갈 수 있는 곳이라 여겼더냐?"

표사가 표국에 고용될 때는 일종의 계약을 맺게 된다. 몇 년간 일을 하겠다는 문서를 작성하고 몇 달간의 급료를 계약금 조로 미리 받는 것이다.

일단 고용된 표사는 계약 기간이 만료되기 이전까진 마음대로 표국을 떠날 수가 없었다. 피치 못할 사정으로 표국을 떠나게 될 때는 계약금의 열 배를 물어주는 것이 관례였다.

물론 표국으로서도 표사가 큰 실책을 범하기 전엔 표사를 내보낼 수 없었다.

그러나 털어서 먼지 나지 않을 사람 없으니, 실책 같은 것은 얼마든지 만들어낼 수가 있었다. 즉, 겉으로는 공평한 계약이지만 실상은 표국은 표사가 마음에 들면 붙잡아두고 거슬리면 쫓아낼 수 있는 것이다.

금도학이 그런 말을 한 것은 계약 기간을 들먹여 우삼광이 아직까지 표국의 일원이라는 것을 강조하기 위해서이다.

표국의 사람은 누구든 표국주의 명령을 들어야 한다. 그것을 어기면 어떤 벌을 받더라도 억울하다 할 수 없었다.

실상 표국을 꾸려 나가는 사람들도 대부분 무인들이기 때문에 그런 관습적인 규칙은 크게 신경 쓰지 않는 편이었다. 금도학 역시 평소에는 그런 것을 들먹이는 일이 없었다. 자식을 다치게 한 우삼광이 되레 당당한 태도를 보이자 그의 기세를 꺾기 위해 한 말이었다.

하나 우삼광의 태도는 변하지 않았다.

"나는 쟁자수지만 대우는 진작부터 하인만도 못하게 받아왔소. 계약을 한 게 아니라 매월 노역비를 받아왔으니 이곳을 그만두는 것은 내 마음이오."

우삼광의 말에 금도학의 표정이 일그러졌다.

쟁자수는 명목상 표사였기에 계약을 하는 것이 원칙이지만 총관의 재량에 따라 계약을 하지 않는 일이 빈번했다. 표국의 실질적인 원동력인 표사들이야 일이 있든 없든 항상 보유하고 있어야 하지만 쟁자수는 그럴 필요가 없기 때문이다. 즉, 매달 급여를 지불하는 대신 인원이 필요 없을 때는 언제든지 내보낼 수 있는 것이다. 일꾼이야 쉽게 모집할 수가 있으니 어찌 보면 당연한 처사라고 할 수도 있었다.

금도학도 표국에 그런 일이 일어나고 있음을 알고 있었지만 크게 신경 쓰지 않았다. 그가 보기에도 효율적이었기 때문이다.

하나 지금은 그런 임시방편이 그의 말문을 막아버렸다.

우삼광을 혼내주려던 명분이 없어져 버린 것이다. 그저 내세울 수 있는 건 아비 된 입장에서 자식이 다쳤다는 것뿐인데, 그렇게 따지자면 철산이 더욱 많이 다쳤다.

무림인치고 명분을 중요시하지 않는 자는 없다.

힘이 있다 하여 함부로 쓰다간 명성에 금이 가게 된다. 더욱이 금도학은 명성이 생업과 직접적인 연관이 있는 표국업을 하고 있었으니 더욱 세심할 수밖에 없었다.

분노는 머리끝까지 치솟는데 손쓸 명분이 없자 가슴이 답답해졌다.

그런 금도학의 고민은 우삼광의 한마디에 씻은 듯이 해소되었다.

"이제 나는 금룡표국의 사람이 아니니 조금 전 국주에게 맞은 것을 갚고 싶소."

우삼광의 말에 금도학은 쾌재를 부르는 한편 노기가 더욱 치솟았다.

무림에서는 금도학을 용풍일권이라는 별호로 불렀다. 권

풍이 워낙 강하여 한주먹을 제대로 받아내는 이가 드물었기에 붙여진 별호다.

금룡표국이 이토록 성세를 이루게 된 것은 그의 무명에 힘입은 바가 컸다.

무림에서도 인정하는 자신에게 한낱 쟁자수가 당당히 도전하고 있으니 어찌 기가 막히지 않을까.

'대체 나를 얼마나 우습게 여기기에 이러는 건가?'

금도학은 분노와 함께 호기심이 생겼다. 그러고 보니 아까 금자룡을 한주먹에 쓰러뜨린 것도 이해할 수 없는 일이었다. 어떤 기연이라도 얻어 범인이 생각지 못할 힘을 얻은 것일까?

내내 붉히고 있던 얼굴이 차분해진다. 명성을 날린 고수답게 싸움에 임하자 냉정함을 찾은 것이다.

반면 지금껏 침착하던 우삼광의 얼굴은 투지로 넘쳐 났다.

두 눈 가득 활화산 같은 불길이 치솟고 굵은 어깨가 거친 숨으로 들썩인다.

금도학은 뒷짐을 진 채 여유로운 표정으로 고개를 까딱였다.

"삼 초를 양보해 주마."

이미 손에 들어온 먹이를 가지고 놀 듯 여유로운 말투다.

그의 말에 우삼광은 이를 악물었다.

육십 먹은 노인이 선공을 양보한다고 자존심 상할 필요는 없다. 오히려 무림의 명성으로 본다면 상대를 해주는 것만으로도 고마웠다. 그도 십 년 동안 주워들은 이야기가 많다. 무림인을 상대로 이길 거라고는 생각지도 않는다.

다만 한 방.

단 한 번일지라도 십 년 동안 잃어버렸던 사나이의 기개를 보여주고 싶을 뿐이다.

"이야아아아아압!"

뱃속 가득 집어넣었던 바람이 커다란 소리가 되어 터져 나온다. 그리 크진 않지만 단단한 몸뚱이를 내세워 달려드는 모습이 살기등등하다.

그 기세에 여유롭던 금도학이 주춤거린다.

우삼광도 자신의 명성을 모르진 않을진대 설마 이렇게 무식하게 달려들 줄은 몰랐다.

그러나 오랜 시간 수련해 온 몸은 빠르게 반응을 한다. 반사적으로 내뻗은 손이 우삼광의 주먹에 뱀처럼 휘감겨 들었다. 주먹을 휘감은 손이 손목을 타고 팔꿈치에 이르자 기세등등 달려들던 우삼광의 몸이 휙 뒤집혔다.

콰당!

등부터 땅에 처박히자 숨이 턱하니 막혀온다.

간단한 금나술조차 감당하지 못해 공격은커녕 피해만 입은 것이다.

"일 초."

차가운 금도학의 음성이 흘러나온다.

"퉤!"

우삼광은 피가 뒤섞인 침을 내뱉으며 몸을 일으켰다.

"이야아아압!"

기합과 함께 이번에는 상체를 바짝 숙인 채 금도학의 하체를 노리고 달려든다. 우삼광도 십 년 전에는 싸움에 이골이 났었기에 강한 상대와 어떻게 싸워야 하는지를 잘 알고 있었다. 일단 두 다리를 붙잡기만 하면 상대를 땅에 처박을 수 있을 것이다.

그러나 금도학은 그런 생각을 비웃기라도 하듯 손을 뻗어 우삼광의 목을 눌러 버렸다. 우삼광은 상체를 바짝 낮춘 채 달려들던 상태였기에 머리가 짓눌리자 스스로의 힘을 이기지 못하고 땅에 처박혀야 했다.

"이 초."

우삼광은 다시 몸을 일으켰다. 머리가 깨어진 듯 고통이 엄습해 온다. 그러나 이대로 끝낼 수는 없다.

"으라차차차차!"

세 번째 기합을 터뜨리며 주먹을 내뻗는 척하다가 낭심을 올려 찬다.

금도학의 얼굴에 다시금 노기가 치솟았다. 상대의 낭심을 공격하는 것은 무림인들이 꺼리는 공격 중 하나다. 요즘퇴라 하여 낭심을 차는 무공이 있긴 하지만 정당한 초식이 아닌 암습이라는 인식이 강하기 때문이다. 특히 밝은 길을 걸어온 금도학에게는 도저히 납득할 수 없는 공격이기도 했다.

"비열한 놈!"

노성을 터뜨리며 좌장으로 우삼광의 발을 막고는 다시 외친다.

"마지막 삼 초! 이제 끝이다!"

말과 함께 발차기가 실패하여 비틀거리는 우삼광의 가슴에 일권을 후려친다. 우삼광으로서는 정상적인 상태였어도 피할 수 없는 빠른 공격이었다.

"컥!"

신음을 터뜨리며 물러나자 금도학이 바짝 따라붙으며 연신 주먹을 쳐온다.

퍼퍼퍼퍽!

우삼광은 얻어맞으면서도 쓰러지지 않고 비틀비틀 물러났다.

금도학은 처음엔 약간의 힘만을 실었다. 조금 과하게 힘을 쓰면 우삼광이 죽을까 싶어서였다. 그러나 상대가 자신의 권력에도 쓰러지지 않고 버티자 약이 올랐다.

조금씩 가중되던 힘이 급기야는 제대로 공력이 실리게 되었다.

내공을 실어 쳐내고 나서야 아차 싶었지만 그의 체면에 내뻗은 주먹을 거둘 수는 없었다.

쉬익!

빠르게 내친 권력은 용풍일권이라는 별호를 나타내 주듯 거센 바람을 일으켰다. 닿는 것은 모조리 부술 것 같은 기세. 그 순간 휘청이던 우삼광의 몸이 우뚝 멈추어 섰다.

　지금까지 속수무책으로 당하던 것과 달리 오른 주먹을 허리춤에서 크게 뽑아 용풍권에 정면으로 부딪친다.

　쾅! 우두둑!

　마치 바위와 바위가 부딪치는 듯한 소리가 터졌다.

　"으음!"

　금도학이 나직한 신음과 함께 두 걸음을 밀려났다. 내뻗은 주먹이 눈에 띄게 부어 있다. 표정이 약간 일그러진 것이 고통을 참고 있는 듯하다.

　우삼광은 더욱 처참한 모습이다. 얼굴은 창백하고 입에서는 연신 피를 게워낸다. 다리는 금세라도 꺾일 듯 휘청거렸고, 전신을 부들부들 떨고 있었다. 게다가 금도학의 권력을 맞받아쳤던 오른쪽 팔은 크게 뒤틀린 채 비정상적으로 꺾여 있었다.

　그런 상태로 쓰러지지 않기 위해 어금니가 부러지도록 악다문 채 버텨내고 있는 것이다.

　금도학은 우삼광을 기이하다는 듯 쳐다보았다. 분명 무공이라곤 모른다고 생각했는데, 조금 전 주먹을 부딪쳤을 때의 힘은 결코 일반인의 것이 아니었다. 권법으로 명성을 날린 그의 주먹이 이렇게까지 충격을 받은 것만 보아도 알 수 있다.

욱신욱신거리는 것이 아마 뼈에 금이라도 간 모양이다.

잠시 그 힘에 대해 생각해 보던 금도학은 이내 쉬운 답을 내렸다.

"이놈, 사술을 익혔구나."

정파의 것과 달리 파괴적이고 사이한 수법을 주로 하는 사파의 무공이라면 대충 이해가 될 것 같았다.

금도학은 우삼광을 향해 걸어갔다.

정말 사술을 익혔다면 이 정도에서 끝낼 생각은 없다. 최소한 근맥을 끊어 사술을 쓰지 못하게 만들어야 한다는 생각이다.

금도학이 우삼광에게 다가가려 할 때 비웃음 소리가 들려왔다.

"그 아비에 그 아들이군. 무림인이란 것들은 전부 그렇소?"

목소리의 주인공은 장철산이었다.

철산의 말에 금도학은 인상을 찌푸렸다.

"무슨 말이냐?"

"힘이 있다고 아무에게나 함부로 쓰는 것 말이오."

비꼬는 말에 금도학의 수염이 부르르 떨렸다. 그러나 곧바로 손을 쓰진 않았다. 우삼광에게도 선수 삼 초를 양보했다. 그보다 어린 철산을 다짜고짜 공격하기엔 보는 눈이 너무 많았다.

철산은 잠자코 있는 금도학에게서 시선을 돌렸다. 얼굴을 타고 흐르는 핏줄기가 시야를 흐려온다. 소매로 얼굴을 대충 훔치며 우삼광에게 다가갔다.

그가 다가가자 우삼광의 몸이 뒤로 넘어간다. 진작부터 의식을 잃고 있었던 것이다. 철산의 가슴이 쓰러지는 우삼광의 등을 지탱했다.

우삼광이 의식을 잃으면서까지도 쓰러지지 않았던 이유. 결코 철산에게 무릎 꿇는 모습을 보여주고 싶지 않아서였다. 그런 우삼광의 의지가 철산의 가슴을 못 견디게 울려왔다.

"제길, 우 노대도 이제 늙었군요. 겨우 이 정도로 기절을 하다니."

농담하듯 던진 말이지만 표정은 진지하다. 철산은 우삼광을 조심스럽게 똑바로 눕혔다. 우람하던 팔이 비틀린 채 꺾인 모습이 철산의 가슴을 아프게 했다.

아마 다시는 예전처럼 팔을 움직일 수 없을 것이다.

그가 그렇게 된 것이 모두 자신 때문이라는 자책감이 그를 괴롭혔다.

그러나 괴로워하고만 있을 수는 없다.

우삼광이 보여준 행동은 철산을 위한 것이었다. 적어도 우삼광이라는 사내가 보여준 기개에 보답은 해야 한다.

철산은 몸을 일으켰다.

앞에는 그의 행동을 지켜보고 있는 금도학이 보인다.

철산의 얼굴에 미소가 번졌다.

어금니가 위아래로 갈리며 바드득 소리가 흘러나온다.

"이젠 나하고 해봅시다."

철산의 말에 금도학의 얼굴 근육이 움찔거린다.

대체 이들은 자신을 뭘로 여기는 건가? 무림에 명성이 자자하고 낙양에선 손꼽히는 고수인 용풍일권에게 대련 신청하듯 싸우자고 말하는 담력이라니…….

금도학은 모르는 사이 자신이 사람들에게 깔보이고 있는 것이 아닐까 생각했다. 이쯤에서 그의 신위를 제대로 보여주어야 할 필요성을 느꼈다. 그렇지 않으면 체면이 서지 않을 것 같았다.

그는 자신의 생각을 나타내듯 소매를 걷었다. 철산에게는 우삼광 이상의 처벌을 내릴 생각이다.

철산은 그런 금도학의 생각을 아는지 모르는지 히죽거리며 몸을 날린다.

기세가 당차고 매우 날렵한 몸놀림이다.

단박에 다가들어 주먹을 날리자 금도학 역시 주먹을 마주쳐 온다.

조금 전 우삼광과의 격돌과 다를 바 없는 모습.

금도학은 조금 전 우삼광과의 부딪침에 낭패를 봤던 것을 떠올린 듯 이번에는 주먹에 사정을 두지 않았다.

거센 바람이 펄럭이고 주먹이 닿기도 전에 권풍에 몸이 날려질 듯했다.

철산 역시 우삼광과 같은 모습이 될 것이 당연지사처럼 여겨진다.

그러나 두 사람의 주먹이 격돌하려는 순간 철산의 주먹이 재빠르게 거두어진다. 처음부터 주먹을 마주칠 생각이 없었던 듯 군더더기없는 동작이다.

그와 함께 철산은 몸을 바짝 움츠려 금도학의 아래로 파고들려 했다.

금자룡과의 다툼에도 그러했듯 일단 금도학의 두 발을 땅에서 떨어뜨리려는 작정이다. 그의 움직임은 수련에 의한 매끄러운 것은 아니나 상대가 예상치 못한 곳으로 파고들었기에 충분히 성공할 듯했다.

그러나 무림의 명성이 헛된 것만은 아닌 것일까. 철산의 머리 위를 스치고 지나가던 금도학의 주먹이 거두어지며 반대쪽 손이 철산의 머리를 잡아온다.

철산의 행동을 미리 예측이라도 하고 있었던 듯한 대응이다.

"고작 이 정도냐?"

경멸과 멸시, 그리고 비웃음이 가득한 눈빛이 철산을 내려다본다.

"큭."

점점 조여오는 거센 악력에 머리가 터져 나갈 것 같다. 금도학이 손에 힘을 주자 철산의 몸이 땅과 가까워진다.

쿵!

머리가 땅과 부딪치자 이마가 찢어진 듯 쓰라려 왔다. 그러나 살이 찢어진 고통은 느낄 새도 없었다.

자의가 아닌 외부의 힘에 의해 머리를 땅에 대야 하는 모멸감에 몸이 떨려왔다. 금도학은 철산의 머리를 부수고야 말겠다는 듯 짓누르고 있던 힘을 거두지 않았다.

흙바닥이지만 오랜 세월 동안 다져져 돌 바닥이나 다름없다.

흙을 밀어내고 파고드는 깊이에도 한계가 있는 법.

철산의 얼굴이 빨갛게 변하며 굵은 핏줄이 흉측하게 튀어나왔다.

더 이상 버티기 힘들 것 같다는 생각이 스치고 지나갈 때쯤 축 늘어져 있던 철산의 손이 꿈틀거린다.

의식을 잃기 전 마지막 몸부림이런가?

금도학은 철산의 행동에 크게 의식지 않고 호통쳤다.

"잘못을 빌어라! 그럼 살려주겠다!"

그의 말에 철산의 입이 달싹거린다.

"어… 어…….."

그러나 머리를 누르는 압력 때문에 말이 제대로 새어 나오지 않는다.

그 모습에 금도학은 짓누르던 힘을 조금 거두어들였다.

압력이 줄어들자 철산의 입에서 알아들을 수 있는 말이 흘러나왔다.

"…드시오."

똑똑히 알아들을 수 있는 것은 그 소리뿐이었다. 금도학은 궁금하여 상체를 조금 더 낮추었다.

"똑똑히 말해보거라."

철산의 입이 다시 열렸다.

"엿이나 드시오."

철산의 말을 듣고 그것을 머리로 이해하는 데는 얼마간의 시간이 필요했다. 그만큼 상상조차 할 수 없는 반응이었다.

"이런 하룻강아지 같은 놈이!"

분노하여 철산의 머리를 내려치려는 순간,

콰직!

금도학의 발등에 둔탁한 충격이 가해진다.

"끄악!"

견디기 힘든 고통에 금도학은 반사적으로 철산을 걷어찼다.

펑!

철산의 몸이 허공으로 붕 떠오르더니 이내 나뒹군다.

"이놈이!"

노성을 터뜨리는 금도학의 발등에는 끝이 뾰족한 돌멩이

가 한 치가량이나 박혀 피를 흘려내고 있었다.

발에 차여 피를 토하던 철산이 힘겹게 고개를 들어올리며 이죽거린다.

"맛이 어떻소?"

비웃는 듯한 철산의 말에 금도학의 얼굴이 고통과 수치로 벌겋게 달아올랐다. 그가 언제 이런 망신을 당해보았던가.

아무리 기습이었다고는 하나 무공조차 없는 촌놈에게 당해 피를 보다니…….

인자해 보이던 얼굴이 분노로 부들부들 떨려온다. 더 이상은 참을 수 없었다.

휙!

장포 자락이 바람에 휘날리는 소리가 크게 울린다. 금도학이 제대로 내공을 끌어올리고 있음을 알려주는 소리다. 순식간에 철산의 지척에 나타난 금도학의 주먹이 크게 젖혀진다.

그의 권력에 맞는다면 살아남긴 힘들 터.

그때 누군가의 목소리가 들려왔다.

"이보게, 나는 자네의 아들을 보러 왔지 피를 보러 온 게 아니네."

그 말에 금도학의 손에 일순 망설임이 생긴다. 어차피 그도 사람을 죽이는 일은 생각지도 않았다. 용서를 빌면 곧바로 놓아줄 심산이었다. 그런데 철산이 의외로 굳건히 버티고 자신에게 상처까지 입히자 그만 분노를 주체하지 못한 것이다.

노인의 목소리는 나직했으나 기묘한 힘이 실려 있었다. 그의 목소리를 듣자 금도학의 마음을 온통 휘어잡고 있던 분노가 깨끗이 사라지고 머리가 맑아지는 느낌이었다.

그제야 침착성을 되찾은 금도학은 일순 갈등했다.

낙양제일 표국의 주인이자 하남성의 이름 높은 권사인 그가 말 한마디에 손을 거두는 것은 그리 좋은 광경은 아니었다. 자칫 소문이 나면 그의 이름이 우습게 될 수도 있었다.

그러나 금도학의 고민은 무표정한 노인의 얼굴을 보는 순간 끝을 맺었다.

'어리석은. 종남일절 앞에서 명성을 논하다니…….'

잠시 상대가 누군지 잊고 있었다.

종남일절 하순원이면 무림의 태두 중 하나인 종남파에서도 장로 급에 해당하는 배분이다. 게다가 무공은 종남파 제일이라는 소리까지 있었다. 그런 고수 앞에서 용풍일권이라는 이름은 허명에 불과했다.

"험험, 나도 모르게 힘을 과하게 쓴 모양이군."

금도학은 어색한 표정으로 헛기침을 하며 철산에게서 물러났다.

지켜보던 표국 사람들의 입에서 안도의 한숨이 새어 나온다. 그들도 눈앞에서 사람이 죽어 나가는 모습을 보기는 원치 않았다. 일이 이 정도로 마무리된다면 더할 나위 없었다.

금도학이 살기를 거두고 물러나자 철산은 흐려졌던 의식

이 돌아왔다.

그제야 머리가 으깨지고 내장이 터질 듯한 고통이 느껴졌다. 얼굴을 들자 금도학의 손에 눌려 머리에 박혀 있던 흙과 돌들이 우수수 떨어진다.

주르륵.

진득한 피가 이마를 타고 흘러내린다. 눈망울에 고인 핏방울 때문에 세상이 온통 붉게 보였다.

"크크크."

찢어진 입술 사이로 메마른 웃음소리가 흘러나온다. 그의 괴소에 사람들의 시선이 의아함에 물들었다. 모두의 시선이 집중되자 철산은 몸을 꿈틀거리며 일어섰다.

"아직 안 끝났어."

철산은 흙과 피가 범벅이 된 침을 뱉어내며 금도학을 마주하고 섰다.

그의 독기에 구경하고 있던 사람들은 물론이고 금도학마저 질린 표정을 지었다.

"이, 이놈이 아직도……!"

조금 전과 달리 곧바로 손을 쓰지 않고 망설일 때 금도학을 저지했던 목소리가 다시 들려온다.

"이보게, 이만하면 됐으니 그만 하게."

하순원의 말에 철산은 비틀린 웃음을 지으며 반문한다.

"됐다니? 뭐가 되었단 말이오?! 나는 아직 우 노대의 빚을 갚지 못했거늘!"

철산의 말에 하순원은 혀를 차며 고개를 젓는다.

"자네는 몇 년이 지나도 이 친구는 물론이고 저 아이의 옷자락 하나도 건드릴 수 없을 것이네."

하순원의 말이 사실이라는 것은 이미 몸으로 겪어 알고 있다.

그러나 그것은 단지 드러난 모습일 뿐이다.

"이길 수 있고 없고 그건 중요한 일이 아니오!"

철산의 말에 하순원은 의아한 표정이다.

"그럼 무엇이 중요한가?"

"내 마음이 저자에게 빚을 갚으라 하니 내 마음을 부수지 않는 한 싸움은 끝나지 않을 것이오."

호기 실린 말에 하순원의 얼굴에 감탄의 빛이 떠오른다.

"좋은 호기로군. 그러나 현실은 자네 생각처럼 녹록하지만은 않다네."

그의 말에 철산은 고개를 저으며 무겁게 말했다.

"나는 쉽게 생각한 적 없소."

철산의 말에 하순원은 잠시 침묵한다. 이어 그의 입이 열렸을 때 그의 눈에 기광이 번쩍였다.

"만약 자네가 이걸 막을 수 있다면 인정하도록 하지."

말이 끝났을 때 하순원의 발이 한 걸음을 내딛는다.

슈욱!

실제 소리는 나지 않았으나 마치 바람 소리가 귀를 울려오는 듯한 느낌이 들었다. 눈으로 그를 좇아 움직임을 파악하려 했을 땐 이미 목덜미가 뜨끔하며 의식이 사라지고 있었다.

'어, 어떻게……?'

철산은 온몸의 기력이란 기력이 모두 빠져나가는 듯한 착각 속에 의식을 잃어갔다.

"이대로… 쓰러지면… 안…….."

끝까지 쓰러지지 않으려 다리에 힘을 주고 버티려 했으나 몸은 천근 물길 속에 잠긴 듯 한없이 가라앉으며 정신은 아득했다.

하순원은 쓰러지는 철산을 보며 씁쓸한 표정을 지었다.

종남일절이라 불리며 무림에 손꼽히는 고수인 그가 한낱 무지한 청년에게 손을 쓴 것에 대한 자책감이 들었다. 하나 그가 나서지 않았다면 청년은 더욱 큰 화를 입었을지 모른다. 젊은 치기에 의한 행동은 세월이 지나면 스스로 깨닫기 마련이다. 아마 그때가 되면 청년도 감사해할지 모른다.

"허허, 거참. 뭐 하러 직접 손을 쓰시고 그러나?"

어색함이 남긴 목소리에 뒤를 돌아보자 금도학이 다가오고 있었다.

하순원의 눈에 일순 책망의 빛이 떠오른다.

그의 눈빛에 금도학은 머쓱한 표정으로 얼굴을 붉힐 뿐

이다.

금도학과 하순원은 고향이 같은 친우였다.

집이 부자였던 금도학과 달리 하순원의 집은 가난을 벗어나 본 적이 없었다.

항시 굶주렸던 하순원에게 금도학은 맛난 음식을 가져다주며 함께 어울리곤 했다.

물론 금도학의 입장에서는 쉽게 부려먹을 수 있는 부하가 필요했을 터이다. 항시 부잣집 아이들에겐 동네 아이들의 해코지가 있기 마련이다. 그런 점에서 하순원은 그가 부려먹기에 가장 좋았을 것이다. 집은 가난했지만 싸움 실력 하나는 발군이었으니까.

어렸을 적 먹다 남은 떡 하나만 가져다주면 입이 함지박만하게 벌어져 시키는 대로 다 하던 아이. 그런 하순원의 신세가 바뀐 것은 그의 나이 열한 살 때 우연히 종남 본산의 고인의 눈에 띄었을 때부터였다.

하순원의 자질을 한눈에 알아본 도사는 그를 데려가 종남파의 대들보로 키웠고, 오십 년 가까운 세월이 흐른 지금 금도학으로서는 감히 바라보기도 힘든 위치에 올라 있는 것이다.

하순원이 지금에서도 금도학의 초청을 무시하지 않는 것은 어렸을 때 그가 장난처럼 가져다주었던 많은 음식들이 그의 가족들에게 큰 도움이 되었기 때문이다.

이번에도 금도학의 회갑 잔치에 맞추어 그가 자신의 아들을 제자로 삼아달라고 부탁했기에 직접 산을 내려왔다.

사실은 약관의 나이에도 아직 사문을 갖지 못했다는 점이 마음에 걸려 거절하려 했다. 그러나 금도학이 기본이 충실하고 한시도 수련을 게을리 하지 않았다고 하도 호언장담을 하여 한번 보기나 하려고 들른 것이다.

그런데 고아함이 신선과 같다는 종남일절을 이런 번잡한 다툼에까지 끼어들게 만들었으니 금도학으로서는 실로 입이 열 개라도 할 말이 없었다.

"쯧쯧, 자네 부자는 무공보다 우선 마음의 수양부터 해야 겠구먼."

금도학은 쥐구멍에라도 들어가고 싶은 심정이었다. 조금 전에는 흥분해서 손을 쓰느라 몰랐지만 침착성을 되찾자 자신의 행동에 얼굴이 화끈거렸다. 명색이 무림의 고수라는 자가 무공 한 자락 모르는 두 사람을 피투성이로 만들었으니 말이다.

기죽은 금도학의 모습에 하순원은 다시금 혀를 찼다.

"며칠 후에 산으로 보내게. 내가 확실한 답변은 할 수 없지만 장문인께 여쭤보기는 하겠네."

그 말에 금도학의 표정이 대번에 환해졌다. 하순원은 종남을 대표하는 고수이다. 배분으로는 장문인의 사형이었고, 무공은 종남제일이라 칭해졌으니 그의 말을 반대할 수 있는 사람은 아무도 없을 것이다.

그의 직전제자가 아니라는 것이 조금 아쉽긴 했지만, 일단 종남에 입문하는 것만으로도 금룡표국의 위세가 한결 높아진다. 게다가 하순원의 성격상 친구의 아들에게 결코 무관심하진 않을 것이니 실상 그의 제자가 되는 것과 다를 바 없었다.

하순원은 희희낙락하는 금도학에게서 시선을 돌렸다. 처참하게 쓰러져 있는 철산과 우삼광의 모습이 노안에 들어왔다.

"잘 치료해서 보내주게. 추한 모습은 이 정도에서 끝내야 하지 않겠나?"

그의 말에 금도학의 얼굴이 다시금 붉어졌다.

"당연히 그래야지."

하인들에게 들려 나가는 두 사람을 보고 하순원은 고개를 내저으며 탄식했다.

"근골과 독기는 뛰어나되 뼈와 근육이 굳어 있으니… 나이가 참으로 아쉽구나."

하순원은 안타까운 표정으로 돌아섰다.

하순원이 철산의 자질을 안타까워할 때 그의 안위를 걱정하는 사람이 있었다.

'괜찮을까?'

항상 격식을 차리고 기품을 중시하는 사내들만 보아오다 처음으로 접한 거친 사내의 모습.

무림에서도 고수에 속하는 금도학에게 끊임없이 덤비는 그의 기개는 여인의 방심에 인상적으로 와 닿았다.

그러나 결과는 모든 사람들의 예상과 다르지 않았다.

그저 잠시나마 호감을 느꼈던 사내가 크게 다치지 않았기를 바랄 뿐이다.

아울러 더 이상 무림이라는 험한 세계에 내몰려 쓴맛을 보지 않기를.

면사의 여인 오혜령은 머릿속의 사내를 애써 지우며 몸을 돌렸다.

금룡표국에서 일어났던 작은 소동은 이렇게 큰 탈 없이 조용히 묻혀갔다. 단 한 사람의 마음만 제외한다면……

*   *   *

의식이 들자 가장 먼저 찾아온 것은 온몸이 으깨지는 듯한 고통이다. 마치 수십만 마리의 벌레가 온몸을 깨무는 듯한 착각이 들었다.

"크윽!"

자신도 모르게 신음을 토하며 눈을 뜨자 알싸한 약재 냄새가 코를 찔러왔다. 고통에 인상을 찌푸리며 상체를 일으키자 누군가의 목소리가 들려온다.

"정신이 좀 드냐?"

정감 넘치는 목소리에 철산은 급히 시선을 돌렸다.

"우 노대."

그의 시선이 향한 곳에는 우삼광이 웃는 모습으로 서 있었다.

"어……."

일의 경과를 물으려던 철산의 입이 얼어붙은 듯 굳어버렸다. 하얀 붕대에 감겨 축 늘어진 우삼광의 오른팔이 어색하게만 보인다.

철산의 시선을 느낀 듯 우삼광은 크게 웃으며 오른팔을 쳐다본다.

"하하, 의원님 말로는 한 두세 달 쉬면 나을 거란다. 그리 걱정하지 마라."

그러나 우삼광의 팔이 꺾여 나가는 장면을 직접 눈앞에서 목격했다. 어떤 천하의 명의라 할지라도 완전히 뒤틀린 팔을 정상으로 만들 수는 없을 것이다.

죽은 사람을 되살릴 수 없는 것처럼 굳이 의술을 익히지 않아도 알 수 있는 사실이다.

철산의 얼굴에 자책감이 떠올랐다. 자신이 함부로 나서지만 않았어도 우삼광이 화를 입진 않았을 것이다. 섣부른 의기가 화를 불러온 것이다.

철산이 괴로워하자 우삼광이 껄껄 웃으며 다시 말한다.

"이놈아, 이건 너 때문에 이런 게 아니니까 너무 그렇게 자책할 필요 없다. 내 인생에 그런 남자다운 호기를 한 번이라도 부려봤으니 죽을 때까지 술안주거리는 떨어지지 않을 거 아니냐. 팔 하나하고 평생 안줏거리를 바꿨으니 그리 손해 보는 장사는 아니었단 말이다."

우삼광은 생각만 해도 기분 좋다는 듯 호탕한 웃음을 터뜨렸다. 듣는 이의 마음을 즐겁게 해주는 웃음소리에 철산의 마음을 짓누르던 짐이 약간이나마 덜어지는 듯했다.

철산은 생각보다 크게 다친 곳이 없었다. 여기저기 찢어지고 멍이 들긴 했으나 며칠 쉬고 나자 금세 완쾌되었다.

문제는 우삼광이었다. 의원은 우삼광이 심한 충격에 내장이 많이 상했다고 했다. 게다가 한쪽 팔은 뼈와 근육이 붙는 데만 족히 반년은 걸릴 것이고, 그 이후에도 팔은 본인의 의지대로 움직이지 못할 것이라 했다.

마치 사형선고와도 같은 의원의 말에 우삼광은 이미 알고 있었다는 듯 껄껄 웃으며 상관없다 소리쳤다.

그러나 그날 밤 철산은 집 밖에서 소리 죽여 흐느끼는 우삼광을 볼 수 있었다. 세상천지에 맨몸뚱이 하나만 믿고 뛰쳐나왔다 좌절을 맛본 사내가 이제는 몸까지 망가졌으니 하늘이 무너지는 충격일 것이다.

혹여 철산이 마음을 상하기라도 할까 봐 그 슬픔을 참고 꾹꾹 누르고 있다가 남몰래 꺽꺽거릴 뿐이다.

그 모습을 지켜보는 철산의 두 눈도 축축이 젖어왔다. 사나이는 절대 눈물을 흘리지 않는다는 우삼광의 말을 진리처럼 여기는 그도 가슴 한구석을 싸하게 배어오는 슬픔을 견딜 수가 없었다.

한낱 다툼에 사람을 저 모양으로 만들어놓은 무림인이라는 족속에 대한 분노가 잠든 화산같이 자리잡았다.

"개새끼들."

잇새로 욕설이 절로 흘러나왔다.

젊은 청춘을 바칠 거라 다짐하며 고향을 떠나온 사내의 가슴에 깊은 한이 자리잡는 밤이었다.

"어디로 가려고?"

느닷없는 철산의 말에 우삼광은 어느 정도 짐작하고 있었던 듯 별반 놀라지도 않았다.

"산으로 갈 겁니다."

우삼광은 깊은 한숨을 내쉬었다. 아픈 기억이 서린 한숨이다.

"그런다고 그들을 이길 수 있을 것 같으냐?"

"이기고 지는 게 중요하지 않다고 말해준 건 우 노대였죠."

"의미없는 일이야."

"제가 약하지 않다는 걸 증명하는 것만으로도 의미가 있습니다."

우삼광은 아무 말도 하지 않았다. 그라고 어찌 모르겠는가?

젊은 날의 자존심에 상처를 입은 심정. 넘을 수 없는 벽에 부딪쳐 좌절을 맛봐야만 하는 그 절망감. 그 역시 십 년 전에 겪었던 일들이다.

그때 그도 철산과 같은 생각을 했다. 그러나 또 한 번의 좌절에 그는 현실이라는 벽을 뼈저리게 느껴야만 했다.

그 처절한 아픔의 길을 철산이 가려 한다는 사실이 안타까울 뿐이다.

'한 걸음만 물러나 생각하면 그냥 넘길 수 있는 것을……'

스스로에 대한 타협이다.

타협하면 어떤가? 세상은 모두 불합리함과의 타협으로 돌아가는 것이다. 항상 옳은 소리만 하고 옳은 행동만 하는 사람은 자연스레 도태될 수밖에 없다.

힘이 없는 정의는 무능일 뿐.

자신의 의지를 관철시키고 불합리함을 꾸짖기 위해선 힘이 필요하다. 그러나 그 힘이란 일반인이 노력한다 해서 얻을 수 있는 것이 아니다.

그렇기에 우삼광은 가슴이 아팠다.

철산이 선택한 힘.

무림인에게 관철시킬 수 있는 힘이라는 것은 무력뿐이다.

무공 한 자락 모르는 범인이 얼마나 힘을 키울 수 있을까.

우삼광은 십 년 전에 그것을 체험해 보았다.

무엇인가 해보려고 혼자 발버둥을 쳐도 보이지 않는 길.

그가 할 수 있는 일이라고는 그저 근력을 붙이고 주먹을 단련하는 일밖에 없었다.

우삼광의 입 안이 바짝 타 들어갔다.

철산이 그를 생각하는 것처럼 그 역시 철산은 하늘 아래 가장 아끼는 사람이다. 그런 사람이 앞날을 알 수 없는 길을 간다는 데도 말릴 수가 없다.

'가지 마라' 라는 말이 입 안까지 치밀어 올랐으나 끝내 그 말을 할 수가 없었다. 대신 그의 입에서는 다른 말이 흘러나왔다.

"세 가지만 약속해라."

"무엇입니까?"

"나도 한때는 못 이길 사람이 없다고 생각할 정도의 싸움꾼이었다. 지난 십 년간을 되새기며 무림인들에게 모자란 점이 무엇일까 생각해 봤다."

철산의 눈이 반짝였다.

우삼광은 머리가 좋은 사람은 아니었다. 오히려 다른 사람들이 어리석다 할 정도로 우둔한 편이었다. 그렇기에 그의 방법은 항상 무식하다 할 정도로 단순한 것이었다.

철산은 그런 단순한 방법이 좋았다. 약은 수를 생각지 않는 직선적인 방식은 귀찮고 어려울망정, 그 결과는 실망을 안겨 주지 않는다.

이번에도 역시 그럴 것이다.

우삼광은 오랜 시간 동안 자신이 생각하고 있던 것을 풀어 놓았다.

그가 말하는 동안 철산은 눈 한 번 깜빡이지 않았다.

그의 말이 모두 끝났을 때 철산은 무겁게 고개를 끄덕였다.

"행할 수 있을 때까지 산을 내려오지 않겠습니다."

철산의 굳은 결심 어린 표정에 우삼광은 깊은 한숨을 내쉬었다.

"만약 네가 진짜 원하던 힘을 얻게 된다면, 결코 그 힘을 함부로 쓰지 말거라. 주먹을 쓸 때는 항상 두 번, 세 번 생각해 본 다음에 그 힘을 써야 할 거야. 남이 갖지 못하는 힘에는 그 힘에 따른 책임이 반드시 따를 것이다. 너라면… 잘할 것이라 믿는다."

우삼광의 당부의 말에 철산은 다시 한 번 고개를 끄덕였다.

"명심하죠."

우삼광은 멀어져 가는 철산의 뒷모습을 하염없이 바라보

았다. 철산의 굳건한 등은 그의 젊었을 때를 보는 듯했다. 자신은 비록 벽에 부딪쳐 좌절했지만 철산은 해낼지도 모른다. 그 벽을 송두리째 부수는 한이 있더라도.

제5장

산으로 들어가다

산으로 들어가다

　　하남성 남쪽에는 천중(天中)이라는 이름의
산이 하나 있다. 규모상으로 큰 산은 아니나 산봉우리가 하늘
을 찌를 듯이 높아 천중이라 불리는 곳이었다.

　천중산은 산세가 워낙 험하고 절벽이 많아 사람의 발길이
잦은 곳이 아니었다. 인적 드문 원시림을 간직했기에 맹수들
역시 매우 사납기로 유명했다.

　여러모로 사람이 다니기에 적당한 곳은 아닐진대 모진 산
바람을 맞으며 산을 오르는 사람이 있었다.

　채 녹지 않은 눈 자락이 사박사박 밟히는 소리에 호기심 가
득한 눈을 빼꼼히 쳐들고 있던 다람쥐가 후닥닥 나무 위로 올

라가 버린다. 다람쥐의 호들갑에 나뭇가지에 내려앉아 구경
하던 산새가 날아오른다. 한 마리가 날아오르자 여기저기서
후드득거리며 십여 마리가 일제히 날아올랐다. 한두 마리 지
저귀는 소리가 울려 퍼지자 산 곳곳에서 화답하는 소리가 들
려온다.

　평화로운 천중산 동물들의 영지를 침입한 사람은 이제 갓
약관이 되었음직한 청년이었다.

　청년은 바람이 잘 통할 것 같은 검은 경장을 걸치고 등에는
작은 행랑을 짊어지고 있었다.

　크지 않은 몸집에 평범한 얼굴. 그러나 두 눈 깊숙이 끓어
오르는 열기가 매우 강렬하다. 산이라도 가를 듯한 결심이 서
려 보이는 눈빛.

　이런 눈빛의 사내가 산을 오르는 이유가 평범할 리 없다.

　그는 바로 낙양을 떠나온 철산이었다.

　인적 드문 곳을 찾다 이곳 천중산에 대한 소문을 듣게 되었
다. 오가는 사람이 드물고 산세가 험한 것은 그가 찾던 지형
이었으니 더 생각할 것도 없이 발길을 향한 것이었다.

　직접 와서 본 천중산은 과연 소문이 헛되지 않았다.

　봉우리는 구름에 가려 보이지 않았고, 산 중턱 곳곳에 깎아
지른 절벽이 보였다. 산을 오르자 수풀이 무성하니 우거져 발
디딜 틈조차 없다.

　마치 앞으로의 고행을 알려오는 듯한 기분이었다. 알 수 없

는 고난의 예감에 오히려 철산의 결의는 더욱더 굳어져 갔다.

'죽을 각오로 입산을 결심한 나다. 얼마든지 괴롭혀 봐라.'

약 한 시진가량을 오르자 산 중턱에 드물게 커다란 나무가 보였다.

나뭇가지가 끝없이 자라 있고 나뭇잎이 무성하여 비나 눈을 막아줄 수 있을 것 같다.

'여기가 좋겠군.'

철산은 봇짐을 내려놓았다.

짐이라고 해봐야 수련복 한 벌에 손바닥만 한 손칼 두 자루, 며칠간 먹을 수 있을 만한 육포 몇 덩어리 정도에 식량을 마련할 자그마한 덫 두 개가 전부였다. 철산은 입고 있던 옷을 벗고 가져온 수련복을 꺼냈다.

과하게 두껍지도 얇지도 않고 통풍이 잘되는 하얀 옷.

보통 무도장에서 수련생들을 가르치는 사범들이 입는 옷이다.

비싼 것은 아니나 생업에 바쁜 일반인들에겐 익숙지 않은 옷이다. 철산도 실제로 입게 된 것은 처음이었다. 우삼광이 미리 챙겨주지 않았다면 이런 건 생각지도 못했을 것이다.

우삼광에게 생각이 미치자 철산은 가슴이 쓰려왔다.

'강해지기 전엔 내려가지 않을 것이다.'

철산은 결심을 철벽같이 다지며 옷을 갈아입었다.

대충 주변을 둘러보니 어른 팔뚝만 한 두께의 나무가 군데 군데 보인다.

가져온 손칼로 질긴 덩굴을 잘라 굵은 나뭇가지 끝에 연결 한 후 나무를 잘랐다.

야생에서 모진 바람을 맞으며 자란 나무인지라 한 그루 베 기도 여간 힘이 들어가지 않는다. 그러나 철산의 젊은 힘을 당하지 못하고 결국은 쓰러진다.

긴 나무로 모자라면 다시 다른 나무를 베고 하는 식으로 한 장 길이의 나무 세 토막을 만들었다.

세 토막의 나무 잔가지를 잘라내고 서로 엇물려 세우자 대충 뼈대가 만들어진다. 그 위에 잘라낸 나뭇가지들을 올 리고 다시 나뭇잎들을 모아 빈틈없이 메웠다. 짐을 쌌던 천 을 넓게 펼쳐 한쪽 면을 덮어씌운 후 양쪽 끝을 땅에 묻고 그 위에 커다란 돌을 올려놓고 나자 튼튼한 움막이 만들어졌 다.

바닥에 바짝 마른 풀잎을 잔뜩 깔고 나자 한 몸 누이는 데 는 문제 없어 보인다.

"후."

철산은 이마 위에 흐르는 땀을 닦아내며 자신의 작품을 잠 시 감상했다. 대충 생각나는 대로 만들긴 했지만 어쨌든 만족 스러운 집이 지어졌다. 식량을 움막 한쪽에 잘 놓아두고 주변 을 둘러보았다. 이곳에서 몇 년간 머물려면 일단 지형을 익혀

둘 필요가 있었다.

칼로 눈에 띄는 나무에 표시를 하며 이곳저곳을 돌아다니다 문득 덩그러니 놓인 바위를 보게 되었다. 사람보다 더욱 큰 바위였다.

비에 쓸려 내려온 것인지 주변 정경과는 별로 어울리지 않았지만, 그 견고함만큼은 보는 것만으로도 확신할 수 있었다. 오랜 세월을 버텨오면서도 별다른 흠집조차 없는 거무튀튀한 바위.

철산은 그것을 보자 우삼광의 당부가 떠올랐다.

산에 오르는 철산에게 해주던 우삼광의 첫 번째 말.

"정말 무림인들을 이기고 싶다면, 바위를 한주먹에 깨라. 무림인과 겨루어 그들을 쓰러뜨리기 위해선 바위를 일격에 박살 낼 수 있을 정도의 힘이 있어야 한다."

비록 기습이었다곤 하나 우삼광이 금자룡을 일격에 기절시킬 수 있었던 것은 그가 바위를 깨기 위해 주먹을 단련했기 때문이다. 물론 성공하진 못했으나 그런 단련 덕분에 우삼광의 주먹은 일반인들과 달리 강한 힘을 낼 수 있었다.

철산 역시 자신의 주먹이 통하지 않음은 이미 뼈저리게 경험했다.

눈앞의 바위가 마치 금도학으로 보인다. 아니, 금도학뿐만 아니라 자신을 비웃었던 금자룡과 하순원의 모습이 차례로 떠오른다.

'언젠가 넘어야 할 벽들.'

철산은 주먹으로 바위를 툭 쳤다.

가볍게 내쳤음에도 거칠고 딱딱한 바위에 주먹이 쓰려온다.

바위의 위치를 머릿속에 새겨두며 다시 산을 한 바퀴 돌아 처음 움막으로 돌아왔을 때는 이미 날이 어둑어둑해진 후였다.

산속의 해는 워낙 빠르고 급격하게 저물기에 더 이상 산을 돌아다닐 수는 없을 것 같았다. 움막에서 멀지 않은 위치를 택해 두 개의 덫을 설치하고 나니 날은 완전히 어두워졌다.

더 이상의 활동은 무리라 생각하고 움막 앞에 나뭇가지를 모아 불을 피웠다. 마른 나뭇가지를 모아 넣자 두세 시진은 넉넉히 불을 피울 수 있을 것 같았다.

움막 안으로 들어가 몸을 눕히자 생각 외로 아늑한 기분이다. 하루 종일 많이 움직였기 때문인지 금세 졸음이 쏟아져 온다.

그렇게 산속에서의 생활이 시작되었다.

*   *   *

산에 오를 때 반겨주던 푸르름이 절정을 지나쳐 점차 붉어져 가고, 살인적인 더위가 물러났을 때쯤 철산의 몸은 몰라보게 변해 있었다.

살이 빠져 얼핏 보면 말라 보였으나 탱탱하게 솟은 근육은 바위처럼 단단해 보인다. 여름 햇볕에 까맣게 그을린 피부가 마치 검은 바위를 연상시키는 몸이었다.

철산은 심호흡을 한 후 가볍게 몸을 풀었다.

말은 가볍게라고 하나 한 동작 한 동작 정성을 기울였기에 땀이 송골송골 솟는다.

반 시진 정도 몸을 풀고 나자 물구나무 선 채로 팔굽혀 펴기를 한다. 가뿐하게 몸을 올렸다 내렸다 하기를 수백 회. 수차례 반복하여 팔에 힘이 떨어지자 이번에는 뜀박질을 했다. 특이하게 두 손에 주먹만 한 돌덩이가 들려 있다.

악력을 기르기 위해서였다. 될 수 있으면 손에 든 돌을 떼어놓지 않기로 결심한 지 수 개월. 못 되어도 열 근은 되어 보이는 돌을 양손에 쥐고도 달리는 속도는 산에 오르기 전보다 날렵하다.

한참을 달리자 온몸이 땀에 뒤덮이고 앞뒤로 흔들리던 팔도 축 늘어졌다. 최고로 고통을 느끼는 순간이 온 것이다. 그동안의 경험으로는 약 일각가량 지옥 같은 고통을 참아 넘기면 더 이상 고통이 없다. 육체적인 한계를 의지가 뛰어넘어

버리는 것이다.

그렇게 달리다 철산의 걸음이 문득 멈추어진다. 아직 움막에 도착하려면 한참 더 달려야 했다. 그럼에도 달리는 것을 멈춘 이유는 그의 시선이 알려준다.

아래쪽에서 들려오는 힘찬 물소리.

산의 계곡을 따라 흘러내린 물이 깎아내린 절벽 밑에 만들어진 작은 폭포수였다. 석 장 높이에서 떨어져 내리는 물이 깊은 웅덩이를 생성하며 힘찬 물보라를 튕겨낸다.

철산은 조심스럽게 웅덩이로 내려갔다.

위에서 흘러온 물은 바닥이 드러날 정도로 맑았다.

그러나 철산은 알고 있었다. 푸르게 맑은 웅덩이의 깊이가 상상을 초월한다는 것을.

처음 이곳을 발견하고 기쁜 마음에 물속에 뛰어들었다가 죽을 뻔한 경험이 없었다면 웅덩이의 깊이가 폭포의 높이만큼 깊다는 사실을 알지 못했을 것이다.

조심스럽게 내려선 철산은 옷을 벗고 물속으로 뛰어들었다. 위에서 떨어져 내리는 물살에 밀려나는 몸을 다잡으며 천천히 웅덩이의 가운데로 향하자 금세 발이 푹 꺼져 온다.

잠시 동안 밑으로 가라앉던 철산은 발이 바닥에 닿자 한 걸음 앞으로 나아갔다. 수면이 한참 위에 보이게 되자 발을 더듬거리며 무엇인가를 찾는다.

잠깐 동안 더듬거리던 발에 큼지막한 바위의 감촉이 느껴지자 두 발을 바위 밑에 끼워 넣어 고정시켰다. 그 상태로 손에 든 돌을 앞으로 내지르는 동작을 반복하는 것이다.

금룡표국에서 봤던 금도학의 주먹은 빠르면서 보기만 해도 힘이 느껴질 정도였다. 그에 비하면 철산의 주먹은 바람에 휘날리는 가랑잎만도 못한 것이 사실.

철산은 빠르면서도 무거운 힘을 낼 수 있는 방법을 찾아야 했다. 그런 수련의 일환으로 물속에서의 수련이었다.

깊은 물속에서의 압력은 숨도 제대로 쉬기 힘들 정도다.

천천히 내뻗는 주먹조차 천근만근 무겁게 느껴졌으니 스스로 개발한 수련장치고는 더할 나위 없었다.

수개월간의 훈련으로 이제는 두 손에 돌을 든 채로도 제법 빠르고 힘이 넘친다. 철산이 주먹을 내지를 때마다 작은 소용돌이가 거세게 일어났다.

처음 일어난 소용돌이가 사라지기 전에 두 번째 소용돌이가 생기고, 두 번째가 사라지기 전에 세 번째가 생겨 크기가 더욱 커진다.

두 손을 교대로 오십여 번을 내질렀을 때는 제법 큰 소용돌이가 형성되어 수표면까지 빙글빙글 맴도는 형상이 만들어졌다. 철산은 그제야 숨이 막혀옴을 느끼고 발을 빼내어 바위를 힘껏 박찼다. 그의 몸이 순식간에 수면 위로 솟아올랐다.

"푸하!"

참았던 숨을 한껏 토해내고는 다시 한숨 가득 머금고 잠수를 한다.

바위에 의지해 물속에서 주먹질 하기를 수백 회. 어느 정도 되었다 싶자 물 밖으로 나와 알몸으로 드러누운 채 몸을 말렸다.

그동안의 수련 덕에 탄탄하게 단련된 몸은 물기를 머금어 더욱 강인해 보였다.

철산은 몸이 마르기를 기다려 옷을 입고 다시 뜀박질을 했다. 움막에 도착하고 나서는 돌을 들고 주먹 내지르기를 했다.

수중 수련 덕분에 물 밖에서는 돌을 들고도 예전의 보통 주먹질과 같은 속도를 낼 수가 있었다. 한참 동안 주먹을 내지르던 철산은 이번에는 주먹으로 바위를 내려쳤다.

쾅! 쾅!

한 번 한 번 내려칠 때마다 묵직한 소리가 나온다. 주먹을 내려치는 그의 표정은 별다른 변화가 없었다. 두 주먹에 굳은 살이 두껍게 생겨 어지간한 충격에는 흠집조차 나지 않게 된 것이다.

처음 주먹을 단련한답시고 바위를 내려쳤을 때는 말할 수 없는 고통을 겪어야만 했다.

퉁퉁 부어오른 주먹을 부여잡은 채 땅을 나뒹굴었고, 나중에는 뼈가 드러나 보일 정도로 찢어진 주먹을 악에 받쳐 내리찍기도 했다. 지독한 혹사에 손을 못 쓰게 되는 것이 아닐까 걱정될 정도였다.

그런 고행 끝에 지금은 전력을 다해 내려칠 수 있을 정도는 안 되지만 충분히 힘을 싣고 내려쳐도 견뎌낼 수 있을 만큼 주먹이 단련되었다.

주먹 단련까지 끝나자 날이 어두워진다.

철산은 가벼운 발걸음으로 덫을 확인하러 갔다.

하나의 덫은 그대로 비어 있었고, 다른 덫에는 작은 토끼 한 마리가 걸려 있었다. 고작 손바닥만 한 크기에 아직 털이 보송보송한 것이 태어난 지 얼마 안 된 듯했다.

다리가 찔려 피를 흘린 탓인지 축 늘어진 채 큰 눈만 끔뻑거리며 쳐다본다.

글썽글썽 눈물이 맺힌 토끼의 눈을 보자 철산은 차마 숨통을 끊을 수가 없었다.

"후."

한숨을 내쉬며 아직도 스멀스멀 피가 흐르는 토끼의 다리를 살짝 눌러주어 지혈을 해주었다.

그리고 토끼를 덫에서 멀리 떨어뜨려 놓은 다음 근처에 보이는 풀을 뜯어 토끼 앞에 놓아주었다.

덫을 다시 설치한 후 슬쩍 쳐다보니 토끼가 풀을 먹는 것이 보인다.

상처 입은 몸으로 살아날 수 있을까 염려되기도 했지만 그냥 몸을 돌렸다.

지금은 그도 심신이 힘든 때라 더 이상 베풀어줄 여유가 없었다.

철산은 날이 어두워지기 전에 급히 여기저기 돌아다니며 열매가 맺힌 나뭇가지를 한 움큼 꺾어왔다. 아직 말린 고기가 조금 남아 있을 테니 열매와 함께 먹으면 당분간은 버틸 수 있을 것 같았다.

철산은 몸이 어느 정도 단련되고 산에 적응이 되자 수행에 자신이 붙었다. 이제는 수련 강도를 높여야겠다는 생각이 들었다.

우삼광이 말했던 두 번째 조건이 떠올랐다.

"지치지 않는 체력을 길러라. 그들은 무공이란 걸 익혔다. 그들이 한 걸음 움직일 때 너는 두 걸음을 움직여야 할 것이고, 그들이 두 걸음을 움직일 때 너는 네 걸음을 움직여야 할 것이다. 그러기 위해선 지치지 않는 체력이 필요하다."

아직 우삼광이 말한 지치지 않는 체력이라는 조건을 완수하진 못했지만 기본은 갖추어졌다.

끝도 보이지 않는 목표에 한발 다가섰다는 생각에 가슴이 뿌듯해지는 기분이었다.

                    *   *   *

    다시 수십여 일이 지났을 때 철산에게 생각지도 못했던 어려움이 닥쳤다.

    아직 가을이 꽤 남았으리라 생각하고 있던 그로서는 짐작조차 못한 어려움이었다.

    뼈마디를 스며드는 칼날바람과 옷자락 사이로 스며드는 몸서리쳐지는 한기.

    처음엔 날씨의 변덕이거니 생각하던 철산도 며칠이 지나자 완연한 계절의 변화를 느꼈다. 그리고 그가 그것을 느꼈을 때는 이미 온 산이 겨울을 맞이하고 있었다.

    하얗게 내리는 첫눈을 망연히 쳐다볼 때만 해도 별일없으리라 여겼다. 그러나 덫이 비는 일이 잦아지고, 매서운 추위에 잠을 설치게 되자 사태의 심각성을 깨닫게 되었다.

    잠을 잘 때 불을 피워도 열기보다 한기가 더욱 치밀어 오른다. 손발이 시리고 몸이 떨려와 잠을 잘 수가 없었다. 찬 공기에 쏘인 손발이 터서 피부가 쩍쩍 갈라졌다.

    차라리 한여름의 더위는 고생도 아니었다. 더울 땐 한바탕 땀을 쏟은 후 시원한 물속에 뛰어드는 즐거움이라도 있었다. 그러나 추위는 대비를 할 수가 없었다.

    옷이라곤 지금 입고 있는 수련복과 평상복 두 벌뿐이다. 그나마 수련복은 수 개월 험하게 구르다 보니 여기저기 해지고 찢어져 있다.

수련복 위에 입산할 때 입었던 경장을 껴입고도 몸을 웅크린 채 덜덜 떨어야만 했다. 극심한 추위에 가만히 있어도 신음이 흘러나온다.

어느 날은 밤에 견디다 못해 잠자리에서 뛰쳐나왔다.

겨울바람이 몰아치는 산길을 따라 무작정 내달리다 보니 몸이 훈훈해지고 열기가 솟는다. 내친김에 수련을 하다 보니 어느새 날이 밝아왔다.

아침이 지나고 해가 떠오르자 비교적 따뜻해져 온다. 그제야 노곤한 몸을 눕히자 추위가 한결 가시는 듯했다.

그렇게 철산의 생활은 자연스레 밤낮이 뒤바뀌게 되었다. 밤새 수련을 하고 낮에는 햇볕을 받으며 잠을 잔다. 그런 식으로 적응을 한 것이다.

추위보다 더욱 큰 문제는 식량이었다.

지금까지는 덫에 걸린 동물들의 고기를 바짝 말려 그것을 먹어왔다. 간혹 열매를 따 먹기도 했지만 주식은 야생동물들의 고기였다.

그런데 날씨가 추워지자 동물들이 자취를 감추어 덫에 걸리질 않았다.

처음 한두 번은 남아 있는 고기를 아껴 먹으면서 버틸 수가 있었다. 그러나 그런 현상이 계속되어 남아 있던 고기가 떨어지자 나중에는 한 끼 먹을 것조차 없어져 버렸다. 눈에 덮인 산속에서 열매 같은 것이 있을 리 만무했고, 산중 곳곳을 두 눈 크게 뜨고 살펴도 나다니는 동물 한 마리 보이지 않으니 두 개의 덫이 무슨 소용이랴.

몸을 저려오는 추위와 쓴물이 나올 정도의 굶주림은 철산을 벼랑 끝으로 몰아넣었다.

"으으······."

이제는 수련이 문제가 아니라 생존이 달리게 되었다.

철산은 단단한 나뭇가지를 길게 잘라 활대를 만들고 가죽을 가닥가닥 꼬아서 시위를 걸었다. 직접 사냥을 하기 위해서다.

그러나 특별한 기술 없이 대충 만든 활이 제대로 만들어질 리 없었다.

보기에도 엉성했지만 철산으로서는 그런 것을 따질 여유가 없다.

얇은 나뭇가지를 십여 대 뽑아 끝을 뾰족하게 깎아 화살로 삼고 지체없이 발걸음을 옮겼다.

산에 올라온 지 몇 달째. 평소 다니던 길 외엔 가본 적이 없었으나 항상 다니던 길에는 동물이 없었으니 가보지 않은 길로 가야만 한다.

그러나 거친 숨소리를 헐떡이며 발소리를 크게 내는 그의 앞에 나타날 정도로 어수룩한 동물은 없었다. 한참 동안 산을 헤집고 다녔으나 무엇 하나 잡은 것이 없었다.

간혹 운이 좋게 토끼나 노루 같은 것을 찾아 허겁지겁 활을 쏘면 화살은 전혀 엉뚱한 곳에 꽂힌다.

놀란 동물이 달아나는 모습을 멍하게 지켜보기를 수차례.

철산은 다시 움막으로 돌아왔다.

기운이 없어 눈밭에 털썩 주저앉아 있자니 허기에 정신이 아득해진다.

참을 수 없는 굶주림에 땅을 살짝 뒤덮고 있는 눈을 끌어모아 입 안에 쑤셔 넣었다. 흙이 묻은 것도 아랑곳 않고 몇 주먹을 집어먹어도 허기는 사라지지 않는다.

또다시 하루가 지났다.

벌써 며칠을 굶었는지 기억조차 할 수 없었다. 이제는 인육이라도 먹을 수 있을 것 같은 심정이다.

그때 기운없이 멍한 눈으로 허공을 응시하던 그의 눈에 광채가 떠올랐다.

무심코 쳐다본 시선 끝에 닿은 나무. 그 꼭대기 부근에 검은 새 한 마리가 살짝 걸터앉은 채 그를 내려다보고 있었다.

'저놈이 시체를 먹고 산다는 자오(慈烏)로구나.'

철산은 급히 활을 들어올렸다.

마지막 기회일지도 모른다.

비교적 두껍고 힘을 잘 받을 것 같은 나무를 택해 시위에 올리고 까마귀를 겨누었다.

까마귀는 그가 무슨 행동을 하든 아무런 동요 없이 앉아 있었다.

철산의 머리에는 이미 통통하게 살이 오른 까마귀를 구워 먹는 상상으로 가득했다.

정신을 집중할 수 없어서였을까.

지나치게 힘을 준 시위가 탁! 소리를 내며 끊어져 나갔다. 그 바람에 시위에 걸려 있던 화살이 힘을 잃고 쏘아져 나간다.

화살은 까마귀에게서 석 자 정도를 비껴 지나갔다. 놀란 까마귀가 푸드득 날아오르자 철산은 급한 마음에 발치에 놓인 돌을 집어 던졌다.

작은 돌멩이는 바람을 가르며 쏘아져 까마귀의 날개를 스치고 지나갔다. 뜻밖의 일격에 비틀거리던 까마귀는 필사적으로 날갯짓을 하더니 훌쩍 멀리 날아가 버린다.

털썩.

마지막 기대마저 빗나가자 절망스러웠다.

더 이상 어떤 힘도 의지도 남아 있지 않았다.

주저앉은 엉덩이에 녹은 눈이 싸늘함을 전해온다.

이제는 얼어 죽는 게 먼저일지 굶어 죽는 게 먼저일지만 남았다.

눈이 스르르 감겨온다.

이대로 눈을 감았다 뜨면 봄이 되기를 갈망했다. 눈앞에 따

듯한 모닥불과 만찬이 펼쳐져 있기를 기원했다. 아니, 그런 것을 떠나 금룡표국에서의 일이 모두 꿈이었기를 간절히 바랐다.

지금이라도 눈을 뜨면 부푼 마음으로 우삼광을 찾아가는 길에 잠시 눈을 붙인 자신의 모습이 보이길 마음속 깊이 염원했다.

그러나 눈을 뜬 철산의 앞에는 아무것도 없었다. 여전히 추위와 굶주림이 그를 괴롭히고 있다.

철산은 어두운 죽음의 기운을 느꼈다. 등 뒤를 엄습해 오는 저승사자의 숨결이 생생히 들려오는 듯하다. 지난 삶이 주마등처럼 스쳐 지나가자 생각을 정리하기 위해 눈이 감겨들었다.

그때 가늘어지는 시야에 무엇인가가 움직이는 것이 보였다.

'음?'

굶주림 때문에 의식이 흐려져서일까. 철산은 한참 동안 움직이는 물체를 보고만 있었다. 그것이 무엇인지, 자신이 왜 그것을 보고 놀랐는지가 쉽게 떠오르질 않는다.

깡충깡충 뛰는 하얀 물체의 정체가 무엇인지 알게 되었을 때 철산은 핏발 선 눈을 부릅떴다.

'토끼!'

십여 장 거리를 두고 이리저리 돌아다니는 것은 분명 토끼였다. 그것도 살이 통통하니 오르고 몸집이 제법 큰 놈이다. 다 자란 토끼는 꽤나 많은 고기를 제공해 준다. 아니, 그것보다도 지금의 그라면 토끼의 털 한 자락까지도 삼킬 수 있을 것 같았다.

게다가 하늘이 돕는 것인지 한쪽 발을 절룩거리기까지 한다. 몸이 둔해진 토끼를 잡는 것은 새를 잡으려던 것보다 훨씬 가능성 있는 일이다.

살의를 느낀 것인지 토끼의 움직임이 멈춘다. 귀를 쫑긋 세운 채 이쪽저쪽 쳐다보는 것이 주변을 경계하는 듯하다.

철산은 조마조마한 마음으로 토끼를 바라보았다. 눈썹 하나 떨리지 않을 정도로 바짝 긴장하여 움직임을 멈추었다. 행여 토끼에게 전해질세라 숨까지 멈춘 상태다.

그의 간절함이 닿았음인지 토끼는 이내 경계심을 풀고 다시 먹이를 찾아 움직인다.

철산은 토끼가 알아차리지 못하게 조심스러운 동작으로 옆에 놓인 활을 집어 들었다. 그러나 아까 까마귀를 쏘면서 시위가 끊어졌음을 깨닫고 멈칫한다. 잠시 망설이다 이번엔 주변에 떨어져 있는 주먹만 한 돌멩이에 손을 가져갔다.

아까 무심코 던졌던 돌팔매가 활보다 더욱 정확하게 날아갔던 것을 떠올린 것이다.

공기의 움직임조차 느껴지지 못할 만큼 조심스럽게 돌멩이를 집어 두 손에 감싸 쥐자 차가운 감촉이 느껴진다.

"꿀꺽."

마른침이 목을 크게 울렁였다. 긴장감에 숨조차 쉴 수 없었다.

빨갛게 달아오른 눈을 번득이며 토끼의 움직임이 멈추기를 기다렸다.

잠시간 여기저기 냄새를 맡으며 돌아다니던 토끼가 눈 사이를 뚫고 삐져 나온 풀에 달라붙는다. 먹이를 찾아 경계심이 풀린 그 순간,

돌멩이가 세차게 던져졌다.

캑!

단조로운 비명과 함께 토끼의 몸이 튕겨진다. 몸통을 제대로 맞은 모양이다. 토끼는 잠시 동안 바동거리며 도망치려는 몸짓을 했다.

철산은 필사적으로 토끼에게 달려들었다. 정신을 차리고 도망치려는 토끼의 머리에 철산의 발이 떨어져 내린다. 토끼는 비명조차 지르지 못하고 죽었다.

'해냈다.'

죽음의 고비 앞에서 구사일생으로 살아난 것이다.

긴장감이 풀리자 온몸이 땀으로 흥건하고 금세라도 쓰러질 것만 같았다.

철산은 떨리는 손으로 죽은 토끼를 들어올렸다. 채 식지 않은 따뜻한 피가 손을 타고 흘러내렸지만 그런 것은 안중에도 없다.

지금 그에겐 무엇인가 먹을 것이 생겼다는 게 중요했다. 급

한 마음에 흘러내리는 토끼의 피를 받아 마시자 비릿한 냄새와 함께 따뜻한 느낌이 뱃속을 휘감는다.

영양이 보충될 만한 무엇인가가 들어가자 굶주림의 고통이 더욱 심해진다.

급히 고기를 한 움큼 잘라내 입 안에 집어넣었다.

"쿨럭."

며칠 만에 음식이 들어가자 기침이 나온다. 그나마 고기라도 한 조각 들어가자 여유가 생긴다. 남은 고기를 다 먹고 싶었으나 앞일을 생각하면 그럴 수가 없었다. 이 추위가 언제 가실지 알 길 없는 판에 기적같이 구한 고기를 한번에 다 먹을 수는 없었다.

철산은 토끼를 얇게 썰었다. 그간의 경험에 의하면, 고기는 건조시키는 것이 가장 오래 먹을 수 있다. 얇게 썬 수십 조각의 고기를 나뭇가지에 끼워 움막 안에 걸어놓았다. 한 조각을 빼내 입에 넣자 곧 죽을 것 같던 몸에 기운이 돌아오는 듯했다.

움막에 누워 헐떡이던 숨을 가라앉히자 조금 전의 상황이 다시금 떠오른다.

굶주림에 못 이겨 의식을 놓기 직전에 나타난 토끼.

문득 토끼의 절룩이던 발에 생각이 미치자 떠오르는 것이 있다.

몇 달 전에 잡았다가 놓아주었던 새끼 토끼가 다친 곳이 다리 부근이다.

아마 상처가 다 나았다 할지라도 당연히 발을 절을 것이다.

다리를 저는 토끼.

지금 잡은 놈이 그때 놓아주었던 토끼인지는 알 수 없다.

다리를 다친 토끼와 굶주린 자신.

같은 상황에 다른 처지다. 전에는 웃으며 놓아주었고, 지금은 발버둥 치는 토끼를 발로 으깨 버렸다.

당시엔 토끼를 죽이지 않아도 큰 부담이 없었을 때고, 지금은 잡아먹지 못하면 죽게 되는 차이가 있을 뿐이다.

철산은 인간의 이중성을 생각했다.

여유가 있을 때는 작은 것으로 선심을 쓰다가 막상 자신이 급해지면 다른 생명은 안중에도 없어지는 인간의 본성을 깨닫고 갈등이 생긴 것이다.

잠시간 고민해 보았으나 답이 나올 리 없었다. 결국 고개를 내젓고는 움막 안에 들어가 누웠다. 간신히 아사할 위기는 벗어났으나 여전히 춥고 배가 고팠다. 몸을 단련한다거나 하는 건 생각조차 나지 않았다.

움직이면 금세 허기질 것이다. 어떻게든 덜 움직이며 겨울을 버텨내야만 했다. 손과 발끝이 아려왔다.

'내가 왜……'

산에 올라와 이런 고생을 해야 하는지 회의가 들었다. 이런 수행을 한다고 강해질 수 있다는 보장도 없다. 지금 하고 있는 것이 정말 수련이라 불릴 수 있는 것인지도 모른다.

어쩌면 우삼광처럼 또 한 번 좌절을 겪을 수도 있다. 아니, 그럴 승산이 더 크다. 제일 문제가 되는 건 이런 식의 단련이 무림인들에게 통할 것 같지가 않았다.

하나 철산이 할 수 있는 건 이런 것뿐이다.

불가능할 것 같다고 포기하는 것은 성격에 맞지 않았다. 되든 안 되든 일단 노력을 해보고 싶었다. 그게 무작정 산으로 올라온 이유다.

몸이 괴로우니 머릿속으로 수만 가지의 잡념이 떠오른다. 머리가 복잡한 것은 몸이 괴로운 것보다 더욱 괴로웠다.

"제길."

파랗게 얼어붙은 입에서 욕지거리가 나온다. 벌떡 자리를 박차고 나가서는 괴성을 지르며 허공에 주먹질을 한다.

"아아아아아악!"

잡념을 쫓기 위한 발악이었다. 차가운 바람이 주먹을 살짝 비껴간다.

한참 동안 주먹질을 하자 몸이 훈훈해지며 치밀어 오르던 잡념이 사그라진다.

상체가 더워지자 발이 시리다. 주먹질을 멈추고 이번에는 발길질을 했다. 대상 없는 허공에 아무렇게나 내뻗는 발길질이다. 형식도 없고 자세도 없다. 엉거주춤하게 왼발과 오른발

을 번갈아 걸어찼다. 그러다 힘이 지나쳤을까? 세게 뻗은 발
의 힘을 견디질 못했는지 무릎에서 덜컥 소리가 난다.

"끄윽."

고통에 신음이 절로 나온다. 무릎을 감싼 채 차디찬 눈 바
닥을 뒹굴었다.

한참을 뒹굴고 나자 고통이 사그라진다. 다행히 무릎에서
약간의 통증이 느껴지긴 했지만 움직이는 데는 지장이 없다.

절뚝거리며 일어서자 서러움에 눈시울이 뜨거워진다.

"빌어먹을."

누가 보기라도 하는지 팔로 급히 눈을 훔친다.

추위와 굶주림은 원초적인 본능을 공격하여 인간을 한없
이 약하게 만들었다.

며칠이 지났을까.

추위는 한결 더해졌으나 철산은 토끼 고기 덕분에 근근히
연명할 수가 있었다. 철산은 움막 안에 쪼그려 앉아 시간을
보내다 못 견디겠으면 뛰쳐나가 발광에 가까운 몸짓으로 몸
을 데운 후 다시 들어가기를 반복하고 있었다.

또 한차례 몸을 데우고 들어가려는 철산의 코에 문득 비릿
한 냄새가 맡아진다. 꽁꽁 얼어붙어 후각이 마비되다시피 했
음에도 진하게 맡아지는 것을 보면 냄새가 여간 독한 게 아닌
듯했다.

의아함에 고개 돌린 시야에 커다란 것이 어슬렁거리며 걸

어오는 게 보였다.

'호랑이!'

거만한 걸음걸이로 다가오고 있는 것은 털이 싯누런 호랑이였다. 이마에 새겨진 왕(王) 자가 스스로 산중대왕임을 알리는 듯하다. 시퍼런 귀화가 눈에서 일렁인다. 겨울이라 대부분의 동물들이 몸을 숨기고 있기에 오랫동안 굶주린 듯했다.

바짝 세운 살기가 철산의 몸을 묶으려 들었다. 도망치려 해도 몸이 얼어붙기라도 한 듯 꼼짝도 않는다. 호랑이의 기에 눌렸다는 것이 이런 때 쓰이는 말인가 보다.

호랑이는 상대를 살피려는 듯 곧바로 달려들지 않고 잠시 어슬렁어슬렁거렸다.

철산은 침착하려 노력했다.

그는 고작 호환을 당하기 위해 이런 고생을 한 게 아니었다.

크게 심호흡을 하여 마음을 가라앉혔다.

한결 침착해진 채 살펴보니 잘하면 도망칠 수도 있을 것 같은 거리다.

조심스럽게 한 걸음을 물러나 보았다. 다행히 호랑이는 알아차리지 못한 듯 여전히 좌우로 어슬렁거리기만 한다. 다시금 한 걸음을 물러났다.

슬금슬금 물러나다 보니 움막 뒤의 거목 부근까지 도달했다. 그때까지도 호랑이는 달려들지 않고 있었다.

'지금이다.'

사력을 다해 몸을 돌려 거목 위로 타고 올라갔다. 거대한 포효가 등 뒤를 덮쳐 왔다.

크아아앙!

하늘이 무너지기라도 하듯 귀청을 울려오는 포효에 일순 다리에 힘이 풀려왔다. 철산은 기를 쓰고 나무에 매달려 팔 힘만으로 몸을 끌어올렸다.

일순 진한 노린내가 확 풍겨온다. 커다란 파공성이 나며 바지 자락이 찢겨져 나간다. 바동거리며 더욱 높이 올라갔다. 얼추 사오 장 정도 높이는 된 듯하다. 나무의 정상까지 도달해 더 이상 올라갈 곳조차 없었다.

그동안 호랑이는 계속해서 도약해 왔다. 가볍게 땅을 박차고 뛰어오르면 오백 근은 족히 나감직한 거구가 이 장여를 훌쩍 뛰어 나무에 매달린다.

호랑이는 훌쩍훌쩍 뛰어올라 나무를 삼사 장 정도 타고 올라와서는 제 무게를 못 이겨 주르륵 미끄러져 내렸다.

철산은 코앞까지 다가오는 호랑이의 모습에 머릿속이 백지처럼 하얗게 질려 버렸다. 그 박력과 위협감에 나무를 붙잡고 있던 손을 몇 번이나 놓칠 뻔했다.

한참 동안 나무에 뛰어오르려던 호랑이는 반나절이 지나서야 포기한 듯 머리를 돌린다. 몸을 돌린 호랑이는 여전히 아쉬운 듯 입맛을 쩝쩝 다시며 움막 앞을 어슬렁거렸다.

그때 문득 철산의 뇌리를 강타하는 것이 있었다.

'이런.'

움막 안에 걸어놓은 토끼 고기가 떠오른 것이다. 비록 반쯤 숨겨놓긴 했지만 혹여 냄새라도 풍기면 영락없이 호랑이의 입으로 들어갈 것이다.

철산은 호랑이가 그냥 돌아가기를 빌었다. 몇 조각의 고기는 그의 목숨과도 같은 것이다. 그것을 잃으면 또 한 번 괴로움을 겪어야 한다. 이번에는 지난번과 같이 운이 따르리라는 보장도 없다.

절벽 끝에 내몰린 것이다.

그러나 그의 초조한 기색을 느낀 것일까. 어슬렁거리던 호랑이가 움막 쪽으로 관심을 두기 시작한다. 커다란 대가리를 좁은 움막 입구 안으로 불쑥 들이밀기도 하고 이리저리 냄새를 맡기도 한다.

다급해진 철산이 급히 나뭇가지를 꺾어 집어 던졌다. 그러나 나뭇가지에 맞든지 말든지 호랑이는 신경조차 쓰지 않는다. 이미 관심이 어디선가 맡아지는 고기 냄새에 완전히 기운 것이다.

냄새를 따라 두리번거리던 호랑이의 주둥이가 움막 한편을 치자 결국 걸어놓았던 고기 조각들이 툭, 떨어진다.

철산은 눈앞이 깜깜해졌다. 이제 어떻게 한단 말인가? 어떻게든 겨울을 버텨보려고 조금씩 아껴 먹었던 고기다. 그것마저 빼앗겨 버렸으니 다시 이전의 지독한 굶주림의 생활로 돌아가게 되었다.

일순 호랑이와 싸울까 하는 생각이 떠오른다. 그러나 이내 고개를 저었다. 도저히 이길 수 있을 것 같지가 않았다. 무기라도 있으면 맞서 싸우기라도 할 텐데, 고작 손바닥만 한 소도 가지고는 엄두조차 나지 않는다. 지금 내려가면 괜한 개죽음인 것이다.

철산은 눈을 감았다. 나무 아래로 어기적거리며 고기를 씹는 소리가 들려온다.

'네놈은 언젠가 내 손에 가죽이 벗겨질 게다.'

실현 불가라는 것을 알면서도 수없이 되뇌인다. 철산이 겨울을 나기 위한 유일한 식량이었던 고기 조각들은 호랑이의 입질 두어 번에 흔적도 없이 사라져 버렸다.

부족한 듯 입맛을 다시던 호랑이는 더 이상 흥밋거리가 없어지자 나타날 때와 같이 어슬렁거리는 걸음으로 사라져 갔다.

철산은 호랑이가 완전히 사라졌음을 확인하고는 나무에서 내려왔다. 허탈한 심정에 한참 동안 넋 나간 사람마냥 호랑이의 발자국만 바라볼 뿐이었다.

*   *   *

겨울은 잔인했다. 한 번 찾아왔던 행운은 두 번 다시 찾아오지 않았고, 날씨는 갈수록 추워져만 간다. 철산은 살기 위해 무엇이든 먹어야 했다.

눈을 긁어 먹고 말라죽은 풀을 뜯어먹었다. 나무껍질을 벗겨 먹다 입 안이 헐어버리는 일이 다반사였다. 그야말로 먹을 수 있을 만한 건 모두 먹었다.

그를 괴롭히는 것은 굶주림뿐이 아니었다. 호랑이가 언제 다시 올지 모른다는 두려움. 그 공포심은 추위와 굶주림 이상으로 철산을 힘들게 했다.

매일 섬뜩한 이빨에 물려 팔다리가 잘리는 끔찍한 꿈을 꾸었다. 소스라치게 놀라 잠에서 깨어나 보면 온몸이 땀으로 젖어 있었다.

'젠장.'

자신이 두려움을 느끼고 있다는 것을 깨닫자 오기가 치솟았다. 그래서 악몽을 꾸고 나면 미친 듯이 주먹과 발을 휘둘렀다. 마치 무엇에 홀리기라도 한 듯 몸을 단련했다. 그렇게 하면 마치 호랑이에 대한 공포심을 떨쳐 버릴 수 있을 것 같았다.

시간이 지날수록 철산의 몸은 피폐해져 갔다. 제대로 먹지도 못하고 수면조차 편하게 취할 수 없었기에 몸이 약해질 대로 약해진 것이다.

철산의 신경은 마치 금 간 유리 조각과도 같이 툭 건드리면 산산조각날 것처럼 곤두섰다.

어디선가 부스럭거리는 소리라도 나면 자신도 모르게 화들짝 놀라 고개를 돌리곤 했다.

그러나 정신만은 무너지지 않았다. 오히려 몸이 괴로울수록 수련에 대한 의지력은 더욱 강해져만 갔다.

'이깟 짐승조차도 못 이긴다면 어떻게 무림인을 상대할 수 있을까.'

자신에게 공포를 심어준 호랑이에 대한 투지가 못 견디게 들끓어 올랐다.

몸은 바싹 말라가고 신경은 끊어지기 직전의 실 자락마냥 그 한계를 드러내 보일 때쯤 날씨가 조금씩 풀리기 시작했다. 계절의 변화를 처음으로 알려온 것은 한 마리의 뱀이었다.

움막 뒤의 거목 밑에 조그마한 구멍이 있었는데, 그곳이 뱀골이었던 모양이다. 그 속에 동면해 있던 뱀 한 마리가 그동안의 소란 덕분인지 조금 일찍 대가리를 내밀었다.

부스럭거리는 소리에 놀라 뛰쳐나온 철산의 눈에 갓 구멍에서 나온 한 마리의 뱀은 반갑기 그지없는 손님이었다.

원래 뱀이라는 동물은 독이 있든 없든 사람에겐 꺼림칙한 기분을 안겨준다. 그러나 지금의 철산은 그런 것을 따질 형편이 아니다. 육즙을 가진 무엇인가가 눈에 보였다는 것이 중요하다.

철산은 두고 볼 것도 없이 그대로 몸을 날렸다. 혹여 도망이라도 갈까 싶어 두 손으로 뱀의 꼬리를 잡고는 그대로 발로 대가리를 밟아버린다.

깜짝 놀란 뱀이 이빨을 들이밀었으나 굶주린 철산의 이가 먼저 목덜미를 물어버렸다.

이가 미끈한 가죽을 뚫고 들어가자 비릿한 피가 입 안으로 스며들어 왔다. 꼬리를 잡은 손을 힘껏 잡아당기자 뱀이 목덜미에서부터 머리까지 반으로 갈라졌다.

질긴 생명력을 자랑하듯 머리가 갈라졌음에도 몸통이 파닥거리며 억센 손아귀에서 벗어나려고 한다. 철산은 가죽을 벗길 새도 없이 살아 있는 뱀 한 마리를 통째로 씹어 먹었다.

적절하게 나타난 뱀 덕분에 철산은 날씨가 완전히 풀릴 때까지 버텨낼 수가 있었다. 산중의 바람은 여전히 쌀쌀하고 눈도 녹지 않았지만 조금씩 동물들이 돌아다니는 것이 눈에 띈다.

밤에도 지난겨울의 혹독한 추위에 비교하면 아늑할 정도였다. 간간이 덫에 걸리는 동물도 생겨났다.

산속에서의 첫해를 무사히 넘긴 것이다.

철산은 지난 몇 달간을 떠올리자 몸서리가 쳐졌다. 급변하는 산속의 날씨와 계절을 알지 못해 겪은 일이었다. 그렇게 일 년이 흘러갔다.

산 전체가 화려한 꽃단장으로 물들일 즈음 철산은 겨우내 축났던 몸을 완전히 회복할 수 있었다.

철은 두들겨야 강해진다고 했던가?

혹한의 고통을 넘기고 나자 철산의 정신력은 전에 비할 수 없이 강해졌다.

이전엔 고통스럽게 느껴지던 수련조차 이제는 가볍게 해낼 수가 있었다.

'손발이 얼어붙는 고통도 견뎌냈거늘 하물며 이 정도야.'

동사 직전까지 갔던 경험이 그 스스로를 채찍질하고 있었다.

수련의 강도가 예전에는 생각지도 못했을 정도로 높아졌다. 누가 보았다면 미쳤다고 소리칠 만큼의 고행이었다.

또한 달 밝은 밤에는 나무를 깎아 사냥 도구를 만들기도 했다. 호랑이를 잡기 위해서였다. 마음속 깊이 새겨놓은 공포라는 글자를 깎아내지 못한다면 수련을 한다 할지라도 의미가 없었다.

호랑이에 대한 악몽에 소스라치는 날이면 철산은 목창을 들고 산을 헤집고 다녔다. 싸워 이길 수 있을까 하는 걱정은 없었다. 그렇게 하지 않으면 견딜 수가 없었을 뿐이다.

*　　　　*　　　　*

입산한 지 두 번째로 맞이하는 가을이 왔다. 산이 울긋불긋해지자 철산은 겨울을 준비했다. 이전에 워낙 혹독하게 당했기에 벌써부터 걱정이 되었던 것이다.

덫으로 잡히는 동물 이외에도 직접 화살을 들고 사냥을 다녔다. 겨울에 가장 급했던 것이 바로 식량이었기 때문이다. 굶주림에 지쳐 즉석에서 만들었던 화살과는 달리 공을 들여 만든 화살은 제법 정확했다. 처음엔 제대로 날아가지도 않았지만 며칠 연습하고 나자 뛰어다니는 동물의 급소를 한 번에 꿰뚫을 정도가 되었다.

토끼나 다람쥐 같은 작은 동물을 잡고 났을 때는 약간의 동정심이 생기기도 했다. 그럴 때마다 굶주림에 지쳐 망설임없이 토끼를 밟아 죽였던 기억을 떠올리며 마음을 독하게 먹었다.

지금의 그는 생존을 위해 동물을 죽이는 것일 뿐이다. 그런 행동에 일일이 의미를 부여하기엔 마음의 여유가 없었다.

혹독한 추위 속에서의 교훈으로 손속에 잔정을 없앨 수 있었던 것이다.

철산 스스로는 자각하지 못했으나 망설임없는 결단력이라는 것은 싸움에 있어 매우 중요한 조건이었다. 특히 순간의 망설임에 생사가 결정 나는 무림인들과의 싸움에 있어서는 더욱 그렇다.

철산은 그런 사정까지 알 수는 없었으나 일단 마음먹은 것을 망설임없이 행함으로써 사냥이 훨씬 수월하다는 것을 느꼈다.

사냥으로 잡은 동물의 가죽은 벗겨서 쌓아놓고 고기는 바짝 말린다.

말린 고기는 가죽으로 감싼 후 덩굴을 꼬아 만든 밧줄로 묶어 움막 뒤의 고목 꼭대기에 매달아 놓았다. 혹시 찾아올 호랑이에 대비해서이다.

충분한 고기를 비축하고 난 후 이번에는 벗겨놓은 동물들의 가죽을 깨끗이 씻었다. 노린내와 피비린내가 거의 지워지자 차곡차곡 덮어 움막 한편에 깔아놓았다. 겨울에 식량 다음으로 시급한 것은 추위였다.

깨어 있을 때는 수련으로 몸을 데울 수 있으니 상관이 없다. 하나 잠이 들고 나서는 추위에 대응할 방법이 없었다. 동물 가죽은 그럴 때 몸을 덮기 위해 쌓아두었다. 비록 가죽을 이어 이불을 만들 만한 재주는 없었지만 가죽으로 겹겹이 몸을 덮기만 해도 체온이 빠져나가는 것을 막을 수 있을 것이다.

그렇게까지 하고 나자 마음이 든든해졌다. 일 년 전 그를 그렇게 괴롭히던 겨울과 맞시 싸울 준비가 된 것이다.

'오너라.'

살기 위해 처절하게 발버둥 쳤던 일 년 전을 생각하자 투지가 치솟았다.

한 번 겪어보아서 그런지 두 번째 겨울은 춥지 않았다. 아니, 사실 추운 것은 마찬가지였으나 철산이 춥지 않다 느낄 뿐이다.

심신의 단련이 일 년 전과 판이하다는 증거였다.

그제야 철산은 자연과의 싸움에서 이겼다는 뿌듯함을 느낄 수 있었다.

하나 아직 기뻐할 수는 없었다. 그에게는 아직 많은 싸움이 남아 있었다.

제6장

산중 수련

산중 수련

하얗게 새어 나오는 입김이 하늘하늘 치솟
다 흩어지는 것을 보며 철산은 땅바닥에 털썩 주저앉았다. 어
깨에서 뜨거운 김이 모락모락 피어오른다. 하얀 눈이 어깨로
떨어져 내리다가 살에 닿기도 전에 스르르 녹아버린다.

털썩.

아무렇게나 주저앉자 바닥에 쌓여 있던 눈이 금세 축축해
져 온다. 온몸을 적시고 있던 땀이 차가운 공기에 닿자 뼛속
까지 서늘해진다.

철산은 앉은 채로 멀리 보이는 나뭇가지를 응시했다. 나뭇
가지 위에는 한 마리 산새가 날개를 퍼덕거리며 내려앉고 있

었다. 여기저기 부리로 콕콕 찍는 모습이 아마도 벌레를 찾는
듯하다.

먹이를 찾으면서도 언제 맹수의 공격이 있을지 염려되는
듯 끊임없이 날갯짓을 하고 있다. 조금이라도 위험이 느껴지
면 바로 날아오르기 위해서일 것이다.

철산의 시선이 향한 것은 바로 새의 날개였다. 무심코 그것
을 보는 순간 우삼광이 해주었던 말이 떠올랐다.

무림인과 맞서 싸울 수 있는 방법을 찾아 고민했노라며 들
려주었던 세 가지 방법. 그중 집채만 한 바위를 한 번에 깨라
는 것은 그에게는 아직 요원한 일이었지만 지치지 않는 체력
을 기르라는 두 번째 방법은 어느 정도 이루었다.

그리고 우삼광이 말해준 마지막 방법.

"새의 날갯짓을 보아라. 무림인들의 움직임은 평범한 사람이
볼 수 없을 정도로 빠르다. 날아가는 새의 날갯짓을 볼 수 있을 정
도라야 그들의 움직임을 볼 수 있을 것이다."

다른 사람이 들었다면 실소를 금치 못할 내용이었다. 새의
날갯짓이란 것은 찰나에도 수십여 번을 움직인다. 사람의 눈
으로 그 움직임을 좇는다는 것은 불가능에 가깝다.

그러나 철산의 마음은 조금도 흔들리지 않았다. 그 말을 해
준 사람이 바로 우삼광이었기 때문이다. 우삼광에 대한 철산

의 믿음이 깨어지는 일은 결코 없을 것이다.

그래서 철산은 새의 날갯짓을 보았다.

보고 또 보고 다시 보았다.

눈이 아파질 때까지 보았으나 새의 날갯짓을 눈으로 확인하기는 무리였다. 횟수를 셀 수 없을 만큼의 잔상만이 남을 뿐이었다.

철산은 충혈된 눈을 지그시 감았다. 검은 장막과도 같은 어둠 속에 새가 날갯짓하는 모습이 그려진다. 상상 속에 새의 날갯짓은 느리디느렸다. 그러나 눈을 떴을 때 새의 날갯짓은 움직임을 본다는 엄두가 나지 않을 정도로 빨랐다.

'하루아침에 되리라고는 생각지 않는다. 오늘 안 되면 내일, 내일 안 되면 그 다음날, 일 년이 안 되면 십 년이 걸리더라도 해내고 말 것이다.'

결의를 다지자 마음에 여유가 생긴다.

두 번째 겨울은 온 듯 만 듯 지나갔다.

겨울이 지나갔음을 알리듯 봄비가 뚝뚝 떨어져 내렸을 때 철산은 새로운 방법을 생각해 냈다.

바로 떨어져 내리는 비를 응시하는 것이다. 희미한 빗줄기가 빈 공간 없이 떨어지는 것을 보고 떠오른 생각이었다.

약한 가랑비일지언정 속도는 결코 느리지 않았다. 게다가 미세한 물방울이 떨어지면서 속도가 붙어 눈망울을 때리자 마치 송곳에라도 찔린 듯 따끔거린다.

처음엔 눈을 뜨고 있는 것조차 제대로 되지 않았다. 점차 적응이 되자 떨어지는 빗방울이 눈을 때려도 시점이 흔들리지 않을 정도가 되었다.

그러나 비를 보는 것만으로는 무리였다. 우기가 아닌 이상 비가 매일 오지 않았기 때문이다. 수련에 한계가 있는 것이다.

고민하던 철산은 여름에 주먹질을 단련하던 개울가를 찾아갔다. 개울가 한편에서 거세게 떨어지고 있는 폭포가 그를 반긴다.

옷을 벗어 개울가를 헤엄쳐 폭포 밑으로 건너가 보니 한 사람이 겨우 버티고 설 수 있을 만한 바위가 있었다. 그곳에 선 채 떨어지는 물을 맞아보니 그 압력이 여간 아니었다. 똑바로 서 있기조차 힘들어 비틀거리며 중심을 잡는 데 한나절이 걸렸다.

겨우 안정되게 버티고 설 수 있게 되자 이번에는 고개를 들어보았다.

몸으로 받아내기에도 무거운 폭포를 얼굴로 맞자 금세 피부가 얼얼해진다. 차마 더 이상 버티지 못하고 급히 고개를 숙였다.

우선 폭포의 압력을 완전히 버텨낼 수 있는 것이 당면한 과제인 듯싶었다.

그가 폭포의 압력에 적응하여 고개를 똑바로 들 수 있게 되는 데는 수십 일이 걸렸다. 매일을 물속에만 있다 보니 피부가 불어터지고 껍질이 벗겨지기를 수없이 반복해야 했다.

　폭포를 맞으며 눈을 뜰 수 있게 되기까지는 다시 한 달이 걸렸다. 워낙 거세게 떨어지는 물을 많이 맞다 보니 한때는 이러다 시력을 잃게 되는 것이 아닐까 염려되기까지 했다.

　다시 몇 달이 지났을 때 철산은 폭포를 맞으면서도 사물을 확인할 수 있게 되었다.

　여름이 되었을 무렵, 마침내 폭포수 속에서 산산이 부서지는 물방울을 눈으로 확인할 수 있었다.

　그때부터 철산은 본격적으로 새의 날갯짓을 보는 수행에 몰입했다. 처음과 달리 새의 날갯짓이 조금씩 보이기 시작했다.

　그의 눈이 새로운 세상을 보게 된 것은 그해 가을이 거의 지나갈 무렵이었다.

　그날은 기어코 성공하겠다는 일념으로 이틀 밤낮을 꼬박 앉아 있었다. 먹은 것 없이 가만히 앉아 나뭇가지 위에 새를 지켜보고 있는데 느닷없이 소나기가 내렸다.

　쏴아아.

　내리는 비에 몸이 젖는 것은 순식간.

　그러나 그런 것보다 나뭇가지에 앉아 있던 산새가 빗소리에 놀라 다른 곳으로 움직인 것이 더욱 안타까웠다.

　산새는 자신의 몸을 더욱 많이 가려줄 수 있는 나무를 찾는 듯 다른 곳으로 날아올랐다. 그러나 갑작스레 내린 빗방울의 무게가 부담스러웠던지 날갯짓이 일순 느려졌다.

숨을 곳을 찾아 낮게 날며 눈앞을 지나쳐 가는 산새를 보는 순간 철산은 마치 눈앞을 가로막고 있던 장막을 걷어내기라도 한 듯 똑똑히 느낄 수가 있었다.

미세한 근육의 움직임과 날갯짓에 따라 하늘거리는 깃털 하나하나, 공기를 쳐서 흘러나오는 퍼덕이는 소리.

모든 것이 정지되기라도 한 것마냥 느리게만 보인다. 깃털의 움직임은 물론이고 새의 호흡 소리까지도 귓가에 울려오는 듯했다.

더 나아가 떨어져 내리는 빗방울의 형체와 크기, 개수까지 보이는 듯하다. 주변 모든 풍경, 움직임과 소리가 손바닥 안에 있는 것처럼 세세하게 전해져 온다.

이전에는 보지 못했던 자연의 생김과 소리가 보려 하지 않음에도 머릿속에 그려지는 것 같았다. 그 기이한 현상에 철산은 깨어날 생각조차 하지 못하고 무아지경에 빠졌다.

그가 정신을 차리고 자리에서 일어난 것은 꼬박 하루가 지나서였다.

심신이 극도로 예민해진 상태에서 찾아온 뜻밖의 개안.

돈오(頓悟:깨달음은 일순간)라 했던가?

일부러 새의 날갯짓이라든지 떨어지는 빗방울 같은 것을 보기 위해 노력할 필요가 없었다. 굳이 보지 않으려 해도 보였다. 눈은 이미 그 정도의 움직임을 받아들일 수 있을 만큼 수련이 된 것이다. 이젠 몸을 눈에 맞게 단련시키기만 하면 된다.

드디어 우삼광이 말한 세 가지 방법 중 한 가지를 완벽히 이루었다는 뿌듯함에 그날은 잠을 이룰 수가 없어 하루 종일 산을 뛰어다녔다.

*　　　　*　　　　*

가을이 지나가고 세 번째 겨울이 왔다.

이미 두 번의 겨울을 보냈기에 크게 신경이 쓰이진 않았다. 그저 다른 계절과 달리 조금 춥다고 느낄 뿐이다.

크게 염려하지 않고 맞이한 겨울.

산에 올라온 지 처음으로 철산의 수행이 더디어졌다.

겨울을 준비하지 않아서가 아니다. 작년보다 더욱 많은 식량을 쌓아두었고, 덮을 가죽도 몇 개월간의 비축으로 충분하고도 남았다. 그럼에도 그는 아무것도 할 수가 없었다.

외부적인 이유 때문이 아니었다.

추운 겨울날 산속에서 홀로 수행하다 문득 하늘 아래 혼자임을 느끼면 괜히 몸이 오들오들 떨려왔다. 수련을 한답시고 몸을 단련할 적마다 사람의 향기가 그립고 말소리가 듣고 싶었다. 대화가 하고 싶어 못 견딜 정도가 되자 급기야는 환청까지 들려왔다.

외로움, 아니, 그보다 더한 참을 수 없는 고독이 밤마다 그를 덮쳐 왔다.

외롭다는 감정은 그동안 수도 없이 느꼈다. 그럴 때마다 더욱 오기가 치솟아 발광하듯 수련을 하며 극복했다.

그런데 근래에는 그 정도가 지독할 만큼 심했다. 아무것도 손에 잡히지 않았고, 몇 년간 당연시하던 수련조차 하기가 싫었다.

당장이라도 짐을 싸서 산을 내려가고 싶었다.

'이쯤 했으면 됐잖아? 이 정도면 무림인과도 충분히 싸울 수 있을 거야.'

순간순간 수십 번의 유혹이 꼬리를 쳐온다. 실제로 짐을 싸 산을 내려가다가 돌아오기까지 했다.

사람에 대한 그리움이 극에 달하자 이번에는 여자가 그리웠다.

그의 기억 속에 자리한 여인들의 모습이 하나씩 떠올랐다. 어렸을 때 그를 좋아했던 소연이 떠오르고 뒤를 이어 취화루의 취앵이 생각난다.

항상 어깨를 반쯤 드러내는 옷을 걸치고 다니던 취앵. 그녀의 뽀얀 살결을 떠올리자 온몸에 열기가 치솟았다.

취앵을 지나쳐 마지막으로 금룡표국에서 보았던 오 소저의 모습이 떠오르자 철산은 도저히 견딜 수가 없었다.

애틋한 눈빛으로 쳐다보는 오 소저의 눈망울.

애정이 듬뿍 담긴 표정으로 그녀가 손짓한다.

'껴안고 싶다.'

욕망이 장작 타오르듯 치솟는다.

숱한 고행과 어려움에도 꺾이지 않던 의지가 서서히 꺾여갔다.

심마.

무공으로 일가를 이룬 사람이 보았다면 그렇게 말할 것이다. 육체와 정신이 또 다른 경지를 갈구하는 단계.

사람에 따라 무겁게 나타나기도 하고, 있는 듯 없는 듯 가볍게 지나치기도 한다. 이미 육체의 한계를 몇 번이나 뛰어넘은 철산이었기에 오히려 뒤늦은 심마라 할 수도 있었다.

그러나 그 증상은 지금까지 겪어야 했을 심마가 한 번에 온 듯 심각했다.

하루 종일 움막 속에 틀어박혀 지내기도 했고, 멍하니 내리는 눈을 바라보고 있는 날도 생겼다.

심한 수련을 하다가 며칠간 몸을 놀리자 바싹 수축되어 있던 근육이 풀어지며 몸의 이곳저곳이 쑤셔온다. 그럼에도 철산은 마음을 잡을 수가 없었다.

부처가 도를 깨우칠 때 악마의 일곱 가지 시험을 이겨내야 했다던가?

머릿속에 온갖 잡념과 욕구가 꼬리에 꼬리를 물고 치밀어

오른다.

그렇게 십여 일이 지나갔다.

그날도 철산은 수련을 하다 말고 눈밭에 드러누워 하늘을 보고 있었다.

저녁 무렵의 흐린 잿빛 하늘이 우중충하게만 보였다. 그 자신의 마음 역시 흐리게만 느껴진다.

두 눈 가득 들어오는 넓은 하늘 위에 누군가의 얼굴이 그려진다.

아직 이름도 알지 못하는 오 소저였다.

오 소저의 얼굴에 웃음이 맺힌다.

그녀의 하얀 치아가 철산의 마음을 뒤흔들었다.

그녀가 자신을 기억하고 있는지도 알 수 없었다. 다만 지금 자신이 그녀를 너무도 원하고 있다는 사실만이 중요할 뿐이다.

"크큭."

그녀의 얼굴이 닿을 수 없는 환영에 불과함을 인식하자 쓴 웃음이 맺혔다. 주먹에 움켜쥔 눈덩이가 악력을 견디다 못해 산산이 바스라졌다.

'어차피 환상에 불과한 것을⋯⋯.'

그녀를 본 것은 고작 두 번뿐이다.

분명 호감은 있되 호감이 애정으로 변하기엔 부족한 만남이었다.

철산은 그녀의 얼굴이 떠오르는 것이 단지 그녀의 미모가 뛰어나기 때문이라 여겼다.

혼란스러운 머릿속을 정리하던 철산의 얼굴이 굳어진 것은 바로 그때였다.

사박.

미세한 소리.

수련으로 인해 오감이 극도로 발달되지 않았다면 듣지 못했을 소리다. 뒤이어 지독한 냄새가 코를 찔러온다.

'노린내!'

생각하고 말고 할 사이도 없었다.

휙!

몸을 튕겨 일어나자 그가 누워 있던 바닥이 크게 파인다.

좌악!

튀어 오르는 눈 부스러기 너머로 시퍼런 광채가 나타났다.

'호랑이!'

이 년 전 그에게서 고기를 약탈해 갔던 놈이다.

철산이 이글거리는 눈빛으로 자신을 바라보자 놈은 자존심이 상했던지 단숨에 지면을 박차 오른다.

파앗!

훌쩍 뛰어올라 앞발을 휘두르는 동작이 번개같이 빠르다. 이전의 철산이었다면 결코 피하지 못했을 것이다.

그러나 철산은 이미 개안을 했다. 호랑이의 움직임이 또렷

하게 보여 급히 뒤로 물러나 호랑이의 공격권에서 벗어났다.

호랑이는 철산이 자신의 공격을 피하자 입가를 씰룩거린다. 입김 사이로 뾰족한 송곳니가 솟아오른다.

철산은 자신의 몸이 굳어 있음을 느꼈다.

지금까지 머릿속으로는 호랑이를 상대로 수도 없이 싸워 봤다.

이긴 적도 있고 처참하게 찢겨져 죽은 적도 있지만 근래에 들어서는 거의 그의 승리였다.

머릿속에서의 싸움을 몸으로 실행하기만 하면 된다. 그걸 알고 있음에도 긴장은 풀리지 않았다. 공격을 해야 함에도 망설여진다.

호랑이가 두 번째로 덮쳐 올 때 철산은 자신의 결점을 깨달았다.

근 십 일간의 게으름. 잔뜩 응축되어 언제라도 힘을 발휘할 수 있게끔 단련되어 있던 근육이 풀어졌다. 그리고 그보다 더욱 큰 문제는 항상 가시밭길을 걷듯 곤두서 있던 정신이 해이해진 것이다.

진한 노린내를 풍기면서 다가오는 호랑이를 눈치 채지 못한 것만 보아도 알 수 있었다.

철산이 스스로의 나태함을 자책하고 있을 때 호랑이의 두 번째 공격이 시작되었다.

부우웅!

바람을 가르며 내려치는 앞발을 피해 연신 물러났지만 뒷걸음으로 호랑이의 날렵한 움직임을 피하기엔 한계가 있다.

스각.

옷자락에 닿을 듯 말 듯 스친 가슴팍이 금세 너덜너덜해지며 피가 배어 나온다.

금세 지독한 통증이 느껴진다. 고통을 느끼자 정신이 번쩍 들었다.

이대로 당하면 죽는다는 위기의식이 치밀어 오른다. 그제야 혼란스럽던 머릿속이 차가워졌다.

'그토록 찾아다니던 놈이 아닌가?'

아무리 요 며칠 수련을 게을리 했다지만 이렇게 반항조차 못해볼 정도는 아니다. 호랑이를 처음 대면했을 때와 같이 기에서 밀리고 있을 뿐이다.

철산의 입에서 바드득 이 갈리는 소리가 흘러나왔다.

여기서 놈을 피해 도망친다면 그의 마음속에 자리잡은 공포를 없앨 기회는 두 번 다시 없다.

철산은 평생 가슴속에 두려움이라는 반갑지 않은 단어를 껴안고 살고 싶지는 않았다.

드디어 철산의 눈에 불꽃이 튀었다.

크아아앙!

때마침 터진 호랑이의 포효가 온 산을 뒤흔든다.

"타하앗!"

뒤따라 터진 철산의 기합이 앞선 포효를 뒤덮었다. 달라진 철산의 기세에 호랑이가 움찔하는 듯했다. 그 순간 철산의 발이 크게 내디뎌졌다.

호랑이의 앞발이 숙여진 머리 위를 스치고 지나가는 순간, 철산이 호랑이의 가슴팍에 붙어 주먹을 강하게 후려친다. 뜻밖의 반격에 호랑이는 피할 시도조차 하지 못하고 얻어맞았다.

쾅!

눈을 들썩이게 만들 정도의 굉음이 터져 나왔다.

캬아아앙!

날카로운 송곳니 사이로 고통에 젖은 비명이 흘러나왔다. 반사적으로 휘두른 듯한 앞발이 철산의 머리를 후려친다. 철산의 팔이 머리를 감쌌다.

퍽!

살이 한 움큼이나 뜯겨 나가며 몸이 선 채로 날려진다. 충격을 해소하기 위해 땅을 두어 바퀴 구르다 재빨리 일어나자 호랑이가 달려들고 있었다.

다행히 조금 전 일격이 유효했던지 호랑이의 가슴팍이 움푹 꺼져 있는 것이 보였다. 철산은 급히 뒤로 몸을 날렸다. 그의 뒤에는 움막이 있다. 움막 옆에는 그가 만들어놓았던 창이 있다. 나무로 만들었으나 뾰족하게 다듬어놓았으니 호랑이의 가죽을 뚫는 데는 충분할 것이다.

그러나 철산의 속셈을 눈치 챈 듯 호랑이는 한 번의 도약으로 철산을 가볍게 뛰어넘어 움막 앞을 가로막고 선다. 육중한 몸으로 사람을 가볍게 뛰어넘는 괴력은 질릴 만한 것이다.

철산의 입술이 굳게 닫힌다.

이렇게 된 이상 믿을 것은 주먹밖에 없다.

산에 오른 이유이자 그의 목표.

이렇게 빠르게 시험당할 줄은 몰랐다.

철산의 눈빛이 깊게 잠긴다.

호랑이의 호흡에서부터 근육의 미세한 움직임까지 모든 것이 보인다.

앞을 주시하며 온 정신을 두 주먹에 집중했다.

기회는 단 한 번뿐이다.

일격에 쓰러뜨리지 못한다면 뒤는 없는 것이나 마찬가지다.

어느새 저문 해를 등지고 은은하게 떠오른 달이 푸른빛을 내리비춘 채 일인일수의 대결을 지켜본다.

사박.

한 걸음을 떼어놓자 눈이 밟히는 소리가 크게 울린다.

호랑이의 입에서 뜨거운 입김이 새어 나온다.

사냥감을 노리는 맹수의 시선. 최대한 피해를 입지 않고 사냥을 성공하겠다는 눈빛이다. 약자를 노리는 강자의 여유. 순간 금도학과 하순원의 모습이 호랑이와 겹쳐 보인다.

철산의 얼굴에 하얀 선이 드러났다. 웃음이다.

그 웃음이 거슬렸을까.

크아아앙!

호랑이의 몸이 쏘아진다. 두 눈 멀쩡히 뜨고 있음에도 누런 잔상밖에 볼 수 없을 정도로 빠른 움직임이다.

동시에 철산의 몸도 쏜살같이 튕겨 나간다. 호랑이에 뒤지지 않는 쾌속함.

비호와 같은 몸놀림에 어떤 것이 호랑이이고 사람인지 구분이 가지 않았다.

두 그림자가 쏘아짐과 동시에 부딪쳤다.

푸른 달빛이 호랑이의 앞발에 비추어진다. 철산의 주먹이 달빛을 산산이 박살 낸다. 부서진 발톱 사이로 또 하나의 주먹이 솟아났다. 한 인간의 집념과 혼이 실린 주먹이다.

쾅!

종전의 타격음과는 비할 수 없는 소리에 달빛마저 흔들리는 듯싶었다.

크허허헝!

호랑이의 처절한 울부짖음이 온 산을 울렸다.

털썩.

결코 쓰러질 것 같지 않은, 또한 쓰러져서는 안 되는 거구가 눈밭에 몸을 눕혔다. 산중지왕, 맹수지왕이라 칭해지는 짐승이 한낱 인간의 주먹을 맞고 입에서 뜨거운 피를 토해내고 있는 것이다.

저벅.

철산의 그림자를 느낀 듯 호랑이의 사지가 발버둥 친다. 어떻게든 일어나려 안간힘을 쓰지만 제대로 땅을 짚지 못하고 미끄러지기만 한다.

높이 들려진 철산의 손이 내려쳐진다.

쾅쾅쾅!

한 번 두 번 내려쳐지는 주먹이 호랑이의 머리에 꽂힌다. 호랑이의 머리와 철산의 주먹이 모두 피투성이가 되었을 때,

호랑이는 최후의 힘을 쏟아내듯 몸을 한차례 부르르 떨더니 뻣뻣하게 굳어버렸다.

울컥!

호랑이의 머리에서 피가 흘러나온다.

털썩!

철산의 몸이 허물어지듯 무너졌다. 긴장이 풀어졌기 때문이다.

갓 죽은 호랑이의 따뜻한 피가 땅에 스며들어 철산의 주변을 감싸주었다.

철산은 산에 오른 이후 처음으로 포근함을 느끼며 잠이 들었다.

*   *   *

철산은 정신을 차리자마자 한겨울 칼바람에 몸을 떨어야 했다. 겨울밤 눈밭에서 잠이 들었으니 얼어 죽지 않은 것이 이상할 노릇이다.

옆을 보니 호랑이의 머리에서는 아직도 피가 흘러나오고 있었다. 호랑이의 피가 끊임없이 흘러나와 그의 몸을 식지 않게 데워주고 있었던 모양이다.

몸을 일으키자 아프지 않은 곳이 없었다. 특히 가슴과 왼팔의 상처는 쉽게 아물지 않을 만큼 컸다.

벌써부터 독이 오른 듯 퉁퉁 부어오르는 것이 제대로 치료하지 않으면 큰일 날 성싶었다.

그러나 철산은 상처에 대한 걱정은 떠오르지도 않았다. 지금은 그저 가슴 벅찬 성취감을 느끼고 싶을 뿐이었다.

그토록 그를 괴롭히던 환영을 쫓아냈다는 기쁨, 그동안의 수련이 헛되지 않았다는 성취감, 그리고 무엇보다도 우삼광의 방법이 틀리지 않다는 것을 증명했다는 사실이 그를 들뜨게 만들었다.

'우 노대, 당신의 십 년은 결코 헛되지 않았다고요.'

우삼광에 대한 그리움으로 철산의 눈시울이 또다시 붉어진다.

호랑이의 몸집은 보기보다 더욱 컸다. 가죽을 벗겨내는 데만 꼬박 하루가 걸렸다. 가죽을 벗기는 작업이 워낙 세심한 손길이 필요한 데다 우선적으로 왼손은 부상 때문에 마음대로 쓰질 못하니 일이 더뎌질 수밖에 없었다.

가죽에 몇 군데 흠집이 나긴 했으나 서툰 솜씨를 감안한다면 수작이라 할 수 있었다.

철산은 벗겨낸 호랑이 가죽을 잘 말려서 움막 위에 덮었다.

오랜 세월 쓰다 보니 움막 지붕이 조금씩 벗겨지고 있었기 때문이다. 호랑이의 가죽은 움막을 완전히 뒤덮고도 남았다. 훌륭한 바람막이가 생긴 것이다.

호랑이 고기는 두말할 나위 없이 식량으로 쓰였다.

불과 반 각여의 짧은 혈투. 철산은 떠올리는 것만으로도 아직 등골이 오싹했다. 머리카락 한 올의 차이. 죽이느냐 죽임을 당하느냐의 기로에서 미세한 차이로 살아남을 수 있었다.

평상시의 그라면 힘들긴 했어도 어제와 같이 목숨이 위험하진 않았을 것이다.

마음의 방심이 그의 심신에 허점을 만들었고, 때마침 그 틈을 노려 호랑이가 다가왔다.

'아직 할 일은 남아 있다.'

처음 산을 올라왔을 때의 목표가 떠올랐다.

집채만 한 크기의 거무튀튀한 바위.

그것을 맨주먹으로 깨부술 때까진 내려가지 않겠다고 결심했었다.

근래 그때의 마음을 잊고 자만하였다. 그러나 호랑이와의 혈투로 다시금 확인할 수 있었다.

그에겐 아직 해야 할 일이 많다는 것을.

철산의 심마는 그렇게 뜻하지 않은 혈투로 극복되었다.

                    *   *   *

겨울이 완전히 지나갈 무렵,

철산의 부상도 완쾌되었다. 비록 가슴과 왼팔에 굵은 흉터 세 줄이 남겨졌지만 개의치 않았다. 오히려 팔뚝의 흉터는 뇌전 모양으로 새겨져 마음에 들기까지 했다.

상처가 낫는 동안에는 될 수 있는 한 거친 움직임은 피하고 체력이 떨어지지 않는 단련을 주로 했다.

수련을 하지 않을 때는 가만히 눈을 감고 생각에 잠기는 시간이 늘어갔다. 이전 심마에 빠졌을 때와 같은 잡념 때문이 아니다.

기억. 호랑이와의 혈전을 떠올리며 자신의 행동을 하나하나 되짚어보는 것이다.

분명 그는 무기도 없이 호랑이를 상대로 싸워 이길 만한 능력이 없었다. 수련을 게을리 하지 않았던 상태라 할지라도 마찬가지다. 눈과 몸은 충분히 단련이 되었다 할지라도 무엇보다 호랑이를 쓰러뜨릴 수 있을 만한 주먹을 갖추진 못했다.

실제로 처음 맞추었던 주먹은 호랑이에게 큰 타격을 주지 못했다.

두 번째 주먹. 호랑이의 발톱을 부수뜨리고 호랑이의 심장에 충격을 준 주먹이 의문이었다.

당시엔 반쯤 무의식 상태로 내질렀지만 지금 생각해 보면 주먹에 기이한 힘이 실렸던 것 같다.

자신의 모든 것이 주먹에 실린다는 느낌이랄까.

그 힘이 그의 주먹을 빌려 호랑이를 쓰러뜨리고 단단한 두개골을 깨부순 것이다. 그리고 그 힘은 자신의 내부에 숨어 있을 것이다.

'찾을 것이다.'

그렇게 되면 바위를 한주먹에 박살 내는 주먹을 얻게 될 것이다.

그것이 산에서의 목표를 이루는 길이다.

*　　　　*　　　　*

쾅!

굉음이 터지고 돌가루가 떨어졌지만 바위가 부서지진 않았다.

"휴."

철산은 한숨을 내쉬며 자신의 주먹을 물끄러미 내려다보았다.

두꺼운 굳은살이 주먹의 관절 마디마다 튀어나와 있었다.

수없이 바위를 내려치며 단련된 손이다. 심하게 내려쳐도 다치지 않을 정도가 되었다.

문제는 주먹에 실리는 힘이다. 그동안의 수련으로 그의 주먹은 전광석화같이 빨랐고 파괴력이 넘쳤다. 그런 주먹으로 수없이 쳐보았음에도 그의 목표인 검은 바위는 꿈쩍도 하지 않았다.

'단지 빠르고 강한 힘만으로는 안 된다.'

힘 이외에도 무엇인가가 필요했다.

호랑이를 쓰러뜨렸던 힘, 그 힘을 떠올려야 한다.

그러나 철산은 그 힘을 찾기도 전에 스스로의 능력이 부족함을 또 한 번 깨닫게 되었다.

당시의 상황을 재현하기 위해 머릿속에 만들어진 호랑이.

그 호랑이에게 주먹을 내뻗기는커녕 다가설 수조차 없다.

가상의 호랑이는 실제와는 달리 압도적인 위압감 같은 것은 없었으나 철산의 공격에 조금도 흔들리지 않는 냉철함을 가지고 있었다.

그의 굼뜬 몸놀림으로는 도저히 호랑이의 품속으로 파고들어 주먹을 날릴 수가 없었다.

주먹을 뻗기에 앞서 기회를 만드는 것이 더욱 큰 문제다.

호랑이에게 접근할 수 없다면 무림인들에게도 마찬가지일 터.

철산은 며칠째 답을 내리지 못하고 있었다.

답답하여 고개를 돌리자 멀리 백설이 내려앉은 산꼭대기가 보인다.

하얀 수염이 덮인 모습. 마치 인자한 노인이 웃고 있는 것 같았다.

순간 철산의 머릿속을 번개처럼 스치고 지나가는 생각이 있다.

'노인!'

금룡표국에서 보았던 노인. 그는 위엄 가득한 금도학과는 달리 있는 듯 없는 듯 허허로웠다. 그러나 그의 움직임은 결코 금도학과 비할 수 있는 것이 아니었다.

마치 물이 흐르듯 부드러우면서도 눈으로 따라잡을 수 없을 만큼 빨랐다.

수백, 수천 번을 반복해도 따라 할 수 있을까 의심이 갈 정도로 번개 같은 몸놀림이다.

철산의 머릿속을 어지럽히던 먹구름이 일시에 걷힌다.

우선적으로 자신이 해야 할 일이 똑똑히 보였다.

그날부터 철산은 한 가지 동작을 반복했다.

왼발을 크게 내딛는 순간 몸을 비틀어 숙이며 앞으로 전진하는 동작.

금룡표국에서 하순원이 그를 제압하기 위해 썼던 수법을 따라 한 것이다. 물론 철산은 하순원의 움직임을 제대로 볼 수 없었다.

그래서 기억 속에 남아 있는 동작들과 자신의 생각을 결합시켜 지금의 움직임을 만들어내야 했다.

비록 하순원의 것과 똑같은 형태는 아니었으나 철산은 자신이 만든 움직임이 마음에 들었다.

철산은 몰랐지만 사실 하순원이 썼던 것은 잠영보(潛影步)라는 종남파의 독문보법이었다. 마치 그림자와 같이 땅속으로 사라진다 하여 붙은 이름으로, 주로 상대의 사각을 이용하는 수법이었다.

지금 철산의 움직임은 잠영보와 형태는 완전히 달랐으나 상대의 사각을 노린다는 점에서 일맥상통했다. 물론 잠영보처럼 신출귀몰한 변화는 가지지 못했으나 모든 변화를 없애고 극도로 단순화시켰기에 속도 면에서는 월등했다.

하나의 동작을 알아냈으니 할 일은 한 가지뿐.

철산의 하루는 다시 바빠졌다.

*   *   *

출렁.

잔잔하던 수면이 가볍게 흔들렸다.

빛이 제대로 들어오지 않는 물속. 이끼 긴 웅덩이 바닥에 철산이 서 있다.

깊은 물속에 가라앉아 있음에도 조금도 흐트러짐 없는 모습이다.

그의 전면에는 사람 허리만 한 높이의 바위가 놓여 있었다. 바위를 보는 철산의 눈빛이 번득인다.

크아아앙!

실제로는 아무런 소리도 나지 않았다. 그러나 철산에게는 산중을 뒤흔드는 듯한 포효성이 들렸다.

날카로운 송곳니를 드러내며 그를 위협하는 맹수.

호랑이가 땅을 박차려는 순간 철산의 발이 움직인다. 슬쩍 한 걸음 내딛는다 싶었을 때 철산의 몸은 어느새 호랑이의 우측 아래로 바싹 붙어 있다. 호랑이는 갑자기 사라진 철산의 행방에 아무런 행동도 하지 못한다.

'너와의 싸움도 이것으로 끝이다.'

철산의 주먹이 호랑이의 옆구리를 올려치는 순간,

콰!

가상의 호랑이는 바위가 되어 산산이 부서진다.

촤아악!

물 위로 떠오르는 철산의 얼굴에 따가운 햇볕이 쏟아졌다.

"후."

참았던 숨을 내뱉자 짜릿한 쾌감이 느껴진다.

지난 몇 달간 수도 없이 연습했던 동작.

한계를 깨는 걸음이라 하여 벽파(壁破)라 이름 붙였던 동작이 이제는 완숙한 경지에 이르렀다. 물론 금룡표국에서 보았던 하순원과 같이 절묘한 형태는 아니었다.

하순원의 잠영보가 상대와의 부딪침을 피하는 데 중점을 두었다면, 철산의 벽파는 최단 거리로 상대에게 부딪치기 위한 것이다.

철산은 하순원의 보법을 떠올리자 아직도 등줄기가 서늘했다. 벽파를 만들어내긴 했으나 아직 그의 공격을 막아낼 자신이 없다.

순간 이동이라 해도 믿어질 만큼 빠른 몸놀림.

그날부터 철산은 호랑이 대신 하순원을 떠올리며 상상 대결을 했다.

그러나 결과는 항상 마찬가지.

하순원의 걸음을 막아낼 수가 없었다.

눈으로는 좇을 수 있다. 하순원이 사각으로 파고드는 움직임이 그려지듯 들어온다. 문제는 몸이 그 움직임을 좇지 못한다는 것이다.

주먹을 뻗으려 해도 늦고 몸을 피할 수도 없다.

하순원의 걸음을 멈추게 하지 못한다면 산중 수련에 의미가 없다.

사실 하순원은 무림에서도 손에 꼽힐 정도의 고수였다. 그런 고수의 움직임을 막는다는 것은 불가능에 가까운 일이었다.

그러나 철산은 그런 사정은 알지 못했다. 설사 알았다 할지라도 포기하지 않았을 것이다.

날짜가 지나고, 또다시 겨울이 찾아왔다.

네 번째로 맞이하는 겨울은 이제 반갑기까지 했다.

거친 수련을 해서 땀이 날지라도 쌀쌀한 겨울바람이 금세 몸을 씻겨준다. 첫 겨울에 겪었던 지옥 같은 생활이 거짓말처럼 느껴진다.

차앗!

호피에 덮인 움막 문을 걷고 나오자 간밤에 내린 눈이 발목까지 쌓여 있다. 가볍게 몸을 푼 철산은 벽파를 연습했다. 그의 상대는 여전히 하순원.

몇 달이 지났음에도 그는 하순원의 잠영보를 멈출 수 없었다.

그러나 오늘은 다를 것이다.

굳은 결심이 철산의 얼굴로 스쳐 지나간다.

여느 때와 같이 하순원이 그의 앞에 나타났다. 금룡표국에서와 같이 가벼운 훈계조의 말을 끝낸 후 그의 몸이 움직였다.

산에 오르기 전이었다면 눈앞에서 사라졌다 여길 동작이다.

때맞춰 철산의 발이 한 걸음 내디뎌진다.

비틀린 그의 몸이 숙여지며 눈 위를 미끄러지듯 쏘아졌
다.

서로의 사각을 노리고 파고드는 두 사람.

철산의 주먹이 쏘아진다.

번개 같은 빠르기. 하순원이 장력을 내뻗기도 전이었다.

슛!

주먹에 맞은 하순원이 비틀거린다. 어느새 자세를 바로 한
철산의 주먹이 내뻗어지는 순간,

하순원이 훌쩍 물러났다.

"쳇!"

철산의 얼굴에 승부를 내지 못한 아쉬움이 묻어났다.

그의 머릿속에 남은 하순원으로는 더 이상의 싸움은 무리
였다.

당시 하순원이 제대로 된 실력을 발휘했을 것 같지도 않았
고, 또한 완전하지 못한 한 동작만으로 능력을 파악할 수도
없었다.

그러나 어찌 되었든 하순원을 막아냈다. 그것이 단지 상상
속의 짧은 싸움이었다고는 하나 처음으로 무림인과의 싸움을
유리하게 이끈 것이다.

겨울이 지나는 동안 철산은 수많은 대결을 했다.

상대는 금자룡이 되기도 하고 금도학이 되기도 했다. 어떤 때는 하순원과 금도학의 무공이 합쳐져 그를 공격해 오기도 했고, 때로는 호랑이와 뒹굴기도 했다.

상상 속의 대결이었지만 철산은 매 싸움마다 사력을 다했다.

봄이 되자 철산은 마지막 수련을 앞두게 되었다.

그가 산에 들어왔을 때 정했던 목표.

무림인과의 싸움에 있어 가장 중요한 조건.

바위를 깰 수 있는 힘을 얻는 것이다.

그때부터 산이 소란스러워졌다.

쾅쾅쾅!

아침부터 늦은 새벽까지 쉬지 않고 울리는 굉음에 동물들의 신경이 날카로워져 갔다.

시간이 지남에 따라 굉음은 더욱 시끄러워졌다. 깨어지지 않는 바위의 단단함이 철산을 초조하게 만든 것이다.

한 달이 지났을 무렵,

철산의 주먹에 무리가 왔다. 아무리 강철처럼 단련된 주먹이라도 그토록 혹독하게 사용했으니 당연한 현상이다.

철산은 한숨을 내쉬며 바위를 바라보았다.

그가 한 달 동안 가격했던 바위는 처음 목표로 했던 흑암의 반 정도 되는 크기였다. 목표로 했던 흑암은 고사하고 그보다 훨씬 약하고 작은 바위조차 깨지 못하고 있었으니 입

안이 썼다.

'이렇게는 안 된다.'

철산은 예전 호랑이와 싸울 때를 생각했다.

그의 안에 있지만 그가 알지 못하는 힘, 그 힘이 필요했다.

그러나 그 힘을 어떻게 끌어낼 것인가?

바위를 수도 없이 내려치다 보면 깨달을 수 있을 거라 여겼다. 하지만 지금에 와서는 자신의 방법이 틀렸음을 인정하지 않을 수 없었다.

'다른 방법이 필요하다.'

철산은 움막 뒤의 고목에 기대어 누웠다.

시원한 봄바람이 살랑살랑 불어와 얼굴을 간질인다.

'그래, 사 년을 참아왔다. 이제 와서 조급해할 필요는 없겠지.'

포근한 봄기운에 굳어 있던 마음까지 포근해지는 기분이다. 온몸을 휘감는 아늑함에 철산의 눈이 사르르 감겨온다.

"하하하! 촌놈이 애쓰는구나! 그런다고 우리를 이길 수 있을 것 같으냐?"

누군가의 웃음소리가 천둥처럼 울려 퍼졌다.

다른 목소리가 그 말을 받았다.

"너희 같은 돼먹지 못한 놈들은 우리를 이길 수 없다!"

세 번째 사람이 낙인을 찍듯 확정적으로 말한다.

"자네는 평생 가야 우리의 옷자락조차 잡을 수 없을 것이네."

'웃기지 마시오.'

말소리가 목구멍까지 치밀어 올랐음에도 소리가 되어 새어 나오지는 않는다.

목소리뿐이 아니다.

몸도 돌처럼 굳어 있다. 그런 사실을 훤히 알고 있다는 듯 그를 비웃던 삼 인이 다가온다.

장난처럼 내뻗는 그들의 손길에 철산은 피를 토하며 나뒹굴었다.

그동안 수천 번을 되새겼던 동작들이다. 몸만 움직일 수 있다면 얼마든지 그들을 저지할 수 있을 것 같았다.

그를 비웃던 삼 인의 손길이 거세진다. 몸이 갈가리 찢겨질 것 같았지만 몸의 고통은 느껴지지 않았다. 단지 그동안 뼈를 깎는 고행이 비웃음당한다는 사실이 억울하다.

억장이 무너질 듯한 분노에 악다문 입에서 피가 흘러나온다. 꽉 움켜쥔 손톱이 살을 파고들고 굳은 팔뚝에 힘줄이 솟았다.

'몸 전체도 필요없다. 단지 주먹만이라도……'

자신의 의지를 알릴 수 있는 일격이면 충분하다.

굳어 있던 입에서 기합성이 터졌다.

무감각하던 주먹에 힘이 들어간다.

숙!

혼신의 힘이 실린 주먹 한 방에 그를 놀리던 삼 인의 형체가 산산이 깨어진다.

그 순간,

차아악!

차가운 액체가 얼굴에 쏟아졌다.

정신을 차리자 비릿한 냄새가 먼저 전해진다.

"헛!"

철산의 눈이 크게 뜨여졌다.

그의 시선이 향하는 곳. 한 마리 커다란 구렁이가 그의 몸을 휘감고 있다. 그 상태에서 구렁이의 목덜미는 철산의 어깨에 축 늘어져 있었다.

대가리는 형체도 없이 사라져 있다.

주변에 낭자한 살덩이로 보아 산산조각이 난 모양이다.

머리가 터져 나갔음에도 구렁이는 몸을 꿈틀거리며 피를 토해내고 있다.

철산은 그제야 꿈속에서 자신이 몸을 움직일 수 없었던 이유를 알 수 있었다.

'구렁이에게 휘감겨 있었으니……'

보통 때의 철산이라면 구렁이가 몸을 휘감을 동안 모를 리가 없다. 봄기운에 취해 마음 놓고 잠든 것이 실수다.

꿈속에서나마 위기를 느끼고 주먹을 내지른 것이 다행이

었다.

그렇지 않았다면 졸지에 구렁이 뱃속에서 남은 생을 마감하게 되었을 것이다.

안도의 한숨을 내쉬며 몸에서 구렁이를 떼어내던 철산의 눈빛이 반짝였다.

주먹.

조금 전 구렁이의 머리를 쳤을 거라 여겨지는 주먹에 따뜻한 기운이 느껴진다. 단지 체온 때문은 아니다.

무엇인가 알 수 없는 기운이 그의 양손에 스며들어 있다.

'이거다!'

철산은 머릿속이 환해져 왔다.

그가 그토록 찾아 헤매던 힘이 지금 그의 두 주먹에서 느껴진다.

구렁이의 두꺼운 몸통을 끊고 머리통을 터뜨리는 일. 평소의 그라면 결코 해내지 못했을 일이다.

생명에 위협을 느껴 무의식중에 쳐냈던 주먹에 그가 원하던 답이 있었다.

철산은 아직 따뜻함이 사라지지 않은 주먹으로 고목을 쳐 보았다.

쿵!

가볍게 부딪치는 주먹에 고목이 몸을 떤다. 이전과 달리 힘이 주먹을 통해 타격지에 전달되는 기분이다.

쿵! 쿵! 쿵!

철산은 주먹에 무리가 왔다는 사실조차 잊어버리고 고목을 쳤다.

더 이상 쉬고 있을 수만은 없었다.

천운에 가까운 깨달음을 잃지 않기 위해서였다.

철산은 한번 잡은 기회를 놓지 않기 위해 사력을 다했다. 항상 신경을 곤두세워 두 손에서 정신을 놓지 않았다.

수련을 할 때나 밥을 먹을 때도, 심지어는 잠을 잘 때도 그의 정신은 두 손에서 떨어지지 않았다.

신경이 바싹 마르고 머리가 지끈거려 왔다. 지나치게 정신을 곤두세웠기 때문이다. 그럼에도 철산은 포기하지 않았다.

자신이 산에 오른 목적이 여기에 있다. 이런 기회가 언제 다시 찾아올지 알 수 없다. 그로서는 필사적일 수밖에 없는 것이다.

피 말리는 한 달이 지나갔다. 철산은 드디어 자신의 주먹에 항상 '힘'을 실을 수 있게 되었다.

무심결에 휘두르는 주먹 하나에도 기운이 실린다. 마치 한 동작에 자신의 모든 것을 쏟아 붓는 듯한 기분이다.

예전 호랑이를 쓰러뜨렸을 때 느꼈던 그 감각.

철산은 비로소 깊은 잠에 빠져들 수 있었다.

철산이 처절한 노력으로 얻은 힘. 사실 그것은 무림인들에겐 그리 낯설지 않은 힘이다. 체계적으로 무공을 배우고 축기—외부의 기를 끌어 내부에 쌓는 일—를 하는 무림인들이라면 누구나 자유자재로 끌어낼 수 있는 내공.

그런 단순한 기공을 위해 철산은 한 달을 쏟아 부어야 했다.

심법을 배운 무림인이라면 그의 미련함에 크게 비웃을 것이다.

그러나 한 가지, 무림상의 심법에 기를 한군데에 모아두는 경우는 없다. 축기를 함에 있어 단전을 주로 사용하나 억지로 기를 가두어두진 않는다.

그런데 철산은 자신의 기를 억지로 두 주먹에 가두었다.

단지 가두었을 뿐만 아니라 그 기를 끊임없이 키우고 있다.

일반 상식과는 동떨어진 방식. 그것이 득이 될지 해가 될지는 두고 보아야 할 일이다.

퍽. 퍽. 퍽!

철산의 주먹이 가볍게 뻗어짐에 따라 나무가 조금씩 흔들린다.

슈슉!

주먹이 공기를 가르는 소리가 제법 예리하다. 새벽 공기를 타고 흐르는 파공성.

철산의 주먹이 특이하게 뻗어진다.

왼손은 가슴팍에 바싹 끌어당기고 오른손은 허리춤에 놓는다. 그 상태에서 왼손의 팔꿈치 아래 하박만을 튕기듯이 뻗어 나무를 살짝 치고 오는 것이다.

사전 동작이라고는 찾아볼 수 없는 전광석화 같은 주먹.

눈 깜짝할 사이에 연달아 십여 번을 후려친다.

섬전타(閃電打). 말 그대로 가볍고 빠른 주먹이다. 몸놀림이 빠른 상대를 견제하기 위해 생각해 낸 것으로 주먹을 가볍게 쥐고 털어내듯 뻗었다가 거두는 동작이다.

백여 회를 반복한 철산이 허리춤에 놓여 있던 오른손으로 나무를 후려친다.

쾅! 우직!

일격에 두께가 사람 허리보다 굵은 나무가 밑동에서부터 부러지며 넘어갔다.

부러진 나무의 밑동은 까맣게 썩어 들어가고 있었다.

가볍게 툭툭 치는 듯하면서도 그 충격은 고스란히 쌓이는 것.

이것이 섬전타의 위력이다.

철산도 처음엔 단순히 상대의 움직임에 제약을 주기 위한 목적으로 가볍게 연습했었다. 그러나 나무의 썩은 단면을 보고 생각을 바꿔 제대로 수련을 하게 된 것이다.

쓰러진 나무는 잘게 잘라서 땔감으로 쓰였다.

철산은 서서히 주먹에 자신을 실을 수 있게 되었다.

어지간한 크기의 바위쯤은 섬전타 몇 번으로 부술 수 있었고, 조금 큰 바위라 할지라도 능히 부술 수 있었다.

산에서의 할 일이 조금씩 줄어들고 있었다.

그 말은 그가 산을 내려갈 날이 다가오고 있다는 뜻이었다.

산에 들어온 지 오 년째 봄.

철산은 드디어 검은 바위 앞에 서게 되었다.

천 년의 세월을 버텨온 바위. 집채만 한 크기에 거무튀튀한 색깔이 견고하게만 느껴진다.

차마 주먹을 들어올릴 엄두조차 나지 않게 한다.

오 년 전, 이놈을 처음 마주했을 때만 해도 과연 깰 수 있을까 의심했었다.

그러나 지금 그는 결국 주먹을 쥐고 바위 앞에 섰다.

지금까지 수도 없이 시도하기 위해 왔음에도 결국 제대로 주먹을 뻗어본 것은 몇 번 되지 않았다.

자연이 만들어낸 위엄에 기가 질려서였다.

'이제는……'

철산은 숨을 깊게 들이마셨다.

지난 오 년간 뼈를 깎는 고행을 했다. 그 누구에게도 당당히 말할 수 있는 몸을 만들었다.

이제 그 결과를 봐야 하는 순간이다.

철산의 굳은 표정을 풀어주려는 듯 산들바람이 얼굴을 매

만지고 스쳐 간다.

공기가 폐부를 가득 채우고도 모자라 뱃속 깊숙이 내려앉는다.

주먹에 갇혀 있던 기운이 요동친다.

그에게는 상대의 움직임을 읽을 수 있는 눈이 있고, 그 눈에 호응할 수 있는 체력과 민첩함이 있다. 그리고,

'내겐 무엇이든 부술 수 있는 주먹이 있다!'

두 주먹이 있는 한 자신이 상대하지 못할 사람은 없다. 그리고 주먹을 쥔 그 순간만큼은 철산은 바위보다 더 단단한 존재였다.

철산의 눈썹이 꿈틀거린다.

그의 폐부를 가득 메우고 있던 공기가 일시에 기합이 되어 터져 나왔다.

"타핫!"

천지가 하나가 되고 그 속에 철산이 있다.

철산의 정신 속에 그 자신이 하나의 주먹이 되어 바위에 부딪쳐 갔다.

꽈꽈꽝!

산이 무너질 것만 같은 굉음이 하늘을 울렸다.

허공으로 날아오르는 바위 조각들.

한 인간의 집념이 자연을 이겨내는 순간이었다.

제7장

곰을 엎고
산을 내려오다

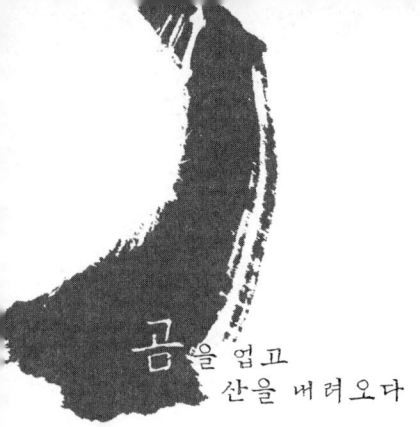

곰을 업고
산을 내려오다

　　서평(西平)은 마을 규모는 그리 크지 않았으
나 하남의 성도 정주를 가기 위해선 꼭 거쳐 가야 하는 곳이
었다.

　때문에 행인들의 발걸음이 많았고, 그러다 보니 자연스레
장터가 많이 열렸다.

　장사치들은 제각기 물건을 늘어놓고 지나가는 행인들의
눈에 띄기를 기다린다. 혹여 한몫 잘 잡으면 며칠간의 노고는
보상이 되고도 남기 때문이다.

　한탕주의를 노리고 중원 각지에서 찾아온 장사치들이 진
을 치는 곳.

서평 장터의 일상이었다.

해가 얼굴을 내비치기 시작할 무렵.

그날도 장터엔 많은 장사치들이 제각각 물건을 팔고 있었다.

몇날 며칠 계속되는 장사에 피곤한 표정의 사람도 있었고, 한몫 잡을 것을 생각하는지 벌써부터 희희낙락하는 자도 있었다.

아직 이른 시간인지라 첫 개시를 연 사람은 아무도 없었다.

간혹 한두 명이 두리번거리며 구경할 뿐이다.

변화없는 장터가 술렁거린 것은 해가 중천에 떠올랐을 때다.

슬슬 장터를 찾는 사람이 붐비려는 시간쯤 햇빛을 등지고 나타난 커다란 그림자가 있다.

다른 사람들 서너 명을 합친 크기의 그림자. 사람들의 입이 떡 벌어진다.

단지 큰 그림자 때문만은 아니다.

그림자를 따라 올려다본 곳, 그곳에는 흉측한 곰 한 마리가 이빨을 드러내고 서 있었다.

금방 사람이라도 잡아먹고 나온 듯한 흉측한 야수. 누군가의 입에서 비명이라도 터져 나옴직한 모습이다.

그러나 소리를 내는 사람은 아무도 없었다.

똑. 똑.

흉측한 이빨을 타고 흘러내리는 핏방울. 그것은 곰의 머리에서 새어 나오고 있었다.

저벽.

곰이 움직였다. 지켜보던 사람들의 몸이 움찔했다. 여차하면 바로 도망칠 표정들이다.

사람들의 시선에 아랑곳하지 않고 곰의 고개가 돌려진다.

장터 구석진 곳의 담벼락 앞. 곰의 등장과는 전혀 상관 없다는 듯 거친 목소리가 들려온다.

"이런, 육시럴! 영감, 내일부터 앉은뱅이로 장사하고 싶어? 내가 그렇게 만들어줄까?! 앙?!"

육두문자가 난무하고 유리 깨지는 소리가 요란했다.

욕을 내뱉은 자는 몸집이 비대한 장한이었고, 주변에는 그의 동료로 보이는 험악한 사내들이 두세 명 있었다. 장한들의 가운데에는 오십대의 노인이 굳은 표정으로 서 있다.

노인의 시선은 땅에 흐트러진 깨진 항아리에 고정되어 있었다. 얼굴 한 켠에 떠오른 분노로 보아 그에겐 소중한 항아리인 듯했다.

그러나 노인의 속내 같은 것은 알 바 아니라는 듯 장한들은 연신 고함을 치며 위협을 가한다.

그들의 행태를 지켜보는 사람들의 얼굴에는 약간의 동정심이 떠올랐으나 누구 한 명 나서는 이는 없었다.

어찌 보면 일의 발단은 노인이 스스로 만든 것이나 마찬가지였다.

서평 뒷골목을 손에 쥐고 있는 패거리들에게 자릿세를 내지 않았기 때문이다. 노인의 딱한 사정을 모르는 바는 아니었다.

당장 입에 풀칠해 먹기도 힘든 처지. 하나밖에 없는 딸이 병까지 얻어 앓아누운 탓에 대대로 간직해 오던 가보를 내다 팔게 되었다는 사실은 진작부터 알려진 사실이다.

하나 장터엔 이미 고정화되다시피 한 법칙이 있었으니, 장사를 하고 싶으면 자릿세를 먼저 내야 한다는 것이다. 길거리 행상에게는 관부도 세금을 걷지 않는 일이 빈번할진대 일개 불량배들이 돈을 걷어 간다는 것은 참으로 불합리하다 여겨졌지만 어쩔 수가 없었다.

현실에서는 법보다 주먹이 가까웠고, 그 주먹을 피하는 길은 돈밖에 없었으니……. 냉혹한 현실이었다. 그러나 따르지 않을 수가 없다.

악습이 고착화되다 보니 이제는 자릿세를 내지 않은, 아니, 사실은 내지 못한 노인이 잘못한 것이 되었다.

그런 시선에 힘입어 장한들의 손속이 거칠어졌다.

팍!

왜소한 노인의 멱살을 움켜잡는 것은 예사다. 주먹으로 가슴을 툭툭 치고 흰머리가 듬성듬성 난 머리를 소리 나도록 내려친다. 노인의 눈꼬리가 파르르 떨렸다.

아들뻘도 안 될 어린 놈한테 이런 수모를 당할 줄은 몰랐다. 차라리 혀를 깨물고 죽고 싶었다. 병든 딸만 아니었다면 진작 모진 목숨을 끊었을 것이다.

노인이 분노에 몸을 떨자 장한들이 가소롭다는 듯 비웃는다.

"영감, 꼬와? 꼬우면 덤벼보든가. 옛날에는 꽤 날렸다며?"

"요즘 세상에 주먹 좀 쓴다고 나대면 큰코다치지."

"아무리 주먹을 잘 쓰면 뭐 해? 제깟 놈이 칼로 쑤시면 안 죽을 수 있어?"

자기들끼리 말을 주고받더니 주변에 보라는 듯 한 자 길이의 칼을 꺼낸다. 예리한 칼날이 보기만 해도 섬뜩한 칼이었다. 칼까지 들이밀자 노인의 얼굴이 파랗게 질렸다.

장터의 분위기가 극도로 험악해졌다. 자칫 칼부림이 일어날지도 몰랐다.

칼을 꺼내 든 장한이 건들거리며 노인의 얼굴에 칼날을 들이댄다.

"영감, 이걸로 찔……."

쉬익.

바람 소리와 함께 거침없던 말이 끊겼다. 노인과 불량배들 사이로 육중한 물체가 날아들었다. 심상치 않은 기세에 놀란 불량배들이 급히 옆으로 몸을 피했다.

쿵!

땅이 꺼질 듯한 굉음과 함께 먼지가 풀썩 일어난다.

불량배들은 물론이고 상황을 지켜보던 모든 이들의 시선이 담벼락으로 향했다. 담벼락 밑에는 커다란 곰 한 마리가 사지를 널브러뜨린 채 떨어져 있었다.

그제야 사람들은 조금 전 특이한 광경을 보았음을 떠올렸다. 아울러 죽은 곰이 어떻게 움직일 수 있었는지도.

"뭐, 뭐야?"

노인을 위협하느라 곰의 등장을 알지 못했던 불량배들이 놀라 소리쳤다.

그들의 고함에 한 사람이 움직인다. 조금 전까지 곰의 밑에 깔려 있던(?) 사람이다.

걸인. 넝마로 겨우 중요한 부분만을 가린 초라한 몰골의 괴인은 그렇게밖에는 표현할 수가 없었다.

이런 자가 저 커다란 곰을 들었다는 사실이 결코 믿어지지 않았다. 못 돼도 육백 근 이상 나가는 곰을 들어 던진 사나이.

딱히 위험해 보이진 않았다. 체구는 평범했고 분위기도 그다지 험악하지 않았다. 단지 봉두난발한 머리카락 속에 가려진 두 눈에 광채가 번득거릴 뿐이었다.

"너, 너는 뭐냐?"

워낙 놀랐던지 조금 전까지 청산유수로 흘러나오던 욕도 하지 못했다. 그저 들고 있던 칼을 앞으로 내밀며 경계만 할 뿐이다.

저벅.

시퍼런 칼날이 무섭기도 하련만 괴인은 조금도 개의치 않고 그들에게 걸어간다.

불량배들이 주춤 물러났다. 분위기가 심상치 않아 섣불리 덤빌 수가 없었다.

괴인이 머뭇거리는 불량배들 앞으로 다가선다.

사박사박.

바닥에서 묘하게 거슬리는 소리가 난다. 땅을 쳐다본 장한들의 눈이 크게 치켜떠졌다. 바닥에 가득하던 사금파리가 괴인의 발이 지나가자 가루가 되었기 때문이다.

"꿀꺽!"

침을 삼키는 소리가 크게 울렸다.

괴인이 손을 뻗어 검지와 중지에 칼날을 끼고 슬쩍 비틀었다.

쨍!

칼날이 맑은 소리를 내며 부러져 나갔다.

눈을 부릅뜨는 그들의 귀에 나지막한 소리가 들렸다.

"꺼져."

어색하고 어눌한 말투다. 평소라면 크게 비웃어주었을 것이다. 그러나 목소리에 실린 무게감이 그들의 웃을 권리를 박탈해 갔다.

"제, 젠장, 두고 보자."

그것이 이 상황에서 그들이 할 수 있는 유일한 반응이었다.

칼까지 꺼내 들고 험악하게 굴던 자들이 허무하게 물러가 버리자 구경하던 사람들의 얼굴에는 다소 실망감이 떠올랐다.

심상치 않은 괴인의 등장에 화끈한 싸움 구경이라도 할 수 있을까 기대했던 것이다.

결국 아무런 일도 벌어지지 않고 싱겁게 일이 끝나 버리자 장터는 다시 예전처럼 시끌벅적해졌다.

일련의 소동 속에 어느새 자리잡은 괴인에게 신경 쓰는 사람은 거의 없었다.

곰을 통째로 들쳐 메고 왔다는 사실이 특이했고, 불량배들을 말 한마디로 쫓아낸 것이 놀랍기는 하다. 하지만 서평의 장터가 워낙 특이한 물건들과 사람들이 많이 나도는 곳이기 때문에 다들 그냥 그러려니 하고 넘겨 버리는 것이다.

사람들의 무관심에 괴인은 한결 편해진 얼굴로 엉덩이를 붙였다. 담벼락에 등을 기댄 괴인의 눈이 지그시 감긴다.

조금 전 괴인에게 도움을 받은 노인이 초췌한 얼굴로 다가와 앉는다.

"나는 포이라 하네. 사람들은 그냥 포 노인이라 부르더군. 자네는 이름이 뭔가?"

포 노인의 말에 괴인이 눈을 떴다.

때마침 바람이 살랑살랑 불어와 얼굴을 가린 머리카락을 몇 가닥 넘겨준다.

짙은 눈썹에 그리 크지 않은 눈, 적당한 높이의 코와 까맣게 탄 피부.

전체적으로 어디서나 볼 수 있는 평범한 얼굴이다. 그러나 굳게 닫힌 입매가 함께 어우러지자 굳건한 고집이 느껴지는 얼굴이 되어버린다.

고집도 보통 고집이 아니다. 쉽게 볼 수 없는 강철 같은 고집이다. 단지 얼굴을 보는 것만으로도 그 우직함이 그대로 드러나 보이는 사람은 그리 흔치 않다.

포 노인이 그의 얼굴을 찬찬히 보고 있을 때 굳게 닫혀 있던 사내의 입이 열렸다. 어눌한 말투로 한 자 한 자 흘러나오는 목소리.

"장철산이라 합니다."

오 년 만에 불러보는 이름이었다.

*   *   *

"왜 말리셨습니까?"

철산은 포 노인을 괴롭히는 불량배들에게 쓴맛을 보여주려 했다. 그 정도 인물들이라면 산에 올라 수련을 하기 전이라도 충분히 손봐줄 수 있었다.

그런데 손을 쓰려는 순간 포 노인이 그를 보고 고개를 저었다. 참으라는 뜻이었다. 불량배들이 철산의 눈에 띄고도 멀쩡히 걸어서 돌아갈 수 있었던 연유이다.

철산의 물음에 포 노인은 쓴웃음을 지었다.

"나는 이 마을을 떠날 형편이 안 된다네."

앞뒤 설명을 생략한 답변이었으나 그의 애절한 목소리가 모든 사정을 설명해 준다.

뒷골목 건달패들을 건드리면 두 가지 길밖에 없다. 그들의 구역을 떠나든지 그들을 모두 쫓아내든지. 포 노인은 그 두 가지 중 어느 하나도 할 수 없었고, 또한 하고 싶지도 않았다.

철산의 입이 굳게 닫혔다.

그의 능력이면 사람들을 못살게 구는 건달패들을 모두 쫓아내 줄 수 있다. 그러나 그 다음엔 어떻게 할 것인가? 철산이 떠나고 나면 마을엔 다른 패거리들이 들어올 것이고, 이전 패거리들이 쫓겨난 사연을 듣게 된다면 포 노인은 지금보다 더욱 괴로움을 겪을 것이다. 게다가 쫓겨난 건달패들은 어차피 다른 지역에 가서 똑같은 짓을 할 것이 분명하다.

결국 철산으로서는 이곳에 영원히 머물 것이 아니라면 어떻게든 도움을 줄 수가 없다.

의도는 선하나 결과는 악하게 나오는 것이다.

그는 이미 그런 전례를 혹독하게 겪어보았다.

'우 노대는… 잘 지내고 있을까?

철산의 얼굴에 시름이 묻어나자 포 노인이 화제를 바꿨다.

"행색이 꼭 산속에서 십 년은 갇혀 있다 나온 사람 같구먼.

뭐 먹은 것은 있는가?"

그 말을 듣고 보니 오늘은 하루 종일 먹은 것이 없었다. 산을 내려오다 열매 몇 개를 따먹은 것이 전부였다.

"쯧쯧, 먹을 게 없으면 고기라도 조금 떼서 먹지 그랬나?"

포 노인은 턱짓으로 곰을 가리키며 품속에서 볼품없는 주먹밥 하나를 꺼내 내밀었다.

"이놈을 팔아서 노자라도 좀 마련해 볼까 해서요."

멋쩍게 웃으며 주먹밥을 받아 입 안에 넣자 꽤 커다란 주먹밥 하나가 금세 없어진다. 그 모습에 포 노인은 허허 웃으며 자신의 손에 쥐여 있던 또 하나의 주먹밥을 내민다.

"이것도 마저 먹게."

"한 개면 충분합니다."

겸연쩍은 철산의 말에 포 노인은 주먹밥을 철산의 손에 억지로 쥐어주며 자리에서 일어났다.

"난 어차피 팔려고 가져온 물건이 못 쓰게 되어 집에 들어가려던 참이었네. 딸아이가 몸이 안 좋아서 집을 오래 비워둘 수가 없어서……."

가볍게 옷에 묻은 먼지를 떨어내고 돌아서려던 포 노인이 문득 생각난 듯 말했다.

"곰을 이렇게 내놓고 팔기는 어려울 걸세. 내 아는 사람이 마침 이런 걸 구하던데 사려고 할지 모르겠군. 내 가는 길에 귀띔이나 해주고 감세."

순수한 호의가 묻어난 말이다. 사정은 알 수 없으나 포 노인도 형편이 좋아 보이진 않는다. 그럼에도 바라는 것 없이 호의를 베풀고 있는 것이다.

철산은 마음이 따뜻해졌다. 산속에서 접할 수 없던 푸근한 인정이 고행으로 메말라 있던 마음을 적셔주는 듯했다.

"감사합니다."

진심이 묻어난 인사에 포 노인은 손을 휘휘 내젓는다.

"도움은 자네가 줬으니 내가 고마운 게지. 그리고 너무 고민하면서 살지는 말게나. 고민이란 것은 나 같은 늙은이나 하는 걸세. 자네 나이 때는 그저 여기저기 부딪쳐 보면 되는 게야."

철산은 허허 웃으며 사라져 가는 포 노인의 뒷모습이 왠지 모르게 쓸쓸하게 느껴져 눈을 뗄 수가 없었다.

포 노인이 말한 사람이 찾아온 것은 신시(오후3시~5시) 경이었다. 그림자가 길게 늘어질 무렵, 불룩 솟은 배를 내민 채 어슬렁거리며 나타난 중년인은 주변을 두리번거리다 이내 철산에게로 다가왔다.

"포 노인이 말한 곰 사냥꾼이 자넨가?"

형식적으로 물어본 듯 대답도 듣지 않고 곰을 살펴본다. 하긴, 아무리 특이한 물건이 많이 오가는 곳이라고는 하지만 이렇게 곰을 통째로 내다 놓고 파는 일은 거의 없을 것이다. 철산이 장터 구석진 곳에 자리를 잡았다고 하더라도 눈에 띌 수밖에 없었다.

곰의 표면에 큰 흠집이 없음을 확인한 중년인은 그제야 자기소개를 했다.

"나는 양모위라 하네. 청일문의 총관 직을 맡고 있지."

양모위의 소개에 철산은 고개를 숙이며 인사를 대신했다. 철산이 자신의 말에 아무런 반응도 보이지 않자 양모위의 얼굴에 언짢은 기색이 드러난다.

'서평에서 청일문을 모르다니⋯⋯.'

철산의 무지함에 절로 고개가 저어진다. 청일문의 실력이 좋다는 소문이 하남성 전체에 퍼져 낙양의 쟁쟁한 무관의 사람들도 견식을 하러 일부러 찾아온다. 아무것도 모르는 무지렁이라도 그 이름 한 번쯤은 들어보았을진대 철산은 전혀 모른다는 얼굴이었으니 양모위가 눈살을 찌푸리는 것도 당연했다.

청일문의 쟁쟁한 이름을 앞세워 곰을 조금이라도 싸게 사려던 계획이 무산된 것이다.

"들 수 있겠나?"

기대없이 물어보는 말이다. 그도 그럴 것이, 곰의 무게는 얼핏 보아도 육백 근 이상. 장정 서너 명이 힘을 합쳐도 끙끙거릴 무게였다.

다분히 형식적인 물음에 철산은 아무 말 없이 곰의 시체를 들어올렸다.

쿵!

육중한 곰의 시체가 철산의 어깨에 부딪치며 나는 소리에 양모위는 입을 쩍 벌렸다.

청일문에도 힘이 좋은 자는 많았지만 이런 걸 들 수 있는 사람은 한 명도 없었다. 몸집도 크지 않은 철산이 이런 괴력을 보였으니 놀라는 것도 무리가 아니다.

"히, 힘이 좋군. 따라오게."

양모위는 일개 사냥꾼에게 주눅이 들었다는 생각에 얼굴을 붉히며 휙 소리 나게 몸을 돌렸다.

쿵쿵쿵!

무게가 실린 철산의 발소리가 그를 쫓았다.

커다란 곰을 어깨에 들쳐 메고 걸어가는 철산의 모습은 주변의 이목을 집중시키기 충분했다. 지나치는 행인들의 시선이 창피했던지 양모위의 걸음이 조금씩 빨라졌다.

설마 곰을 들쳐 메고도 자신의 걸음을 따라잡진 못할 거라 여기는 듯했다.

그러나 곰을 메고 험한 산길을 내려온 철산이었기에 평지를 걷는 것은 일도 아니었다.

쿵쿵쿵!

잠깐 벌어지는 듯하던 두 사람 간의 거리가 바싹 좁혀졌다.

뒤를 슬쩍 돌아본 양모위가 더욱 속력을 낸다. 거리가 벌어지려 하면 철산이 금세 따라잡는다.

그들의 그림자가 마치 사람이 곰에게 쫓기는 형상이다.

'헉헉! 뭐, 저런 괴물 같은 놈이 다 있지?'

양모위는 거의 뛰다시피 했는 데도 철산을 떨쳐 내지 못하자 정말 곰에게 쫓기는 기분이 들었다. 할 수만 있다면 앞만 보고 전력으로 내달리고 싶었다.

아마 일각만 더 유지되었다면 정말 도망쳤을지도 몰랐다.

그러나 눈앞에 보이는 현판이 그의 현실 감각을 돌아오게 만들었다.

청일(淸日).

푸른 나무 판에 멋들어진 음각으로 새겨진 글자. 청일문에 도착한 것이다.

양모위는 왠지 모를 안도의 한숨을 내쉬며 대문을 열었다.

끼이익!

문이 열리는 소리에 맞춰 등줄기에 흥건하던 땀이 주르륵 흘러내렸다.

문을 열자 기합성이 쩌렁쩌렁하게 들려온다. 거친 숨소리와 익숙한 땀 냄새가 낯설지 않게 느껴진다.

안으로 들어가자 넓은 연무장에 삼십여 명의 건장한 사내들이 웃통을 벗고 수련을 하고 있었다. 일종의 연무를 하는지 동작을 맞추어 몸을 움직이는데, 절도가 있고 박력이 넘쳤다.

철산은 처음으로 접하는 무인들의 체계적인 수련 장면에 자신도 모르게 걸음을 멈추었다.

'그들은 이런 식으로 몸을 단련하는구나.'

묘한 감흥이 일어났다. 제대로 몸을 수련한 이들을 상대로 산속에서의 수련이 어느 정도 먹힐지 시험해 보고 싶었다. 그러나 지금은 때가 아니었다.

"곰은 거기다 놓고 이리 오게. 문주님이 기다리고 계시니 서두르게."

짜증 섞인 양모위의 말이 들려왔다. 철산은 아쉬움을 참으며 곰을 내려놓고 양모위의 뒤를 따랐다.

'흐흐흐, 그럼 그렇지. 시골 촌뜨기가 이런 무관의 수련장을 어디서 볼 수나 있었겠어?'

양모위는 흐뭇한 표정을 애써 숨기지 않았다. 좀 전과는 달리 걸음걸이에도 여유가 흘러넘쳤다.

조금 전 철산이 문도들의 연무를 넋 놓고 보는 것을 놓치지 않았기 때문이다.

명성으로 기선을 잡는 데는 실패했지만 무공으로 주눅 들게 하는 데는 성공했다 여긴 것이다.

이제 말로 조금만 잘 구슬리면 귀하디귀한 곰을 헐값에 살 수 있을 것이다. 그리고 말로 구슬리는 데는 그보다 더한 고수가 이곳에 있었다.

"어서 오게. 포 노인에게 말은 들었네. 곰 사냥꾼이라고?"

수수한 청색 옷에 금빛 조끼를 걸쳐 입은 장년인. 강직하게 생긴 얼굴과 곱게 기른 수염이 매우 위엄있게 생긴 사내였다.

"이분은 본 문의 문주님이신 청수권협 황백승 대협일세."

양모위의 소개에 황백승은 뒷짐을 진 채 가슴을 펴고 턱을 슬쩍 들어올렸다.

자신의 명성에 고개 숙이라는 뜻이었다. 그러나 철산은 그저 고개만 한 번 꾸벅 숙이고는 멀뚱멀뚱 쳐다보기만 할 뿐이다.

"어험."

무안함을 헛기침으로 물리친 황백승은 의자에 앉으며 입을 열었다.

"포 노인에게 듣자 하니 노자가 필요해서 곰을 판다고 하던데, 어디를 가려고 하는가?"

"낙양에 가야 합니다."

망설임없는 철산의 대답에 황백승은 잠시 찻잔을 매만진다.

"낙양이라……. 여기서 닷새 정도 걸리겠군. 그 정도 거리면 은자 두 냥이면 충분하겠구먼."

일단 상대가 필요한 돈의 액수를 알면 홍정은 쉬워진다. 의중을 떠보는 말에 철산은 별다른 생각을 하지 않고 고개를 끄덕였다.

황백승은 쾌재를 부르며 다시 말했다.

"곰이라는 동물이 워낙 쓸 데가 많다 보니 구하는 사람이 많다네. 당장 우리만 해도 곰 가죽이 필요해서 자네를 불렀지. 대충 이야기는 들었겠지만 저렇게 통째로 내다 놓으면 팔기가 곤란할 걸세. 일단 가죽을 다듬는 데만 해도 손이 많이 갈 것이고, 고기를 썰고 내장을 따로 보관하는 데도 보통 힘이 드는 게 아니니까 말일세. 우리야 그런 수고를 번거롭게 생각지 않으니 자네를 불렀지만, 보통은 그런 수고를 하려고 들지 않는단 말이야."

황백승은 찻잔을 입에 가져다 대며 철산의 눈치를 살폈다. 철산이 별다른 반응을 보이지 않자 찻잔을 내려놓으며 다시 입을 열었다.

"굳이 자네에게 그런 수고비까지 계산하라는 것은 아니지만, 세상일이 또 그런 게 아니지 않은가? 서로 사정을 봐주기 시작하다 보면 끝이 없는 게 상거래라더군. 그래서 말인데……."

잠시 뜸을 들이며 철산을 초조하게 만들려는 듯했다. 그러나 철산은 여전히 무표정, 무반응이었다. 황백승은 입맛을 다시며 말을 이었다.

"은자 오십 냥에 어떤가?"

그의 말에 철산은 눈살을 찌푸렸다.

약재상에 쓸개만 가져다 팔아도 은자 오십 냥은 족히 받을 수 있다. 게다가 곰의 각종 부위를 음식점에 내다 팔면 또다시 오십 냥 정도를 쉽게 받을 수 있다.

철산이 비록 산속에 오랫동안 틀어박혀 있었다 하지만 그 정도 시세는 알고 있었다.

철산의 심기가 불편함을 눈치 챈 듯 황백승은 재빨리 말문을 돌렸다.

"참, 듣자 하니 자네가 포 노인을 도와주었다고 하더군. 불의를 보고 그냥 지나치지 않다니 협의심이 남다르구먼."

그의 말에 바라는 것 없이 호의를 베풀던 포 노인이 생각났다.

"포 노인은……."

철산의 관심이 돌려지자 황백승은 기꺼워하며 말했다.

"불쌍한 노인이지. 한때는 무명깨나 날렸다고 하던데, 크게 다쳐서 쌀 한 섬도 제대로 못 들게 되었으니. 마누라는 젊었을 때 죽고 딸자식 하나만 바라보고 살았는데 그 딸아이도 병이 들어서 오늘내일한다더군. 약 한 첩 변변히 지어줄 돈도 없으니 집 안에 값어치 나가는 물건은 죄다 내다 팔고 있다더구먼. 그리 딱한 노인을 괴롭히다니, 내 포 노인에게 신세졌던 일이 없다 할지라도 근시일 내 그 작자들에게 따끔한 훈계를 내리려고 생각 중이네."

황백승의 말에 옆에서 가만히 듣고 있던 양모위가 실소를 머금는다.

'매년 성의 표시라며 가져다주는 돈을 넙죽넙죽 받아 챙긴 것은 누구란 말이야?

아마 포 노인이 늙어 죽을 때까지 황백승이 막꿍을 혼내는 일은 없을 것이다.

어찌 되었든 철산의 관심을 돌리려던 시도는 성공했다. 황백승은 기회를 놓치지 않고 말을 이었다.

"그건 그렇고, 막꿍 패거리들은 거세다던데 그런 작자들을 혼내주었다니 자네도 주먹 좀 쓸 줄 알겠구면."

철산이 아까부터 연무장을 힐끔거리는 것을 눈치 채고 하는 말이다. 그의 말에 철산의 눈빛이 달라졌다. 철산의 표정을 살피던 황백승이 은근슬쩍 물었다.

"한번 견식 좀 해보겠는가? 뭐, 가능하면 대련이라도 해보든가."

자존심을 긁는 말투였다.

'곰을 직접 들고 왔다는 걸 보면 뼈대는 단단하겠군. 뭐, 그래 봤자 무지렁이겠지만.'

황백승은 일단 꼿꼿한 기세부터 꺾어놓으면 아무래도 가격을 깎는 데 편할 거라 생각했다.

'무슨 일이든 기세가 중요한 게지.'

철산 역시 뜻하지 않은 기회가 싫지 않았다. 그렇지 않아도 자신의 실력을 비교해 보고 싶었다. 황백승이 먼저 손을 내밀었으니 거절할 이유가 없었다.

"그럼 한 수 배워보겠습니다."

철산이 쾌히 승낙하자 황백승과 양모위는 회심의 미소를

지으며 연무장으로 향했다. 문주와 총관이 모습을 드러내자 땀을 흘리며 수련하던 문도들이 움직임을 멈추었다.

그들의 앞에서 시범을 보이던 자가 다가온다.

"문주님, 무슨 일이십니까?"

"오, 위 당주가 직접 수고하고 있었군."

위 당주라 불린 자는 짧은 머리에 덩치가 매우 큰 장한이었다. 웃통을 벗어젖혀 드러난 상체의 근육이 보는 이의 기를 죽일 정도로 우람했다.

"이 친구에게 본 문의 무공을 견식시켜 주려고 하는데……."

철산을 가리키며 말끝을 흐리자 위 당주의 얼굴에 피식 웃음이 맺힌다. 그도 아까 곰을 메고 들어오던 철산을 보았다. 그 모습이 워낙 기괴한 데다 무거운 곰을 번쩍 들고 다니기에 대체 어떤 자인지 궁금했다.

그런데 막상 눈앞에서 보니 철산의 행색은 별 볼일 없었다. 눈빛이 반짝이는 것도 아니고, 그렇다고 덩치가 큰 것도 아니다. 몸이 제법 단단해 보이긴 하지만 딱히 신경 쓸 정도는 아닌 것이다. 철산에 대한 경계심이 사라지자 가벼운 마음으로 소리쳤다.

"이달, 단호, 나와서 연무를 보여드려라."

그의 호명에 몸이 좋은 사내 두 명이 걸어나온다. 절제되고 당당한 걸음걸이다. 무인이라 함은 당연히 이래야 한다. 문주와 총관의 얼굴에 흐뭇함이 지나쳐 갔다.

두 사람이 앞으로 나서자 나머지 문도들이 뒤로 물러서자 넓은 공간이 마련되었다.

두 사람은 문주인 황백승에게 포권을 한 후 시연을 펼쳤다. 그들이 선보인 것은 문영칠퇴라는 각법이었다. 청일문의 장기 중 하나로 일반 장권에 비해 정교함은 떨어졌으나 동작이 크고 힘이 넘쳤다.

주로 문파에 손님이 왔을 때 보여주는 것으로 실용성보단 화려함에 치중한 초식들이다.

철산은 그들의 동작을 열심히 쳐다보았다.

반쯤 넋을 놓고 있는 철산의 모습에 황백승은 연신 기분 좋은 웃음을 흘렸다.

'신기하겠지. 산골 촌구석에 살다 왔으니 이런 세상이 있다는 게 놀라울 게야.'

여유를 즐기며 수염을 쓰다듬는 그의 귀에 철산의 목소리가 들려왔다.

"양주의 싸움꾼 장철산이 주먹을 겨루어보고 싶소."

"그래, 너무 기가 죽어서 주먹이라도 겨루어… 뭐, 뭣?"

놀라며 치켜뜬 황백승의 시야에 금방 투로를 끝낸 두 사람 앞에서 포권을 하고 있는 철산의 모습이 들어온다.

"저런 미친놈."

황백승의 입에서 욕이 튀어나온다. 아마 절제할 사이도 없이 절로 튀어나온 말일 것이다.

철산은 조금도 개의치 않고 자신의 앞에 어이없는 표정으로 바라보는 두 사람을 쳐다보았다.

"문주님?"

좌측에 서 있던 자가 어떻게 해야 할지 물어오자 황백승은 달리 생각할 것 없다는 듯 고개를 끄덕인다.

"살살 가르쳐 주거라."

문주의 승인이 떨어지자 물어보았던 사내가 철산의 포권을 받는다.

"청일문의 이달이오."

애써 참으려는 듯하지만 저절로 새어 나오는 웃음은 어쩔 수가 없다. 비렁뱅이 몰골에 별 볼일 없어 보이는 자가 주먹을 겨뤄보자고 하니 어찌 우습지 않겠는가?

그도 한때는 뒷골목에서 주먹질을 하며 젊음을 보냈던 적이 있다. 싸움 좀 한다는 자들과 뒤엉켜 보기도 했고, 나름대로 싸움꾼이라고 내세웠던 적도 있었다.

그러나 무공을 익힌 지금은 과거의 기억을 떠올릴 때마다 얼굴이 화끈거린다.

주먹으로 토닥거리던 싸움은 어린애들 놀이나 다름없었다. 적어도 지금 그는 그렇게 생각했다.

그런데 그런 싸움박질 좀 했다는 자가 도전을 해왔다. 무공이라고는 전혀 익힌 것 같지 않은 걸인이.

이달은 제대로 쓴맛을 보여주어야겠다고 결심했다. 실력 차를 확실히 보여주어 일찌감치 노는 물이 다르다는 것을 보여주려는 것이다.

이달의 투기에 철산은 근육이 팽팽히 반응해 왔다.

지난 세월의 결과를 보고 싶었다. 자신의 주먹이 무인에게 통하는지 확인하고 싶었다.

무엇보다 우삼광이 틀리지 않았음을 두 눈으로 똑똑히 되새기고 싶었다.

철산의 눈빛이 깊게 잠겨든다. 그가 준비되었다 여겼던지 이달은 고개를 좌우로 흔들어 뚜두둑 소리를 내며 다가온다.

자신의 우위를 내세우려는 여유로운 몸짓.

"먼저 공격하시오."

선공을 양보한다는 말에 철산의 입매가 굳게 닫혔다.

선수필승이라는 말을 모르지는 않을 터.

'공격을 받아낼 자신이 있다는 것인가?'

자존심이 상하진 않았다. 어찌 되었든 그는 도전자고, 상대는 무인이다.

한 수 위를 자청하는 것도 당연한 일.

그는 그동안의 수련을 몸으로 보여주면 될 뿐이다.

"조심하시오."

말과 함께 철산의 발이 앞으로 내딛는다. 이달이 그의 말에 피식 웃었다.

"조심은 자네가……."

말이 채 끝나기도 전이다.

쉬익!

흑영이 사람들의 눈에 아른거렸다.

동시에 터지는 격타음.

퍽!

이달의 건장한 몸이 붕 떠오른다. 지켜보던 시선이 경악으로 물들었다.

쿵!

이달의 몸이 떨어지는 짧은 순간이 수천 배로 느려진 것마냥 중인들의 가슴을 짓누른다.

쓰러진 이달의 몸이 부르르 떨리더니 이내 축 늘어진다. 신음조차 흘리지 못하고 기절한 것이다.

똑똑.

뒤늦게 흘러내린 코피가 바닥을 적신다.

"저, 저런?"

"비겁하다!"

여기저기서 고함이 터져 나왔다.

"이, 이 무슨 말도 안 되는……!"

황백승은 말을 잇지 못했다. 아무리 강호의 비무라는 것이 살벌하다지만 예의라는 것이 있다. 선수를 양보해 주었다면 그 호의를 받아 자신의 무공을 먼저 선보여 상대에게 경각심을 심어주는 것이 일반적이다.

그런데 저자는 그런 상식을 깨고 일격에 이달을 때려눕혀 버렸다. 황백승이 더욱 화가 나는 것은 크게 호통치며 꾸짖고 싶은데 그럴 수가 없다는 점이다.

비무가 뭔지도 모르는 촌무지렁이에게 그런 설명은 하나마나.

그저 한 방에 쓰러진 이달만을 욕할 수밖에 없었다.

황백승이 얼굴을 붉으락푸르락할 때,

철산의 시선이 돌려진다. 이달과 함께 시연을 펼쳤던 단호라는 사내를 향해서이다.

"양주의 싸움꾼 장철산이……."

포권을 하며 인사하는 철산의 앞으로 거한이 나타난다.

"내가 상대해 주지."

위 당주라는 사내였다. 그렇지 않아도 다음엔 그에게 신청을 하려 했다. 그가 먼저 나서자 철산은 정중히 포권을 했다.

"양주의 싸움꾼 장철산이 한 수 배우겠소."

철산의 말에 위당주는 냉랭하게 답했다.

"청일문 기호당주 위현."

벌써부터 투지가 끓어오르는지 위현의 우람한 근육이 꿈틀거린다. 그의 몸에 맺혀 있던 땀방울이 근육의 움직임에 놀라 투두두 떨어져 내렸다.

철산은 숨을 깊게 들이마셨다.

'머리는 차갑게, 그러나 몸은 뜨겁게.'

철산의 어깨 위로 후끈한 열기가 치솟았다. 위현의 것을 압도하는 투기가 연무장을 압도했다.

생각지 못한 기세에 위현이 움찔했다. 그리고는 자신이 놀랐다는 사실이 부끄러웠던지 과도하게 소리를 지르며 달려들었다.

"붙어보자!"

위현의 거구가 쾌속하게 다가온다. 그의 거구가 흔들리자 철산의 머리와 다리에 발 그림자가 나타난다. 상하를 동시에 노리는 절묘한 각법이었다.

위현은 자신만만했다.

예로부터 남권북퇴라 했던가?

장강 이남은 권법으로 유명하고, 북쪽은 각법으로 유명하다는 말이다. 하남성은 지리적으로는 중간이었지만 각법보단 권법 계통이 더욱 많았다.

그런 의미에서 위현은 청일문에서 귀하게 여겨지는 무인이었다. 그는 하북 출신으로 각법을 주로 익혔기 때문이다.

지금 그가 펼친 것은 쌍룡각이라는 것으로 철산이 발을 막으려 들면 허초가 될 것이고, 막지 않으면 실초가 되어 충격을 줄 것이다.

아직까지 그의 쌍룡각을 제대로 막아낸 사람은 없었다.

위현의 예상대로 철산은 당황했는지 아무 행동도 하지 못했다.

'그대로 맞고 쓰러져라.'

문주까지 놀라게 한 자를 쓰러뜨린다면 수당이 높아질 것은 자명한 일.

위현은 지레 흐뭇해했다.

그러나 그의 발이 철산의 머리를 찍으려는 순간, 가만히 있던 철산이 한 걸음을 내디뎠다.

쉬익!

귓가에 흐르는 바람 소리에 위현의 표정이 굳었다. 그의 눈이 바로 앞에서 사라진 철산의 행방을 좇아 바쁘게 움직인다.

그러나 철산은 이미 그의 사각을 점하고 있었다.

콰직!

"큭!"

옆구리에 전해져 오는 끔찍한 충격에 위현은 의식이 아득해져 왔다.

"어, 어떻……?"

말이 새어 나오기도 전에 위현의 몸이 붕 떠올랐다 떨어져 내린다.

'어떻게 사라질 수 있는 거지?'

그가 속으로 의문을 제시하는 순간,

쿠당탕!

뒤통수에 아찔한 충격이 전해졌다.

부르르.

털썩!

한차례 몸을 떨다 기절해 버린 위현은 이달의 옆에 나란히 눕혀졌다.

철산은 쓰러진 위현에게 정중히 포권했다. 얼굴의 무표정함과는 달리 지금 그의 심장은 누구의 것보다도 거세게 뛰고 있었다.

'해냈다.'

조금 전 이달과 위현에게 연달아 썼던 수법.

벽파!

벽. 한계를 깨는 한 걸음이 드디어 세상에 선을 보인 것이다.

위현마저 쓰러지자 황백승의 얼굴은 구겨진 종잇조각을 방불케 했다.

'이, 이럴 수가?'

설마 호전적이기로 유명하다는 위현이 한 방에 쓰러질 줄은 몰랐다. 그것도 침까지 질질 흘리며 '나 기절했으니 뒷일은 알아서 하시오'를 강조할 줄이야.

그의 얼굴은 철산과 눈이 마주친 순간 더할 수 없이 일그러졌다.

"양주의 싸움꾼 장철산이 문주와 주먹을 겨루어보고자

하오."

황백승은 할 수만 있다면 울어버리고 싶었다. 권장 수련을 손놓은 지가 몇 년째던가?

젊었을 적 돌덩이 같던 몸은 기름 낀 살로 피둥피둥했고, 무인의 표상이라던 거친 손은 포동포동하기만 했다.

청일문의 문주가 되면서부터 그가 한 일이라고는 무관의 수입으로 들어온 돈을 세는 일뿐이었다.

그의 솔직한 심정으로는 지금 위현과 붙어보라 해도 이길 자신이 없었다.

그런 황백승의 심정을 읽었음인가?

곁에 있던 양모위가 대신 나선다.

"어험, 말도 안 되는 소리. 문주님의 체면이 있으시지 어찌 한낱 야인에 불과한 자네하고 손을 섞을 수 있겠나?"

철산의 시선이 양모위를 향해 돌려진다.

문도, 당주 다음의 위치는 총관이었다. 양모위의 존재를 잊어버리고 있다가 그의 말을 듣고 뒤늦게 생각난 것이다.

철산의 표정이 변하는 것을 보고 무언가 심상치 않음을 느꼈던지 양모위의 이마에 식은땀 한 방울이 흘러내린다.

철산의 고개가 양모위를 향해 숙여졌다.

"양주……."

말이 채 입 밖에 나오기도 전이다.

"하지만!"

양모위의 목소리가 연무장을 쩌렁쩌렁 울렸다.

"후배가 가르침을 청하는데 한사코 사양하는 것도 도의에 맞지 않는 일! 너그로운 문주께서 자네에게 직접 한 수 가르침을 주실 것이네!"

철산의 고개가 다시 황백승에게 돌려졌다.

황백승의 얼굴이 붉으락푸르락해졌다. 믿고 있던 양모위에게 뒤통수를 맞을 줄은 몰랐던 것이다.

양모위는 문주의 따가운 시선을 애써 외면했다.

'일단 나부터 살아야지. 무공을 손놓은 지가 언젠지 기억도 안 나는데 저렇게 두들겨 맞아야 되겠어? 그래도 나보단 문주가 더 튼튼하니 뭐……'

그런 내심을 숨긴 채 얼굴만은 '문주가 당연히 이길 테니 한 수 가르쳐 주시오'라는 표정이다.

황백승은 어쩔 수 없이 철산의 포권을 받아야 했다.

"청일문 문주 황백승이네."

인사가 끝나자 철산의 몸에서 투지가 끓어오른다. 한 마리 짐승을 대하는 듯한 거친 투기에 황백승은 절로 몸이 떨려왔다.

'제길! 양 총관, 싸움 끝나고 보자.'

싸움에 임해야겠다고 각오하자 차라리 마음이 편해진다. 철산의 투지에 그의 마음속에 오랫동안 잠들어 있던 투쟁 본능이 깨어났다.

한 문파를 책임지는 문주라는 자리는 결코 가벼운 것이 아닐 터. 그도 몇 년 전까진 위현과 같은 자와는 손을 섞기도 민망할 정도의 고수였다.

단지 몸이 편해지면 늘어나는 것은 게으름이라고, 직접 손을 쓰지 않아도 되는 위치가 되어 자연스레 이렇게 된 것뿐이었다.

막상 싸움에 임하자 마치 십 년은 젊어진 듯한 기분이다.

몸이 가뿐하고 정신이 뚜렷해 눈앞의 촌뜨기 정도는 일격에 날려 버릴 수 있을 것 같았다.

잊고 있었던 투지가 활화산처럼 뜨겁게 끓어올랐다. 그의 투지에 반응하듯 철산이 움직인다.

슈슉!

철산의 몸이 마치 그림자 속으로 사라지듯 없어진다.

"헛!"

마주 달려들던 황백승이 크게 놀라 뒤로 물러났다. 철산은 이미 그의 좌측 하단에 바짝 붙어 있다.

다급해진 황백승은 연신 뒷걸음질을 쳤다. 물러나는 걸음이 제법 빨라 순식간에 연무장 끝의 담벼락에 도달했다.

더 이상 물러날 공간이 없자 황백승은 어금니를 꽉 깨물었다.

문주 체면에 이대로 당할 수는 없었다.

찰나의 순간, 그의 머릿속에 과감한 결단이 내려졌다.

"잠깐!"

처절한 외침이 절절히 묻어난 고함이다.

쾅!

고함과 동시에 굉음이 터지며 담벼락이 와르르 무너진다. 명색이 연무장인지라 두께가 한 자나 되는 담벼락이다.

황백승은 어색한 웃음을 지으며 자신의 머리에서 한 치가량 떨어진 철산의 주먹을 쳐다보았다.

'멈추지 않았다면……'

십여 년 만에 끓어오르던 투쟁 본능은 미지근하게 식어 있었다.

"야, 양 총관!"

황백승의 부름에 양모위가 쭈뼛거리며 고개를 내민다.

"이, 이 친구, 빨리 돈 줘서 내보내게."

파리한 문주의 말에 조금 덜 파리한 총관이 고개를 끄덕였다.

*   *   *

청일문의 담장 위로 빼꼼히 고개를 내민 채 싸움을 구경하던 장오가 철산을 가리킨다.

"저… 형님, 저자인데……."

장오의 말에 막쾡의 인상이 심하게 일그러진다.

퍽!

막꾕의 주먹이 작렬한다.

"어이쿠!"

막꾕은 땅을 뒹구는 장오를 사정없이 밟으며 소리쳤다.

"이런 개 후레자식 같은 놈! 네놈이 내 자리를 노리고 있었구나!"

막꾕의 말에 그의 수하들은 다들 어리둥절했다.

장터에서 창피를 준 자를 무릎 꿇고 빌게 해준다기에 힘들게 뒤를 쫓아 안내했더니 이게 무슨 말인가?

'형님이 혹시 우리가 사람을 잘못 보았다고 생각하는 것이 아닐까?'

옆에서 눈치를 살피고 있던 이삼이 머뭇거리며 말했다.

"저… 형님, 저자가 맞는데……."

퍽!

이삼마저 땅을 뒹굴자 최사는 아무 말도 하지 못했다.

한참 동안 두 사람을 밟아대던 막꾕은 씩씩거리며 발길을 돌렸다.

"저… 형님, 저자는 어떻게……."

퍽!

결국 최사마저 땅과 포옹을 하고 나서야 그들은 막꾕이 화를 내는 이유를 알 수 있었다.

"이런 병신 같은 놈들아, 그럼 나보고 저런 곰 같은 놈하고

싸우란 말이냐? 네놈들은 당분간 장터에 나가지 말고 처박혀 있어!'

　철산의 한주먹에 서평 장터는 향후 세 달 동안 막꿩 패거리들의 손에서 벗어날 수 있었다.

제8장

분노하여
금도학을 때려눕히다

분노하여
금도학을 **때**려눕히다

철산은 은자 오십 냥이 든 주머니를 들고 청일문을 나왔다. 원래 곰 값으로는 백 냥을 받았지만 오십 냥은 포 노인에게 보냈다. 포 노인의 소개가 아니었다면 아직까지 팔지도 못했을 것이다.

그리고 무엇보다 철산에게는 무인들과 겨루어볼 수 있었다는 것이 더욱 고마웠다. 비록 상대들이 미덥지 못하긴 했지만.

철산은 우선 객잔에 방을 잡았다.

객방에 올라 몸을 씻고 자리에 눕자 몸이 노곤해져 왔다. 오 년 만에 침대에 누워 보드라운 이불을 접하자 별천지에 온 듯한 기분이었다.

다음날 아침 식사를 할 때는 잊었던 혀의 기능을 다시 찾는 듯한 기분까지 들었다. 음식이 이토록 감동을 줄 수 있으리라고는 생각지도 못했다.

'원시인이 다 되었군.'

옷을 입고 나오자 객잔의 손님들이 이상한 눈초리로 쳐다보았다.

철산의 행색 때문이다.

그가 입고 있는 옷은 오 년 전 산을 오를 때 입었던 것이다. 여기저기가 낡고 찢어져 있다. 그러나 철산은 그 옷을 버리지 못했다. 오 년 동안 산속에서 온갖 어려움을 함께 겪었던 옷이다. 단지 한 벌의 옷에 불과했지만 그에게는 산속에서의 고행을 되새겨 주는 의미가 담겨 있었다.

산을 내려오기 전에 깨끗이 빨고 찢어진 곳을 기웠지만 세월의 흔적까지 감출 수는 없었다.

봉두난발의 머리와 허름한 옷, 까맣게 탄 피부와 어눌한 말투.

좋게 보아도 걸인 이상으로는 보이지 않는다.

그런 세인들의 경멸 어린 시선에도 철산의 어깨는 조금도 움츠러들지 않았다. 당당한 철산의 모습에 도리어 얕보며 쳐다보던 자들의 시선이 수그러들었다.

철산은 발길을 서둘렀다. 우삼광에 대한 걱정과 그리움이 몸을 앞선다.

산길을 밤낮으로 쉬지 않고 뛰어다니던 그에게 잘 닦인 관도는 조금도 힘들지 않았다. 거의 대부분의 시간을 뛰다시피 했기에 낙양까지 가는 길 역시 그리 멀지 않았다.

그럼에도 철산은 더욱 빨리 가지 못하는 것이 안타깝기만 했다. 말을 탈 수만 있다면 진작 말을 이용했을 것이다.

급한 발걸음의 결과인지 철산은 서평을 떠나온 지 이틀 만에 낙양에 도착할 수 있었다. 닷새 정도 걸릴 거라던 청일문주의 예상을 크게 뒤엎는 시간이었다.

해가 저물어 사방이 거뭇거뭇해질 무렵, 철산은 마침내 우삼광이 살고 있는 집 앞에 설 수 있었다.

금룡표국을 나오면서 그동안 모아뒀던 돈으로 샀다는 집이다. 벽을 지탱한 벽돌은 여기저기 금이 가 있고 지저분한 때가 덕지덕지 묻어난 초라한 집이었다.

그러나 철산은 드디어 자신의 집이 생겼다고 기뻐하던 우삼광의 모습을 잊을 수가 없었다.

"네 덕분에 집도 사게 되고, 좋구나. 넌 역시 내 복덩어리라니까."

뒤틀린 팔을 부여잡고 애써 웃어 보이던 우삼광.

'바보 같은 우 노대. 이깟 집 한 채 가지고⋯⋯.'

눈시울이 뜨거워졌다. 그러나 지금은 울고 있을 때가 아니다.

우삼광에게 자신의 모습을 보여주어야 했다.

뼈를 깎는 수행으로 만들어낸 주먹을 보여주어야 하고, 우삼광이 말했던 세 가지 조건을 이루었음을 자랑해야 한다.

그리고,

'무엇보다……'

머리로 싸우는 자들에게 마음으로 싸우는 사람의 무서움을 보여주어야 한다.

거침없던 철산의 발걸음이 느려졌다. 우삼광을 보게 된다는 기대감에 손이 떨려왔다.

초라한 싸리문을 열고 마당에 들어서자 빗자루가 어지러이 널브러져 있고, 지게가 부서진 채 나뒹구는 게 보였다.

'설마……'

불길한 예감이 머릿속을 스쳐 지나간다. 심장이 가슴을 뚫고 튀어나올 것마냥 쿵쿵 뛰어올랐다.

"우, 우 노대."

어눌한 말투가 마음에 들지 않았다. 혹시 발음이 정확하지 않아 우삼광이 듣지 못한 것이 아닐까?

철산은 조금 더 목소리를 높여보았다.

"우 노대, 내가 돌아왔어요!"

불 꺼진 방 안에서는 여전히 응답 소리가 들려오지 않았다.

더 이상 참을 수가 없었다. 철산은 한달음에 뛰어 방문을 열어젖혔다.

벌컥.

긴장함에 지나치게 힘을 주어서인지 문고리가 뜯겨져 나간다.

그러나 그런 것에 신경 쓸 여유는 없었다.

한바탕 소란을 알려주듯 부서진 가구들이 방 안을 어지럽히고 있었다. 우삼광이 덮고 잤을 낡은 이불 자락이 군데군데 찢겨져 흩날리고, 그가 입었을 옷가지들이 시커먼 발자국에 더럽혀져 있었다.

그런 가구들 속에 우삼광의 모습은 없었다.

텅 빈 집에 남겨진 그의 잔재만이 철산을 반겨주고 있는 것이다.

털썩.

천 근 무게도 지탱해 낼 다리에 힘이 풀렸다. 싸늘히 식은 방구석이 주인의 손이 닿지 않은 지 오래되었음을 알려준다.

철산은 머릿속이 복잡해져 옴을 느꼈다.

'우 노대는 어딜 간 걸까? 집은 왜 이렇게 된 거지? 무슨 일이 생긴 것은 아닐까? 피치 못할 사정이 생겨 어쩔 수 없이 다른 곳으로 간 것일 수도 있다.'

그러나 이내 고개가 저어진다.

'아니다. 내가 이곳으로 돌아올 것을 알고 있는 한 우 노대는 절대 다른 곳으로 가지 않을 것이다. 그렇다면 어떻게 된 일이지? 누가 우 노대에게 해를 입힌 것일까?

머릿속으로 수없이 많은 질문이 오갔다. 그러나 모두 답을 낼 수 없는 질문들이었다.

얼마간의 시간이 지났을까.

어느새 하늘에는 휘영청 달이 떠올라 있었다. 푸르스름한 달빛이 활짝 열린 문을 통해 방 안을 비추었다.

조금 전에는 미처 보지 못했던 것이 눈에 들어온다.

방 안 곳곳에 묻어 있는 검붉은 자국. 오랜 시간 동안 말라붙어 이제는 붉은색보다는 검은색이 돋보인다.

'피?'

철산의 머릿속이 하얗게 비워진다. 더 이상 아무것도 생각할 수가 없었다. 불길한 느낌이 극에 달한다.

'제발.'

우삼광에 대한 걱정에 가슴이 터질 것 같았다.

그때 방 밖에서 누군가의 목소리가 들려왔다.

"거기 누구요?"

늙수그레한 목소리였다.

힘없이 앉아 있던 철산의 몸이 튕기듯이 일어났다. 방 안을 기웃거리던 목소리의 주인공은 뒤늦게 철산을 발견한 듯 흠칫 놀라는 기색이다.

방 안의 어둠이 철산의 모습을 감추려 했지만 달빛이 그의 상체를 노출시킨다. 살짝 충혈된 두 눈이 달빛을 받아 마치 짐승의 것과 같이 번득였다.

철산의 모습에 화들짝 놀라는 인물은 오십 줄에 접어든 왜소한 노인이었다.

잠을 자다 나온 것인지 내의에 대충 윗도리만 걸쳐 입은 모습이다.

상대가 보통 사람임을 확인한 철산은 잠긴 목소리로 물었다.

"무슨 일이십니까?"

어눌하지만 공손한 말소리에 그제야 마음을 놓은 듯 노인은 살금살금 다가와 철산을 위아래로 훑어본다.

"그건 내가 묻고 싶소만. 거긴 우리 아우의 집인데 무슨 일로 온 거요?"

약간의 경계 어린 말에 철산은 놀란 표정을 지었다.

"우 노대를 알고 계십니까?"

철산의 말에 이번에는 노인이 놀란다.

"혹시 아우가 기다리던 사람이 자넨가?"

노인의 말에 철산은 급히 밖으로 나와 노인에게 고개를 숙였다.

"양주의 장철산이 어르신께 인사드립니다."

철산의 인사에 노인은 당황했던지 급히 손을 내저었다.

"나는 그런 인사를 받을 사람이 아닐세. 그보다 광이 아우에 대해 궁금하겠구먼."

"그렇습니다."

철산의 절실함에 노인은 한숨을 내쉬며 마루턱에 걸터앉았다. 잠시 기억을 더듬는 듯하던 노인은 잠시 후 입을 열었다.

"그러자면 우선 내가 아우를 만났을 때부터 이야기해야겠구먼. 휴우, 내가 아우를 알게 된 것이 벌써 오 년 전이네. 옆집에 불구자가 이사를 온다기에 처음에는 못마땅하게 여겼었지. 그런데 한 열흘 정도 지났을 때던가? 비가 억수같이 내리는 날이었는데, 성 외곽의 벽이 무너져 토사가 쏟아졌는데 하필 근처에서 놀던 우리 애가 거기에 쓸렸던 모양이야."

노인은 생각만 해도 아직까지 진저리가 쳐지는 듯 몸을 부르르 떨었다.

"늦둥이로 얻은 외아들이라 옥이야 금이야 키워온 아이인데 그런 사고를 당하게 됐으니 우리 부부가 얼마나 애가 탔겠나? 소식을 듣고 허겁지겁 달려가긴 했지만 그런 토사에 쓸려서 살아남을 수 있으리라고는 생각지 않았다네. 반쯤 포기한 심정이랄까? 그런데 사고지에 갔더니 이게 웬일인가? 우리 아이는 멀쩡하지 않던가? 듣기로는 애가 토사에 완전히 잠기기 직전에 누가 뛰어들었다더군. 조금도 망설이지 않고 달려들어서는 애를 구해냈다는 거야. 다행히 운이 좋았던지 토사가 쏟아지다 말아서 둘 다 목숨을 건질 수가 있었고. 그래도 그 친구는 돌에 부딪치고 긁혀서 온몸이 피투성이가 됐지만 말이야."

그때의 감동이 다시금 떠올랐던지 노인의 눈이 축축이 젖어들었다. 상관없는 어린아이를 구하기 위해 망설임없이 사지에 뛰어든 사나이.

두 사람의 머릿속에 동시에 한 명의 모습이 그려진다. 별로 크지 않은 체구지만 누구보다 등이 넓어 보이고, 대머리에 언제나 하하! 웃으며 주변 사람을 안심시켜 주는 사내.

그의 호탕한 웃음소리가 듣고 싶었다.

입 안이 타 들어갔다. 갈증같이 견디기 힘든 그리움이 엄습해 온다.

잠시간 침묵이 흘렀다. 한참 동안 마음을 추스르던 노인의 입이 열렸다.

"그때 그 용감한 친구가 바로 우삼광, 광이 아우였네."

단지 한마디에 불과했으나 철산은 마음이 뿌듯해졌다. 우삼광에 대한 그리움이 자랑스러움으로 다가와 철산의 가슴을 가득 채운다.

이게 우삼광이란 사나이이다.

무공을 익혀서 약한 자나 괴롭히는 너희들과는 차원이 다른 사나이란 말이다.

큰 소리로 외치고 싶었다. 목청껏 외쳐 그들에게 들려주고 싶었다.

철산의 격동에 노인은 흐뭇한 미소를 지었다.

"그때까지 아우를 무시했던 게 그렇게 창피할 수가 없더군. 정말 할 수만 있다면 아우에게 전 재산이라도 주고 싶은 심정이었어. 그런데 아우가 그러더군. 자신이 정말 좋아하는 후배가 있다고. 달라고만 하면 심장이라도 빼서 주고 싶은 후배가 있는데, 우리 아이가 그의 어렸을 때 모습과 닮아서 도저히 안 뛰어들고는 못 배기겠더라는 거야. 허허, 물론 아우의 성격상 그게 아니었어도 뛰어들었겠지만."

"그래서… 우 노대는 어떻게 되었습니까?"

철산의 재촉에 노인은 다시 말을 이었다.

"그 후로 나는 그 친구와 호형호제하며 지내게 되었다네. 물론 내가 나이를 내세워 그렇게 된 거지만. 마침 내가 하던 일이 여유가 있어서 아우가 틈틈이 일을 도와주기도 하고, 날이 어두워지면 같이 술도 한잔하면서 즐겁게 지냈다네. 며칠 안 됐지만 정말 많이 친해졌지. 그때 자네 이야기도 많이 들었다네. 아우가 술만 취하면 자네 이야기를 했거든."

노인은 우삼광과 어울릴 때를 떠올렸는지 웃음을 지었다. 그러나 그것도 잠시, 노인의 얼굴이 급격히 어두워졌다.

"사단이 벌어진 것은 아우가 이곳에 온 지 두 달이 채 안 되었을 때였네. 평소처럼 일을 마치고 우리 집에 와서 같이 저녁을 먹자고 부르려는데 아우의 집이 소란스럽더군. 무슨 일인가 해서 보았더니 덩치가 큰 사람들 서너 명이 아우를 심하게 때리고 있더군. 아우를 구하려고 부랴부랴 달려들었지만 그자들의 힘이 워낙 세서 어찌할 수가 없었네. 손을 살짝 휘두른 것 같았는데 그대로 나동그라졌으니……. 그들 중에 젊은 놈이 아우를 때리는데 손이 무슨 몽둥이 같더구먼. 아우는 얼굴이 피투성이가 되고 입에서는 시커먼 피를 토해냈는데, 저러다 죽는 게 아닐까 걱정될 정도였다네."

노인은 격앙된 어조로 방 안의 핏자국을 가리켰다.

"한참 동안 아우를 두들겨 패더니, 이번에는 아우한테 무릎 꿇고 용서를 빌라고 하더군. 그런데 아우는 그렇게 두들겨 맞으면서도 싫다고 하더란 말이야. 자기는 이제 누구한테도 무릎 꿇지 않겠다는 거야. 그놈은 약이 올랐던지 또다시 아우를 때렸다네. 그래도 아우는 벽에 등을 기대고는 끝내 쓰러지지 않고 버텨냈지. 나중에는 그놈도 질렸던지 씩씩거리면서 가버리더군. 기어코 무릎 꿇게 만들어준다고 소리치면서. 그자들이 가고 나자 아우는 바로 혼절해 버렸네. 난 어찌해야 할지 몰라서 일단 의원을 불러왔는데, 와보니 아우는 이미 사라져 있더군. 아마 그놈들이 다시 와서 데려간 모양이야."

노인의 말이 끝나자 철산은 조용히 눈을 감았다. 누군가에게 맞아서 피투성이가 된 우삼광의 모습이 직접 보기라도 한 듯 선명하게 그려진다.

"그자들의 정체에 대해 혹시 아는 것이 있습니까?"

철산의 목소리에 가시가 맺혔다. 주먹 쥔 손에서 우두둑 소리가 끊이질 않았다.

그런 철산의 모습에 노인은 다시 한숨을 내쉬었다.

"자네한테 이런 말을 해도 되는지 모르겠군. 그놈이 아우를 때리면서 하던 말 중에 금 무슨 표국이 어쩌고 하는 말이 있었다네. 나도 그동안 아우가 걱정이 되어서……."

뿌드득.

노인의 뒷이야기는 이제 귀에 들어오지도 않았다.

"이, 이보게!"

노인이 당황하여 만류하려 했으나 철산의 걸음은 한 방향을 향해 움직이고 있었다.

금룡표국. 낙양을 지나다니는 사람들 중 아무나 붙잡고 이곳에서 가장 큰 표국이 어디인지 물어보면 쉽게 들을 수 있는 이름이다.

표국주인 용풍일권 금도학의 명성은 제쳐 두고서라도 실력있는 표두와 표사들이 타 표국에 비할 바가 아니었기에 낙양에서의 입지가 굳건할 수밖에 없었다.

그런 금룡표국 앞에 허름한 차림의 사내가 나타났다.

눈에는 불같은 분노를 드러내고 두 주먹은 피가 통하지 않을 만치 꽉 쥐고 있다. 한 발 한 발 내딛는 발걸음이 그가 짊어진 마음의 무게마냥 무겁게만 보인다.

그는 바로 우삼광의 집에서 나온 철산이었다.

철산의 앞에 보는 이를 압도하는 커다란 대문이 나타났다.

오 년 전 그의 두 눈을 휘둥그레지게 만들었던 대문이다.

저벅.

철산은 대문을 마주하고 섰다.

쿵!

왼발을 앞으로 내딛자 땅이 푹 꺼진다.

철산의 오른손이 뒤로 젖혀졌다. 마치 팽팽히 당겨진 활시위와 같이 힘줄이 솟았다.

쉭!

화살이 쏘아지듯 바람 소리가 터지며 철산의 주먹이 대문을 후려친다.

콰쾅!

굉음과 함께 속이 꽉 찬 등나무로 만들어진 대문이 산산조각 났다. 나뭇조각이 날리고 먼지가 자욱히 일어나는 가운데, 표국 안쪽에서 불이 켜지더니 한 무더기의 사람들이 모습을 드러냈다.

"뭐, 뭐야?"

"무슨 소리야?"

막 잠자리에 들었다가 뛰쳐나온 듯 눈을 비비는 사람부터 옷가지조차 제대로 걸치지 못한 사람까지, 표국 전체가 일시에 어지러워진다. 그나마 정신을 차리고 있던 자가 대문 쪽을 쳐다보고 놀라 소리를 질렀다.

"웬 놈이냐?"

고함 소리에 사람들의 시선이 집중되었다.

부서진 대문을 밟고 들어서는 철산의 등 뒤로 어슴푸레한 달빛이 비추어진다.

"침입자다!"

누군가의 말이 떨어지기가 무섭게 수십 명이 철산을 에워 쌌다. 제각각 무기를 든 것으로 보아 표사들인 모양이다. 자신들의 머릿수를 확인하고 나자 그들의 얼굴에 여유가 생긴다.

"무슨 이유로 이 밤중에 행패를 부리는 것이냐?"

짐짓 위엄있는 척 나서서 물어보는 것은 턱에 염소수염을 달고 있는 왜소한 중년인이었다.

그는 뒤채에 숨어 상황을 지켜보고 있다가 표사들이 하나둘 늘어나자 앞으로 나서며 우두머리 행세를 하는 것이다.

염소수염 중년인의 등장에 철산은 눈살을 찌푸렸다.

오 년 전 처음 이곳을 방문했을 때 그를 박대한 자였기 때문이다.

'하 총관이라 했던가?'

생김새부터가 간사한 데다 성격 역시 다를 바 없는 자라 표국 내에서도 그리 신망을 얻지 못한다 했다.

철산에게서 대답이 없자 하 총관은 화가 난 듯 소리쳤다.

"일단 무릎부터 꿇려놓고 심문하겠다. 잡아라!"

하총관의 명령에 한 명이 앞으로 나선다.

"번거롭게 우르르 덤빌 필요 있겠소? 나, 번자량이······."

그가 채 두 걸음을 나서기도 전이었다.

쉭!

한줄기 바람이 불어닥친다 느낀 순간 번자량의 몸이 나가떨어진다.

그때부터 시작이었다.

철산의 허벅지가 꿈틀거리나 싶더니,

파팟!

철산의 신형이 바람을 가르고 쏘아졌다.

"헉?"

그의 돌진에 표사 한 명이 당황하는 순간, 철산의 주먹이 그의 턱에 작렬했다.

콰직!

"끄으으······."

사내의 몸이 붕 떠올라 뒤에서 달려들던 표사들을 덮쳤다.

"으윽!"

철산의 신형이 동료의 몸에 밀려 허둥대는 표사들 사이로 파고든다.

퍼퍼퍽!

요란한 격타음이 휩쓸고 지나가자 남은 것은 쓰러져 신음

하는 자들뿐이다.

순식간에 대여섯 명이 쓰러지자 표사들의 눈에도 경계심이 떠오르기 시작했다. 그들이 무기를 꺼내 들 때 철산의 발이 크게 내디뎌진다.

슈숙!

벽파가 일 장 거리를 단번에 좁혀준다. 잔뜩 웅크린 철산의 몸이 솟아오르자 한 명이 배를 움켜쥐고 쓰러졌다.

뒤늦게 양옆에 서 있던 두 명이 달려들었다. 철산의 몸이 비틀리며 번개같이 두 사람 사이로 파고든다.

"어엇?"

놀람성이 동시에 터져 나왔다. 바싹 웅크린 철산의 몸이 튀어 오르며 양 주먹으로 그들을 후려쳤다.

풀썩.

쓰러진 두 명의 뒤로 한 자루 창이 현란한 그림자를 만들어내며 찔러왔다.

쉬쉬쉭!

수많은 잔상을 남기며 찔러오던 창이 철산의 옆구리를 찔렀다.

푹!

창을 찌른 자의 안색이 대변했다. 창끝의 감촉이 마치 빈 공간을 찌른 듯 허무했기 때문이다.

철산이 팔과 옆구리 사이를 스치고 삐져나온 창날을 꽉 고정시켰다. 창대가 낭창낭창하게 휘어지며 자유를 찾기 위해 거세게 꿈틀거린다.

철산의 팔에 근육이 솟아오른다 싶자,

우직!

부러진 창술이 떨어져 내림과 동시에 철산의 주먹이 상대의 얼굴에 박혔다.

"컥!"

그자의 비명이 채 울리기도 전에 철산이 땅을 박찼다. 타오르는 듯한 그의 투지에 싸우던 자들이 흠칫한다.

그중에 철산의 눈빛을 정면으로 받은 자가 허둥대며 칼을 내려쳤다. 직도단천의 초식이 떨어져 내리기도 전에 철산의 주먹이 그자의 복부에 파묻힌다.

퍽!

묵직한 타격음과 함께 상대의 몸이 통째로 튀어 올랐다.

땅에 발이 닿았을 때는 이미 정신을 잃은 상태.

스르륵.

철산이 자신의 어깨 위에 축 늘어진 자를 밀쳐 냈다.

털썩!

그의 주변으로 커다란 공간이 형성되었다.

술렁.

숫자의 우위에 여유롭던 표사들이 동요하기 시작했다.

일의 특성상 수많은 산적, 수적들과 칼을 맞대고 싸워봤으나 이토록 거칠고 강한 상대는 처음이었다.

마치 상처 입은 맹수 한 마리가 미쳐 날뛰는 것 같았다.

철산이 눈빛을 번득이며 주변을 쓸어보자 그의 시선을 제대로 쳐다보는 이가 없었다.

자신을 향한 공격이 없어지자 철산의 발길이 떨어졌다.

저벅.

철산의 걸음에 그를 둘러싸고 있던 자들이 주춤주춤 물러났다.

한 걸음, 두 걸음…….

철산의 가슴속에 불덩어리 같은 뜨거움이 치솟는다.

"금도학을 불러내라."

어눌한 말투가 오히려 더욱 무게감을 실어준다. 표국주의 이름을 무례하게 부르고 있는 데도 누구 하나 나서는 이가 없었다.

철산의 시선이 기세등등하게 나섰던 하 총관에게로 향했다. 이곳에서의 직위는 그가 제일 높기 때문이다.

그의 시선에 하 총관은 크게 놀란 듯 숨도 제대로 쉬지 못하며 표사들의 뒤로 몸을 숨기려 들었다.

철산이 그에게 다가가려 할 때,

"어떤 놈이 감히 국주님의 성함을 함부로 부르는 것이냐?!"

쩌렁쩌렁 울리는 호통성과 함께 거센 바람이 일어나며 시커먼 물체가 날아들었다.

쉬익!

날아드는 기세가 여간 흉흉한 것이 아닌지라 주변에 있던 자들조차 물러나려 할 정도였다.

중인들이 철산의 머리가 으깨지는 모습을 떠올리려는 순간,

철산의 왼발이 강하게 땅을 내딛는다.

콰직!

땅이 움푹 파여짐과 동시에 허리까지 당겨진 주먹이 쏘아진다.

꽝!

강렬한 폭음이 터지며 날아들던 물체가 떨어져 내렸다.

쿵!

육중한 소리가 땅을 울리며 먼지를 피워낸다. 먼지 사이로 보이는 것은 사람 머리만 한 크기의 철구였다.

그것을 본 사람들의 눈이 크게 치켜떠졌다.

얼핏 보기에도 오십 근 이상은 나가 보이는 쇠 구슬의 한 켠이 움푹 찌그러져 있었기 때문이다. 단지 찌그러져 있을 뿐 아니라 주먹 모양이 선명히 새겨져 있기까지 했다.

그들의 시선이 다시 철산에게로 향했다. 철산은 처음의 자리에서 조금도 움직이지 않았다. 철구마저 격퇴한 그의 주먹에는 약간의 흠집조차 나지 않았다.

"어, 어떻게……."

철구를 던졌던 자 역시 경악하여 말을 잇지 못했다.

철산의 시선이 목소리가 들려온 곳을 향했다.

그의 시선이 닿은 곳에는 십여 명이 무리를 지은 채 걸어오고 있었다. 그들을 본 철산의 눈빛이 이글거리며 타오른다.

"금도학!"

온몸을 쥐어짜서 나온 듯한 분노성이 금룡표국을 가득 메웠다.

분노한 철산의 외침에 금의를 걸친 노인, 금도학의 표정이 딱딱하게 굳어진다.

"네놈은 누구냐?"

금도학의 입에서 위엄있는 목소리가 흘러나왔다.

그의 말에는 감히 이곳을 홀로 쳐들어온 자에 대한 가소로움이 묻어나 있었다. 제아무리 대단한 자라 할지라도 혼자서 수십 명을 상대할 수는 없다. 더욱이 금도학 자신을 제외하고도 많은 표두들이 버티고 있으니 위기의식 같은 것은 조금도 들지 않았다.

단지 금도학이 궁금한 것은 외적의 정체였다. 무공이 그리 대단치도 않아 보이는 자가 홀로 쳐들어와 난동을 부릴 때는 그에 합당한 이유가 있을 터.

대답을 강요하는 금도학의 표정에 철산은 눈썹을 꿈틀거

렸다.

"우 노대는 어디 있소?"

질문에 대한 엉뚱한 답에 금도학은 눈살을 찌푸렸다.

"어째서 이곳에 와서 사람을 찾는 것이냐?"

영문을 모르겠다는 듯한 금도학의 말에 철산은 가슴이 부글부글 끓어올랐다.

"증인까지 있거늘 이제 와 모른 척한단 말인가?"

철산은 참을 수 없는 분노를 토해내며 금도학을 향해 다가갔다.

그때 표사들 속에 묻혀 있던 자가 고함을 지르며 뛰쳐나왔다.

"이놈, 오만방자함이 하늘을 찌르는구나!"

소리를 지른 자는 이십대 중, 후반쯤으로 보이는 청년이었다. 제법 말끔한 외모에 손에는 한 자루 검을 뽑아 들고 있었다.

순간 철산의 눈이 번득였다.

청년은 바로 오 년 전에 우삼광을 함부로 대하다 철산과 부딪칠 뻔했던 진씨 성의 표사였다.

그를 보자 과거의 좋지 않은 기억이 다시금 떠오른다.

마구간에서 우삼광을 하인 부리듯 하던 거만한 자.

철산이 자신을 쳐다보는 눈길이 심상치 않자 표사 진호일은 몸을 움찔했다.

그러나 이내 자신을 향한 시선이 많다는 것을 느낀 듯 움츠

러든 어깨를 펼치고 소리쳤다.

"나는 금룡표국의 표사……!"

진호일은 자신이 표두의 자리에 오르기엔 스스로의 실력이 많이 부족함을 충분히 알고 있었다.

하지만 지금과 같이 외적이 쳐들어왔을 때 국주의 눈에 든다면, 단번에 표두가 되는 행운을 거머쥘 수도 있을 것이다.

그러나 철산은 그가 떳떳이 이름을 밝히도록 내버려 둘 생각이 없었다. 상대에 대한 기억을 떠올린 순간 그의 가슴에는 이미 분노가 치밀어 오르고 있었다.

쉭!

금도학을 향해 내딛던 걸음의 방향이 바뀌었다.

"어엇!"

진호일이 놀라며 비틀거릴 때 철산의 주먹은 이미 그의 옆구리에 틀어박혀 있었다.

콰직!

"크헉!"

진호일의 몸이 새우처럼 꺾인 채 일 장이나 풀쩍 뛰어올랐다.

떨어지는 그의 입에 바윗덩이 같은 주먹이 꽂힌다.

픽!

한차례 비틀거리던 진호일은 이내 몸을 부르르 떨며 기절해 버렸다. 쓰러진 그의 하의가 축축이 젖어들었다.

비록 삼류 표사에 불과하다고는 하지만 명색이 표사라는 자가 한주먹을 버텨내지 못하고 쓰러지자 금도학의 얼굴에 불쾌함이 떠올랐다.

'에잉, 저런 자를 표사라고 데리고 있으니 표국을 이렇게 얕잡아 보지.'

철산의 발길이 다시 금도학에게로 향했다.

진호일의 몰골을 본 표사들이 아무도 나서서 막으려 들지 않았다.

금도학이 화가 나 소리치려 할 때 그의 측근에 있던 자가 앞으로 나섰다.

"무례한 놈, 내가 예의를 가르쳐 주마!"

그는 덩치가 크고 얼굴에 털이 수북하게 덮인 사내였다. 그의 손에는 조금 전 철산이 쳐냈던 것과 똑같이 생긴 철구가 들려 있었다. 두 개를 들고 다니다 하나를 던졌던 모양이다.

철구의 한쪽에는 기다란 쇠사슬이 달려 있었다.

그는 자신의 무기에 꽤나 자신이 있던지 얼굴 가득 여유가 흘러넘쳤다.

"네놈이 자초한 일이니 머리가 으깨지더라도 원망은 하지 말거라!"

사내의 경고에 철산의 시선이 그의 철구를 향한다.

"당신이 자초한 일이니 무기를 못 쓰게 되더라도 원망하지 마시오."

철산의 대꾸가 사내의 화를 돋군 듯했다.

"건방진 놈!"

사내의 손에 들린 철구가 그의 손짓에 따라 회전하기 시작했다.

부웅부웅!

바람을 가르는 소리가 섬뜩하게 들려온다. 철구는 회전에 의해 사내의 몸을 둘러싼 원형의 잔상을 만들어냈다. 난공불락. 어떤 공격도 하지 못할 것 같은 철벽이 만들어진 것이다.

원을 그리던 철구가 사내의 손짓에 따라 철산에게 날려진다.

부와앙!

철구는 회전력이 실려 눈으로 확인하기 어려울 정도로 빠르고 무겁게 날아왔다.

그 험악한 기세에 철산은 위험을 느끼고 한 걸음 비켜섰다.

쿵!

조금 전 그가 서 있던 땅이 움푹 파이며 철구가 내리꽂혔다. 동작이 조금만 늦었어도 머리가 박살 났을 것이다.

이제는 달조차 모습을 감춰 검은 쇠 구슬은 형체가 거의 보이지 않았다.

사내 스스로 자신의 위엄에 심취했던지 철구의 회전이 더욱 거세진다.

휘리릭!

쇠사슬이 요란한 소음을 내며 철구가 다시 날아왔다. 철산이 한 걸음 돌아서며 팔을 들어올리자 쇠사슬이 친친 휘어 감긴다. 묵직한 쇠 구슬의 무게에 철산의 팔이 힘겨워 보였다.

그런 모습에 사내의 얼굴이 득의만면해졌다.

'어리석은 놈, 팔이 떨어져 나갈 게다.'

철산의 몸에서 팔을 분리시켜 줄 속셈으로 쇠사슬을 힘껏 잡아당기려 할 때였다.

그 순간 철산의 발이 땅을 내리찍었다.

쿠웅!

땅을 울리는 진동에 흙이 튀어 올랐다.

불끈!

철산의 팔에 힘줄이 솟아오른다 싶더니 사내의 몸이 철산에게로 휙 당겨져 왔다. 백오십 근은 나가 보이는 사내가 허공을 가로질러 끌려오자 경악성이 여기저기서 터진다.

"아, 안 돼!"

겁먹은 사내의 비명이 흘러나옴과 동시에 철산의 주먹이 그의 얼굴에 꽂혔다.

콰직!

사내는 비명조차 지르지 못하고 쓰러졌다.

쿵!

철산에 손에 들려 있던 철구가 사내의 옆에 떨어졌다.

이제는 금도학의 얼굴에서도 여유를 찾기 힘들었다. 진호일이야 주제 모르고 나섰다가 당한 것이지만 조금 전 당한 사내는 다르다. 그는 한 자루 기문병기로, 표물을 노리는 도적들에겐 공포의 대상이 된 인물이었다.

그의 철구에 죽은 자들 중에는 제법 명성을 날리던 수괴도 있었음을 감안한다면, 결코 이렇게 쉽게 누워서는 안 되는 인물이었다.

'도대체 어디서 나타난 자이기에…….'

그때 철산의 눈빛이 금도학에게로 향했다.

더 이상은 참기 힘들었다. 이미 우삼광에 대한 걱정으로 그의 가슴은 바싹바싹 타 들어가고 있었다. 지난 오 년간의 세월. 그동안 우삼광이 겪어야 했을 고통이 철산의 마음을 옥죄어 왔다.

"우 노대를 내놓아라!"

철산의 분노성에 금도학은 흠칫 놀랐다. 그를 향해 으르렁거리듯 부르짖는 사내. 그 모습이 왠지 낯설지가 않다. 언젠가 한 번 겪어보았던 듯한 불쾌함이 몸을 타고 스멀스멀 기어오른다.

그의 불쾌감은 철산의 한마디로 극에 달했다.

"나 장철산, 오늘 우 노대의 빚을 갚겠다!"

철산의 도전에 금도학의 장포가 펄럭거린다.

"네놈이었구나."

오 년 전, 별 볼일 없는 신분으로 자신을 우습게 여기던 사내들의 모습이 금도학의 뇌리를 스치고 지나갔다.

금도학은 내키지 않는 걸음을 떼어야 했다.

'대체 이게 무슨 꼴이란 말인가? 고작 한 사람에게 표국 전체가 휘둘리는 일이라니……'

밖에 알려지면 톡톡히 망신을 살 만한 일이었다.

그렇다고 이제 와서 수하들을 시킬 수도 없는 노릇이다. 이름도 없는 애송이 하나를 상대로 머릿수로 밀어붙일 수는 없기 때문이다.

이쯤에서 그가 나서서 철산을 격퇴하는 수밖에 없다. 금도학은 그것이 마음에 들지 않았다.

자신이 나서서 싸우는 것이 아니라 어쩔 수 없이 싸우게 되는 상황.

지금껏 삶을 주도하며 살아왔던 자신에겐 어울리지 않는 모습이다.

더욱이 이번이 두 번째다. 오 년 전에도 이들의 무모한 도전에 끌려 체면을 구겼다.

그걸 알면서도 나서야 했으니 발걸음이 절로 무거워졌다.

'이겨 봤자 본전도 못 찾는 일이고, 혹여 낭패라도 당하게 되면 두고두고 창피를 당하겠지.'

물론 패할 경우라는 건 아에 생각조차 할 수 없다.

금도학은 자신을 이런 상황에 몰아넣은 철산에게 화가

났다.

'무지렁이가 한 번 크게 혼이 났으면 됐지 주제넘게 무슨 복수를 한답시고 다시 찾아왔다는 말인가?'

금도학은 철산의 앞에 마주 서자 거만한 표정으로 턱을 까딱거렸다.

"삼 초를 양보해 주지."

한없이 얕잡아 보는 듯한 눈빛. 그것조차 크게 마음을 써주었다는 듯한 표정이다.

그의 말에 철산의 눈에 불길이 일어났다.

타앗!

흙이 튀어 오른다.

쉬익―

바람이 몸에 부딪쳐 왔다. 철산의 몸이 흐릿한 잔상을 남기며 사라져 갔다.

"헛!"

금도학의 입에서 헛바람을 삼키는 소리가 흘러나왔다. 설마 철산이 이렇게 빠를 줄은 몰랐다.

그러나 그도 수십 년간 무공을 갈고닦은 무인이다. 위기의 순간 머리가 반응을 하기 전에 몸이 먼저 움직였다.

팟!

금도학이 팔로 옆구리를 가로막음과 동시에 옆으로 한 걸음 움직인다. 마치 물이 흐르듯 매끄러운 움직임에 철산의 주먹은 금도학의 팔 위를 스쳤을 뿐이다.

피잇!

살이 찢어지는 소리가 새어 나왔다. 누구의 것인지 확인할 사이도 없이 철산의 몸이 꿈틀거리며 전진했다.

철산이 사각으로 파고들기 직전, 금도학의 주먹이 거센 바람을 일으키며 날아왔다.

우웅!

주먹에서 일어나는 바람이 태풍처럼 불어닥쳤다. 그의 이름 앞에 용풍일권이라는 별호를 달아준 권풍이었다.

우삼광의 팔을 빼앗아간 용권.

오 년 전에는 그 주먹을 감히 맞서지 못하고 피했었다. 그러나 이제는 다르다. 그의 주먹에는 우삼광과 자신의 한이 담겨 있다.

바짝 웅크린 채 전진하던 철산의 몸이 펼쳐지며 허리까지 끌어당겼던 주먹이 쏘아진다.

쉬익!

금도학의 것과 같은 매서운 바람 대신 바람이 찢기는 소리가 흘러나왔다.

콰쾅!

주먹과 주먹의 부딪침에 어울리지 않는 굉음이 터졌다.

휘리릭!

한 줌 흙이 작은 소용돌이를 일으키며 허공으로 치솟아오른다.

찌지직!

옷이 뜯겨져 나가고 피가 점점이 튀었다.

"울컥!"

철산은 입에서 치밀어 오르는 핏덩이를 악으로 삼키며 앞을 보았다. 그의 앞에는 팔을 부여잡고 비틀거리는 금도학이 있었다.

스윽.

입가에 묻은 피를 닦아내자 팔목의 세 줄기 흉터가 살아 움직이듯 꿈틀거렸다. 철산의 입가에 비틀린 웃음이 맺혔다.

"이제 시작이야."

철산의 신형이 튀어나가자 금도학의 인상이 일그러졌다.

철산의 주먹에 스쳐 찢어진 부위에서는 서서히 피가 맺히고 있었고, 조금 전 격돌했던 팔은 뼈에 금이라도 갔는지 퉁퉁 부어오른 채 고통을 호소해 오고 있었다.

금도학은 자신이 이런 부상을 입을 정도면 철산도 결코 무사하지 못할 거라 생각했다.

그러나 철산의 움직임은 조금도 느려지지 않았다. 아니, 오히려 조금 전보다 더욱 거세기만 했다.

그것을 증명하듯 철산의 신형이 힐끗 사라졌다.

그의 주먹이 금도학의 얼굴을 쳐갔다.

쉬이익!

철산의 주먹에서 철퇴를 휘두르는 것 같은 무시무시한 소리가 흘러나왔다.

충분히 기가 질릴 만한 상황.

그러나 금도학은 노련한 무인이었다.

한 걸음 물러서며 왼손으로 반원을 그려 철산의 주먹을 흘려 보낸다. 명가에서 닦은 무공이 어떤 것인지를 보여주듯 부드러운 경력이 철산의 주먹을 감쌌다.

철산은 주먹이 끌려가자 발로 땅을 한 번 쿵! 찍었다.

그 반동에 금도학의 화경에 얽혀 있던 주먹이 쑥 빠진다.

마치 애초부터 주먹을 거둘 생각이었다는 듯 조금도 머뭇거림이 없는 움직임이었다.

그와 동시에 철산의 신형이 아른거리며 사라졌다.

"허엇!"

금도학의 입에서 다시 한 번 경악성이 터져 나왔다.

위기감을 느낀 금도학은 다급히 신형을 뒤로 물렸다.

부와앙!

간발의 차이였다. 철산의 주먹이 얼굴 부위를 아슬아슬하게 스치고 지나간 것이다.

따끔한 느낌에 금도학은 자기도 모르게 뺨에 손을 가져갔다. 손바닥에 점점이 묻어난 액체.

'피?'

단순히 스친 것에 불과했는데 살이 찢어져 나갔다.

금도학의 얼굴이 분노로 물들었다.

팔이 찢어진 것은 그리 개의치 않는다. 팔이라는 것은 옷으로 충분히 가릴 수 있는 부위니까.

그러나 얼굴에 상처가 생긴 것은 가릴 수가 없다.

표국주로서 많은 사람을 대해야 하는 금도학으로서는 참을 수 없는 상처인 것이다.

그의 눈이 살기로 번들거렸다.

아직 삼 초가 지나지도 않았지만 그런 약속쯤은 이미 머릿속에서 지워진 지 오래다.

'이미 당할 만큼 당한 망신.'

금도학의 장포가 크게 부풀어 올랐다. 제대로 공력을 끌어올린 것이다.

그런 금도학의 살기등등한 모습에도 철산은 조금도 망설이지 않고 땅을 박찼다.

쐐애애액!

예의 바람 소리가 울려 퍼졌다. 단번에 거리를 좁혀 들어갔을 때 금도학이 허공으로 뛰어올랐다.

철산이 사각으로 파고들고 있다는 것을 알고 그의 위치를 파악하기 위해서인 듯했다.

과연 금도학의 얼굴에 득의한 표정이 떠올랐다.

"애송이."

지금껏 당한 것에 대한 분노를 쏟아 붓듯 금도학이 전력을 다해 일권을 뻗어왔다. 거센 권풍이 철산의 전후좌우 움직임을 모두 봉쇄시키며 뻗어온다.

허초와 실초를 구분할 수 없는 권영이 무섭게 떨어져 내리는 데도 철산은 아무런 반응도 하지 않았다.

'쓰러져라.'

금도학이 승리감에 젖어드려는 순간, 철산이 고개를 번쩍 들어올렸다.

그의 번득이는 시선과 마주치자 금도학의 눈빛이 크게 흔들렸다.

'네놈이 피할 곳은 없다.'

불안한 마음을 애써 다잡으려 할 때, 철산이 위를 바라보는 자세로 주먹을 땅에 닿을 듯 끌어내린다.

'설마?'

무게를 실어 떨어져 내리는 기세에 공력까지 실었다. 내공이 강한 고수라 할지라도 감당하기 어려운 힘이다.

그것을 내공 한 줌 없는 철산이 받아낼 수 있을 리 없었다.

피하려 발버둥 치다가 결국 일권을 맞고 피를 토해야 정상이었다.

그럼에도 철산은 주먹을 쳐올렸다. 땅에서부터 끌어올려 종내에는 몸이 활짝 들어올려질 정도로 크게 휘둘러진 주먹이다.

부우웅!

반월 형태로 휘둘러진 주먹에 바람 소리가 크게 울렸다.

허공에서 내려치는 금도학과 땅에서 올려치는 철산.

두 사람의 주먹이 부딪치자 앞서 첫 번째로 부딪쳤던 것과는 비교할 수도 없는 굉음이 터졌다.

꽈앙!

뒤이어 금도학이 허공을 날아 몸을 가볍게 뒤집어 땅에 내려선다. 착지음조차 나지 않는 가벼운 몸놀림이다.

반면에 철산은 발목까지 땅에 박힌 채 몸을 구부리고 있었다. 철산의 입에서 마른기침이 터져 나왔다.

"쿨럭!"

뱉은 침 속에 피가 섞여 나온다.

몸을 일으키기도 힘들어 보이는 철산과 꼿꼿이 선 채로 뒷짐을 지고 있는 금도학의 모습. 이처럼 승자와 패자를 확실히 가릴 수 있는 장면도 없으리라.

누가 보아도 금도학의 승리. 더 이상의 싸움은 무의미해 보일 뿐이었다.

그러나 철산은 웃었다. 자신의 패배 따위는 생각지도 않는다는 듯 천천히 몸을 일으키며 말했다.

"오 년 동안 산속에서 뼈가 닳도록 연마해서 얻은 주먹이지."

그 순간 금도학의 이마 위로 굵은 땀방울이 흘러내렸다.

태연하던 얼굴이 돌처럼 딱딱하게 굳어갔고, 등 뒤로 가려진 손이 부들부들 떨려왔다.

주먹은 찢어져서 피가 뚝뚝 떨어지고 팔은 눈에 띄게 부어올라 있었다.

'부러진 건가?'

믿을 수가 없었다. 부딪치는 순간 마치 자신이 아래에서 짓눌리는 듯한 기분이 들었다. 거암이 떨어지는 듯한 거력. 저게 불과 오 년 전에 자신의 일 권을 제대로 받아내지 못하던 무지렁이란 말인가?

'불가능하다.'

명가에서 체계적으로 수련을 한다 할지라도 오 년이라는 세월 동안 할 수 있는 것에는 한계가 있다. 더욱이 뼈가 굳고 근육이 자리를 잡은 나이라면 더 말할 것도 없다.

'정말 뼈를 깎는 고행으로 이런 힘을 얻었단 말인가?'

납득할 수 없는 상황에 처하자 머릿속이 굳어가는 기분이다.

금도학의 복잡한 머릿속을 정리해 주듯 철산이 움직였다.

언제 피를 토했냐는 듯 거침없는 몸놀림이다.

정확히 사각을 파고드는 동작이 흠잡을 수 없이 깔끔했다.

'왼쪽인가?'

방향은 읽었으나 금도학은 이미 피할 만한 여력이 없었다.

어쩔 수 없이 성한 팔로 받아칠 수밖에 없었다.

쾅!

이전보다 조금 낮은 소리가 터졌다.

비틀.

금도학은 팔을 늘어뜨리며 물러났다.

철산 역시 큰 충격을 받은 듯 주춤했으나 이내 금도학을 바짝 따라붙는다.

철산은 입가를 타고 피가 줄줄 흘러내리고 있음을 느꼈다. 속이 뒤집힐 것 같았고 입만 열면 내장이 쏟아질 듯했다.

그러나 상관없었다.

지난 오 년 동안 이런 것과 비교할 수조차 없는 고통을 수없이 겪어보았다. 그런 고통 속에서도 결코 굴하지 않았던 철산이다.

이 정도에 정신이 흐트러질 리 없었다.

철산이 지척에 바싹 따라붙자 금도학은 허우적거리며 발을 차올렸다.

파파팟!

팔을 쓰지 못함에도 그의 발은 정확히 철산의 몸을 노렸다.

상중하, 세 곳을 차례로 노려 차오던 발에 철산의 주먹이 부딪친다.

우득!

"크흑!"

금도학이 절룩거리며 물러났으나 철산은 떨어지지 않았다. 쉬지 않고 쳐오는 주먹에 금도학의 몸이 사오 장이나 밀려났다.

털썩!

정신없이 뒷걸음치다 돌부리에 걸려 넘어진 금도학의 얼굴에 절망스러운 기색이 떠올랐다.

그의 위로 검은 그림자가 덮쳐 왔다.

"우 노대의 빚을 갚겠다."

크게 젖힌 철산의 어깨 너머로 만월이 보인다. 들어올린 주먹이 달빛을 머금어 눈부신 광채를 뿜어냈다.

그의 주먹이 떨어져 내리는 것을 보며 금도학은 마치 달이 통째로 떨어지는 것 같다 느꼈다.

쿵!

땅이 크게 흔들렸다. 굉음이 터지고 흙덩이가 따갑게 튀어 오른다. 흙먼지가 귓가에 들어갔으나 그런 것은 느낄 수도 없었다.

'내가… 저런 자에게 지다니…….'

패배감.

도저히 받아들일 수 없을 것만 같던 단어가 다가온다.

일평생 누구에게도 패하지 않았다 여기고 있던 자부심이 일시에 깨어져 나갔다.

평생 처음으로 남의 손에 맞아 땅에 몸을 눕혔다.

금도학의 노안이 붉게 충혈되었다.

쓰디쓴 패배. 처음으로 겪는 좌절감이란 견디기 힘든 것이었다.

쓰윽.

머리에서 한 치 옆. 땅에 박혀 있던 주먹이 거두어진다.

시야를 어둡게 하던 그림자가 걷히자 떨어져 내린다고 여겼던 달이 멀쩡히 하늘에 걸린 채 푸르스름한 빛을 내비치고 있는 것이 보였다.

*　　　*　　　*

충격의 여파가 금룡표국 전체를 휘감았다. 아무도 말을 할 수 없었고, 움직일 수도 없었다.

'국주가 패하다니…….'

누구도 상상할 수 없었던 일이다. 그러나 눈앞에서 벌어지고 있는 현실이기도 했다.

표두 한 명이 그 믿을 수 없는 광경을 지우기 위해 달려들었다.

"국주님에게서 떨어져라!"

섬뜩한 귀두도를 휘두르며 달려드는 기세가 사납기 그지없었다.

피를 게워내던 철산의 몸이 튀어나갔다.

사악.

오늘 여러 차례 선보였던 벽파가 귀두도를 든 사내를 스쳐 갔다.

퍽!

짧은 타격음과 함께 사내는 달려들던 때보다 더욱 빠른 기세로 날려졌다.

털썩.

한차례 몸을 일으키려다 그대로 기절해 버리는 사내의 모습에 표국인들의 얼굴에 현실 감각이 돌아왔다.

"이놈, 감히……!"

"쳐 죽이자!"

"국주님을 구해라!"

여기저기서 외치는 소리가 시끄럽게 울려 퍼진다. 수백 명에 둘러싸인 철산의 얼굴에 투지가 솟아올랐다.

속이 뒤집히고 내장이 끊어져도 상관없다. 투지가 꺼지지 않고 체력이 남아 있는 한 끝까지 싸울 것이다.

표사, 표두들이 철산을 향해 달려들 때였다.

기운없는 목소리가 모든 이의 움직임을 굳게 만들었다.

"멈춰라."

힘이 실리지 않았음에도 위엄이 가득한 목소리. 사람들의 시선이 소리의 주인에게 향했다.

"국주님."

표두 몇 명이 달려가 힘겹게 몸을 일으키는 금도학을 부축하려 들었다. 그러나 금도학은 그들의 손길을 거부했다.

고통에 숨을 헐떡이던 금도학의 시선이 철산을 향했다.

"내가 졌다. 원하는 것을 말해라."

그의 말에 굳게 닫혀 있던 철산의 입이 열렸다.

"우 노대는 어디 있소?"

철산의 말에 금도학은 알 수 없는 표정을 지었다.

"아까부터 네놈이 말한 우 노대라는 것이 오 년 전 그 쟁자수를 말하는 것이라면 내가 묻고 싶군. 어째서 이곳에서 그를 찾는 것인가? 그는 분명히……."

철산의 목소리가 그의 말을 끊었다.

"당신들이 우 노대를 찾아와 행패를 부리는 것을 본 사람이 있소. 몸도 성치 않은 우 노대를 두들겨 팬 후 잡아갔다고 하더군. 그를 어디로 보냈소?"

분노를 애써 참는 철산의 말에 금도학이 영문을 몰라 입만 벙긋거리고 있을 때였다.

"우리가 행패를 부린 것은 사실이지만 그를 납치하진 않았소!"

어디선가 들려온 외침에 철산의 고개가 돌려졌다. 활활 타오르는 듯한 철산의 눈빛이 향한 곳에는 진호일이 주섬거리며 몸을 일으키고 있었다.

"그게 무슨 소리냐?"

금도학의 입에서 호통성이 터져 나왔다.

패배감에 기가 꺾였다고는 하나 일평생 남을 호령하며 살아왔던 위엄은 여전하다. 국주의 노기를 접한 진호일의 얼굴에 당황한 표정이 떠올랐다.

철산의 말에 억울함을 느끼고 자신도 모르게 소리를 질렀었다. 금도학의 호통을 듣고서야 자신이 실수하였음을 느낄 수 있었다.

"그… 그게……."

차마 말을 잇지 못하고 얼버무리는 진호일의 앞으로 거센 바람이 불어닥쳤다.

"컥!"

눈앞에 희끗한 인영이 어른거린다 싶은 순간, 외마디 비명과 함께 그의 몸이 땅에서 한 자나 떠올랐다. 진호일은 숨통이 턱하니 막혀오는 것을 느끼고 발버둥 쳤다.

머릿속이 하얗게 탈색되는 느낌이 들었을 때 목을 조여오던 힘이 조금 풀렸다. 그리고 활활 타오르는 눈빛이 바싹 다가왔다.

"똑똑히 말해라."

나직한 말에 진호일은 목이 부러져라 고개를 끄덕였다. 다른 생각 같은 것을 할 여유가 없었다.

그제야 그의 목을 잡고 있던 손이 풀렸다.

털썩.

진호일은 캑캑거리며 한동안 일어나지 못했다. 극히 짧은 순간이었으나 그는 자신이 죽음을 목전에 두었다 생각했다. 목을 조여오던 무쇠 같은 손의 감촉이 아직까지 느껴진다.

철산이 일수에 진호일을 제압하는 모습에 금도학은 감탄을 금치 못했다.

단 한 동작에 거리를 좁히고 다가가 한 손으로 목을 잡고 들어올린다. 한 손으로 사람을 들어올린 괴력도 놀랍지만, 그보다 거리를 좁히고 들어간 보법이 일품이었다.

상대의 사각을 노리는 보법은 수도 없이 많았고, 또한 접해 보았지만 이토록 단순하면서도 빠른 움직임은 지금껏 본 적이 없었다.

'대체 어느 문파의 수법일까?'

잠시 치밀어 오르던 궁금증은 곧이어 들려온 진호일의 말에 의해 씻은 듯이 지워졌다.

"사실 우리도 별로 내키진 않았었소. 우변광, 아니, 우 노형하고는 몇 년 동안 얼굴을 마주쳤던 사이이오. 일도 다 끝났는데 다시 찾아가 뒤끝을 만드는 것은 우리로서도 괴로운 일이었단 말이오. 그런데 금 공자가 한사코 분을 풀어야겠다면서 강하게 몰아세우는 바람에 할 수 없이……."

금도학은 일순 머리가 어지러웠다.

"국주님!"

비틀거리는 그를 포두들이 부축한다.

심상치 않은 분위기에 진호일은 급히 말을 이었다.

"우 노형의 부상이 다 낫기도 전이라서 금 공자도 제대로 손을 쓰진 못했소. 그냥 위협만 가하려고 했는데 우 노형이 워낙 강건히 버티는 바람에 욱해서 몇 번 손을 쓴 것뿐이오. 그 후의 일은 나도 잘 모르오. 그때 그곳을 나온 직후에 금 공자는 갑자기 안색이 변해서 누구를 만나러 간다며 우리보고 먼저 가라 했거든. 아마 별일은 없을 것이오. 우 노형이 워낙 강골이니 아마 금방 일어날 수 있었을⋯⋯."

퍼억!

"크헉!"

눈치를 살피며 말을 얼버무리려던 진호일의 입에 철산의 주먹이 꽂혔다.

입을 부여잡고 땅바닥을 뒹구는 진호일의 귀에 철산의 말이 들려온다.

"당신은 워낙 강골이라 아마 금방 일어날 수 있을 거야. 그리고 한 가지. 우 노대를 형이라 부르지 말라고. 그는 사나이라 당신 같은 아우는 두지 않거든."

진호일은 고통에 아무 말도 하지 못하고 그저 고개만 주억거릴 뿐이었다.

철산의 시선이 다시 금도학에게로 향했다. 할 말 있으면 해보라는 듯한 표정이다. 그의 눈빛에 금도학은 아무 말도 할 수가 없었다.

진호일의 입에서 나온 내용은 백 번 지탄받아 마땅했다.

사실 오 년 전 무공에 문외한인 두 사람을 다치게 만든 일만 해도 밖에 알려지면 안 될 치부다. 그러니 부상당한 사람을 다시 찾아가 행패를 부렸다는 것은 말할 필요도 없었다.

'이 일이 알려진다면……'

생각하기조차 싫었다. 무림에서 쌓아올린 명성이 한순간에 무너져 내릴 것이다. 그런 일만은 어떻게든 막아야 했다. 그는 싸움에서의 패배는 용납이 될지언정 인생에서만큼은 패배자가 되고 싶지는 않았다.

"이, 이보게, 보상을 해주겠네. 돈은 얼마든지 줄 테니 원하는 걸 말해보게."

금도학의 얼굴에는 절실함이 드러나 있었다. 그의 부탁에 철산은 단호하게 말했다.

"우 노대 앞에서 정중히 사과하시오."

한 치도 망설임없는 철산의 대답에 금도학은 얼굴에 어색한 웃음을 지었다.

'쟁자수 출신의 파락호 따위에게 고개를 숙여야 된다는 말인가?'

그러나 속마음을 드러낼 수는 없었다. 그는 이미 패배를 인정했고, 따라서 칼자루를 쥔 것은 철산이었다. 표국 문을 닫으라든지, 팔을 하나 자르라는 등의 무리한 요구를 하지 않은 것만 해도 다행이었다.

"아, 알았네. 내 그에게 직접 사과하도록 하지."

더듬더듬 내뱉는 말에 철산은 하늘을 쳐다보았다. 어디선가 우삼광이 그를 내려다보며 크게 웃고 있을 것만 같았다.

제9장

노마두를 물리치다

노마두를 물리치다

철산은 아무런 제지도 받지 않고 금룡표국을 나올 수 있었다.

그를 둘러싼 자들 중 누구도 앞을 막아서는 이가 없었다. 설령 금도학의 명이 없었다 한들 쉽사리 나설 이는 없었을 것이다.

수백 명이 지키고 있는 곳에 단신으로 뛰어들어 표국 최고수인 금도학을 무릎 꿇린 사내. 감히 그의 앞을 막을 수 있을 만한 담력을 가진 자는 없었다.

철산의 걸음이 멈춘 것은 표국을 벗어난 지 채 반 각도 되지 않았을 때였다. 끔찍한 비명성이 바람에 섞여 들려왔다.

"음?"

철산은 급히 몸을 돌렸다. 조금 전 걸어왔던 길에서부터 기이한 냄새가 풍겨온다. 약간 비릿하면서도 묘하게 속을 울렁거리게 만드는 냄새. 산속에서 사냥을 하며 지냈던 철산에게는 익숙한 것이었다.

'피?'

냄새의 정체를 알았을 때 철산은 발길을 돌렸다.

"으아아악!"

멀리서 들려오는 처절한 비명 소리 때문이었다.

철산의 걸음이 빨라졌다. 조금 전까지만 해도 멀쩡하던 표국에 어째서 피바람이 부는 것일까?

'무슨 일이지?'

표국에 도착한 철산의 표정이 찡그려졌다. 표국의 대문에서부터 널브려져 있는 몇 명의 표사들. 그들의 몸은 온통 빨갛게 물이 들어 있었다.

졸졸졸.

땅에 스며들다 남은 핏물이 줄기를 이루어 흘러내렸다.

그들의 상태를 굳이 확인할 필요는 없었다. 머리가 떨어져 나간 자가 다시 일어날 수는 없으니까.

'잔인하군.'

철산은 흉수의 악독함에 눈살을 찌푸렸다.

하나 시체를 붙잡고 앉아 있을 수만은 없었다. 목이 잘렸다면 비명조차 지르지 못했을 터. 조금 전 비명이 들려왔던 것은 필시 표국 안에서였을 것이다.

철산은 지체없이 표국 안으로 뛰어들었다. 대문 안쪽에서는 어지러운 혈전이 벌어지고 있었다.

조금 전까지 그와 대치했던 표국의 무인들과 뒤엉켜 있는 자들은 흑의인들이었다.

그들은 표국의 무인들보다 수는 적었으나 실력이 월등하여 표사들을 몰아세우고 있었다.

게다가 손속까지 잔인하여 상대의 목숨을 반드시 끊어놓았으니, 표국의 무인들은 기가 질려 제대로 실력을 발휘하지도 못하고 밀리기만 할 뿐이었다.

철산이 나타났을 때는 표국 측 사람들은 이미 전의를 상실한 듯 제각기 몸을 보호하기만 급급할 뿐 적을 공격하려는 자는 아무도 없었다.

"으아악!"

한 명의 표사가 흑의인의 칼에 난도질당하며 비명을 질렀다. 그는 쓰러지면서 철산을 발견했는지 팔로 몸을 끌며 다가왔다. 땅에 그가 남긴 핏자국이 선을 그리며 이어진다. 철산의 발치까지 기어온 표사는 힘겹게 손을 들어올리며 입을 벙긋거렸다.

"대, 대협… 살… 려…….."

철산이 그의 손을 잡아주려 몸을 숙일 때였다.

푸욱!

한 자루 칼이 표사의 등에 꽂혔다.

촤악!

몸을 숙이고 있던 철산의 얼굴에 피가 튀어 올랐다. 표사는 고통에 눈이 찢어져라 치켜뜨더니 이내 힘없이 고개를 떨구었다.

"씨벌 놈, 그냥 곱게 죽지 왜 귀찮게 만들어!"

거친 욕설과 함께 칼자루를 뽑는 것은 표사를 몰아세우던 흑의인이었다.

그는 눈앞의 철산에게는 관심도 없다는 듯 죽은 표사의 등을 연신 칼로 내리찍었다.

퍽퍽!

칼에 꽂힐 때마다 죽은 자의 시체가 움찔거리며 피가 튀어 오른다.

"히히, 이렇게 다져 놓으니까 꼭 돼지고기 같은걸?"

자신이 만들어놓은 작품을 감상하듯 흑의인은 즐거워했다.

철산은 얼굴을 만져 보았다. 아직 뜨거운 기운이 채 가시지도 않은 피가 느껴졌다. 자신과 똑같은 사람의 몸에 흐르던 피. 산속에서 그는 생존 때문에 동물을 죽일 때도 갈등을 했다. 그런데 이자들은 무엇인가?

마치 재미로 사람을 죽이는 것 같았다. 세상 모르는 어린아이가 약한 동물을 괴롭히며 즐거워하듯 그렇게 자기보다 약한 자를 죽이고 괴롭히면서 웃고 있는 것이다.

철산은 화가 났다. 전후 사정 따윈 알 바 아니다. 지금 그는 눈앞에서 벌어지고 있는 작태에 화가 났다. 가슴이 뜨거워졌다.

이자들에게 그들이 하고 있는 행동이 잘못되었다는 것을 알려줄 것이다.

그때 조금 전의 흑의인이 말을 걸었다.

"이봐, 너도 여기 표사냐?"

철산은 아무 말 없이 그를 쳐다보았다.

"하긴, 그런 건 상관없지. 어차피 우리를 본 놈들은 다 죽여… 헉!"

말을 하던 흑의인이 헛바람을 삼킨다. 느닷없이 나타난 주먹 때문이다. 미처 피할 사이도 없었다.

퍽!

눈앞이 번쩍한다고 느꼈을 때는 이미 몸이 공중으로 떠오르고 있었다.

흑의인은 일 장여를 날아 땅에 처박히고도 그 여력이 사라지지 않아 몇 차례나 튕겨 오르고서야 몸이 고정되었다.

털썩.

축 늘어진 흑의인의 아랫도리가 축축이 젖어들었다. 모든 이의 움직임이 멈추었다. 표국의 무인들을 가지고 놀 듯이 하고 있던 흑의인들의 얼굴에 당혹스러움이 떠올랐다.

"덤벼."

철산의 말에 살육을 자행하던 자들이 손을 멈추고 그를 둘러쌌다.

다른 이들과 달리 붉은색 장포를 걸친 노인의 눈에 이채가 떠올랐다.

"호오, 거센 놈이 하나 있었군. 표두인가?"

그의 물음에 금도학은 몸을 꿈틀거리며 인상을 썼다.

"혁련광, 나는 당신과 아무런 은원이 없거늘 어째서 이런 짓을 벌이는 것이오?"

적의노인은 피식 웃으며 용두괴장을 슬쩍 짓눌렀다.

우득!

"크윽!"

지팡이 끝에 짓눌려 있던 금도학이 피를 토하며 뒹굴었다. 그 모습을 재미있다는 듯이 지켜보던 혁련광이 용두괴장을 거두며 말했다.

"은원이야 지금부터 만들면 되는 게지. 자네는 내가 누군지 알면서도 그런 어리석은 질문을 하는 건가?"

금도학은 그제야 혁련광의 별호를 떠올렸다.

'적살마괴……'

십오 년 전, 한 자루 곤봉으로 무림을 휩쓸던 마인이 바로 그였다.

그의 곤봉에 맞아죽은 사람에는 무공을 모르는 일반인부터 무림에 명성을 날리던 고수까지 다양했다.

그저 자신의 힘을 과시할 수 있다는 것이 즐거운지 그의 살육에는 이유가 없었다. 그저 재수없이 눈에 띄면 그냥 죽이는 것이다. 단지 생김새가 마음에 들지 않는다며 사람을 피떡으로 만들었고, 걸음걸이가 보기 싫다는 이유로 팔다리를 짓뭉갰다.

보다 못한 무림의 고수들이 그를 처단하려 뜻을 모았을 때 그는 흔적도 없이 사라졌다. 그의 악행을 목격한 은거고수가 손을 쓴 것이 아닐까 하는 추측만이 난무하는 가운데 그의 이름은 잊혀져 갔다.

그런데 이제 와 느닷없이 나타난 이유가 무엇이란 말인가?

'그것도 하필⋯⋯.'

금도학은 암울한 표정으로 고개를 돌렸다. 그의 시선이 향한 곳에는 철산이 흑의인들과 어울리고 있었다.

"크크크, 그런데 자네는 아직 내 질문에 대답하지 않았군. 난 무시당하는 건 싫은데 말이야."

푸욱!

우득!

용두괴장이 금도학의 팔을 짓눌렀다.

"크윽!"

금도학의 입에서 억눌린 신음 소리가 흘러나왔다. 눈이 튀어나올 정도로 고통스러웠으나 볼썽사납게 비명을 지르고 싶지는 않았다. 그러나 그런 인내는 오래 유지될 수 없었다. 반대 팔마저 짓뭉개졌을 때는 마지막 자존심 한가닥마저 모두 날아갔다.

"저, 저자는 표국 사람이 아니오. 과거의 원한을 풀기 위해 찾아온 젊은이요."

"호오!"

혁련광은 흥미롭다는 표정을 지었다. 분명 금도학의 상태는 정상이 아니었다. 그가 부상을 입지 않았더라면 이렇게 쉽게 제압할 수는 없었을 것이다.

'단신으로 쳐들어와 용풍일권을 쓰러뜨렸다?'

금도학의 명성이 그리 가볍지 않다는 것을 생각한다면 결코 흔한 일이 아니다.

'운이 좋았던가 보군.'

철산의 보잘것없는 행색에 대충 단정지어 버린 혁련광이 다시 금도학을 쳐다보았다. 그는 뭔가 생각이 떠올랐다는 듯 잔인한 웃음을 짓고 있었다.

"아참, 그러고 보니 십오 년 전에 나를 잡으려고 모인 개새끼들 중에 자네 이름도 끼어 있었지, 아마?"

금도학의 표정에 절망감이 떠올랐다. 이 노괴는 이미 알고 있었던 것이다.

"뭐, 이제 와서 옛날 일을 갚겠다는 건 아냐. 이래 봬도 목적이 있어서 온 거거든. 그러니까 그냥 며칠 전에 표물로 맡은 물건 한 가지만 내놓으면 팔다리 정도로 이해해 줄 수 있을 것 같아."

마치 친우를 대하듯 부드러운 목소리가 더할 수 없는 악몽으로 들려왔다.

혁련광이 자신의 말을 실행하겠다는 듯 금도학의 다리에 용두괴장을 올려놓았을 때였다.

쉬익!

한 가닥 거센 바람이 불어닥치자 혁련광의 몸이 이 장여나 밀려났다. 혁련광의 눈에 붉은 살의가 아른거렸다.

"어떤 놈이 감히……!"

분노를 나타내려던 혁련광의 표정이 굳어졌다. 표국의 무인들을 압도적으로 공격하던 흑의인들. 그의 수하들이 보이지 않는다.

아니, 있기는 했다. 땅에 쓰러져 신음하는 자들의 모습이 여기저기 눈에 띈다. 그러나 그가 기대한, 움직이는 자는 한 명도 없었다.

전멸. 그토록 믿고 있던 수하들이 모두 쓰러진 것이다.

놀라서 입을 다물지 못하는 혁련광의 앞으로 철산이 다가왔다. 그다지 크지 않은 체구에 봉두난발한 머리, 꾀죄죄한 옷차림까지 처음 봤던 모습 그대로였으나 전혀 다른 느낌으로 전해져 왔다.

"이제 당신 차례야."

철산의 나직한 한마디가 혁련광의 귓전을 송곳처럼 파고
들었다.

"건방진 놈."

쿵!

혁련광의 용두괴장이 땅을 내리찍자 땅에 움푹 구덩이가
파였다. 그의 눈에 짙은 살기와 함께 귀광이 번득였다.

철산은 그의 눈을 정면으로 마주 보았다. 철판이라도 뚫을
듯한 안광을 마주하면서도 철산은 조금도 흔들리지 않았다.

'대호의 눈은 저것보다 더 두려웠다.'

분명히 한낱 산짐승과 비교될 만한 인물은 아니다. 하지만
산속에서 호랑이와 부딪쳤을 때와 같은 절망감은 느껴지지
않는다. 가슴을 뜨겁게 만드는 투쟁심만이 들끓을 뿐이다.

근육이 팽팽히 긴장되어 아우성치고 주먹이 불끈 쥐어졌
다. 금도학과 같은 자에게선 느낄 수 없었던 거친 투기가 철
산의 본능을 자극해 왔다.

꿈틀.

근육이 역동적으로 움직이며 힘줄이 치솟았다.

탓!

땅을 박차자 철산의 그림자가 죽 길어졌다. 상체가 땅에 닿
을 듯이 낮게 숙여진 채 혁련광의 우측 사각으로 파고들었다.

마치 제비가 물을 차고 지나가듯 더할 나위 없이 쾌속한 움직임이었다.

금도학을 몇 차례나 감탄시켰던 동작에 혁련광의 얼굴에도 놀라움이 스쳐 지나간다. 그러나 그도 잠시, 혁련광의 손이 슬쩍 들어올려지자 용두괴장의 끝이 철산의 턱을 쳐올려왔다.

부웅!

무시무시한 파공성에 철산은 급히 상체를 뒤로 젖혔다. 강풍이 스쳐 지나가자 콧잔등이 얼얼해져 왔다.

'기회!'

혁련광은 아직 용두괴장을 거두지 못한 상태. 철산은 통증을 느낄 사이도 없이 주먹을 후려쳤다.

휘익!

철산의 주먹이 번개같이 날아들자 혁련광의 손바닥이 가로막는다.

펑!

주먹이 장영에 가로막히자 폭음이 터졌다. 그와 동시에 용두괴장이 철산의 머리로 떨어져 내렸다. 닿기도 전에 머리카락이 휘날릴 정도로 매서운 기세. 철산은 혁련광의 장력에 밀리는 힘을 이용해 훌쩍 뛰어올랐다.

쾅!

애꿎은 땅이 파헤쳐지며 커다란 구덩이가 생겨났다. 단지

지팡이에 불과한 몽둥이가 떨어진 것치고는 엄청난 결과였다.

그러나 철산은 다시 혁련광을 향해 파고든다. 언제 물러섰냐는 듯 조금도 망설임없는 움직임이다.

쉬익!

소름 돋는 파공음이 들리며 용두괴장이 달려나가는 철산의 목을 찔러온다.

혁련광의 사각으로 뛰어들려는 철산의 상체가 급하게 기울어졌다. 비틀린 철산의 목 옆으로 괴장이 스치고 지나갔다.

핏!

목의 피부가 찢어지며 철산은 갑작스럽게 몸을 기울이느라 중심을 잃고 넘어졌다.

탓!

튕기듯 일어난 철산이 다시 벽파를 펼쳤다. 이번에도 역시 혁련광은 철산의 모습이 사라지기 전에 목을 찔러왔고, 철산은 그것을 피해 물러나든지 땅을 뒹굴어야 했다.

그런 수순이 몇 차례 반복되자 혁련광의 얼굴에 지루함이 떠올랐다.

처음엔 부하들을 쓰러뜨린 실력에 흥미가 동했었다. 그러나 철산이 단순한 수법만을 고집하자 짜증이 일어난 것이다.

"애송이, 그런 식으로는 내게 손끝 하나 못 댈 것이다."

혁련광의 비웃음에도 철산은 다시금 벽파를 펼쳤다. 상대에게 통하지 않는다는 사실을 모르는 것은 아니다.

혁련광은 그가 파고드는 순간을 정확히 읽고 있었다. 한 자루 몽둥이로 철산의 움직임을 완전히 제어하고 있는 것이다.

그럼에도 철산은 똑같은 방법을 택했다. 마치 언젠가는 용두괴장의 수비를 뚫고 안으로 들어갈 수 있다는 듯이.

바뀌지 않는 철산의 행동에 혁련광은 눈살을 찌푸렸다. 실전에서 한 번 통하지 않으면 그걸로 끝이다. 두 번, 세 번은 의미가 없는 것이다.

'내가 실수라도 하기를 바라는 것인가?'

그러나 그와 같은 노련한 고수에게 실수를 기대하는 것은 어리석은 짓이다.

혁련광은 더 이상 철산과 어울린다는 것이 무의미하다 느껴졌다.

"이제 그만 죽어라."

쒜액!

용두괴장이 지금까지와는 다른 기세로 날아들었다. 마치 창과 같이 날카롭고 정확했다. 철산은 급히 몸을 피하려 했으나 찔러오던 괴장의 끝이 휘어지며 옆으로 후려쳐 왔다. 피할 수 없는 공격에 철산은 왼쪽 팔로 머리를 감쌌다.

퍼억!

어깨에 강렬한 충격이 느껴져 왔다. 혁련광이 살소를 흘릴 때 철산의 오른손이 어깨를 치고 지나가는 용두괴장을 낚아

챘다. 그의 빠른 대응에 혁련광은 일순 당황한 듯했으나 이내 손목을 비틀었다. 그러자 괴장이 거세게 회전하며 철산의 손을 튕겨낸다.

혁련광이 풀려난 용두괴장을 거두어들일 때 철산이 벽파를 펼쳐 혁련광에게로 파고들었다.

그의 접근에 혁련광은 손에 들고 있던 용 머리 조각으로 내려쳐 왔다.

내공이 담겨 위협적인 공격이었으나 철산은 물러나지 않고 그대로 주먹을 뻗었다. 힘들게 접근한 순간이다. 놓칠 수는 없었다.

쾅!

쇠로 만든 용 머리가 크게 일그러지는 동시에 혁련광의 일장이 철산의 어깨를 후려쳤다.

퍽!

철산의 상체가 크게 휘청거렸다. 비틀거리는 그의 목으로 괴장이 찔러온다. 철산은 땅을 뒹굴어 괴장을 흘려보내며 혁련광에게 접근해 갔다.

철산이 순식간에 지척으로 굴러오자 혁련광은 발을 차올렸다. 그의 발이 철산의 복부에 틀어박히려는 순간, 철산의 팔꿈치가 혁련광의 발등을 찍었다.

혁련광의 몸이 일순 기우뚱한다. 그 틈을 놓치지 않고 철산은 벌떡 일어나며 주먹을 올려쳤다.

"헛!"

혁련광의 입에서 처음으로 당혹성이 흘러나왔다. 사정이 급했던지 허겁지겁 용두괴장을 끌어당겨 간신히 철산의 주먹을 가로막자 몸이 주르륵 밀려났다.

'이런 실수를……'

혁련광은 눈에 띄게 찌그러진 괴장의 모습에 등골이 서늘해졌다.

"이놈!"

큰 낭패를 겪을 뻔했다 여겨지자 노기가 치솟는다.

지금껏 방어만 하던 혁련광이 노성을 토하며 달려들었다. 쏜살같이 날아들어 단번에 괴장을 후려쳐 오자 철산의 전신이 지팡이 그림자에 뒤덮였다.

어디 한군데 피할 만한 곳 없이 가득 찬 공세에도 철산은 또다시 앞으로 뛰어들었다.

퍼퍼퍽!

벽파를 제대로 펼치기도 전에 작렬하는 괴장. 철산의 몸이 주르륵 밀려났다.

꽉 다문 입 사이로 검은 피가 흘러내렸다. 심한 충격을 받았음이 분명한 데도 철산은 묵묵히 혁련광에게 다가갔다.

"바위 같은 놈이군."

혁련광의 얼굴에 감탄이 떠올랐다. 많은 싸움을 겪어봤지만 이처럼 우직한 자는 처음이었다. 그의 근성에 분노조차 사그라지는 기분이다.

'이런 놈이 무공까지 강했다면…….'

상상하기조차 끔찍했다.

'이런 놈은 감당할 수 있을 때 싹을 잘라주어야겠지.'

혁련광은 처음으로 상대를 죽이는 게 아깝다는 생각이 들었다. 그러나 어쩔 수 없었다. 괜히 어설프게 손을 썼다가는 후환이 남게 된다. 그가 아무리 대담하다고는 하나 저런 독종을 남겨놓고 잠자리가 편할 리 없었다.

아쉬움은 짧고 결단은 순간이다. 혁련광은 공력을 끌어올렸다. 한순간이나마 감탄을 느끼게 해준 상대에 대한 예우였다.

그런 혁련광의 살기는 조금도 신경 쓰이지 않는지 철산은 벽파를 펼쳤다. 그의 우둔함에 금도학이 보다 못해 소리쳤다.

"그건 통하지 않아! 다른 보법을 펼치게!"

그러나 철산은 걸음을 멈추지 않았다. 그에게 다른 무공이라는 것이 있을 리가 없고, 또한 있다 할지라도 벽파를 거두지 않았을 것이다.

수만 번, 아니, 수십만 번 반복하고 또 반복하여 익힌 동작이다. 몸을 혹사시켜 가며 익혔기에 가장 자신있고 익숙한 것이 벽파였다. 산속에서의 오 년을 입증해 주는 한 걸음.

통하지 않는다 하여 쓰지 않을 수 없다.

철산의 고집에 금도학은 답답하다는 듯 다시 외쳤다.

"그걸 계속할 거라면 차라리 조금의 변화라도 만들어보게! 그대로는 당할 뿐이야!"

명가에서 무공을 수련한 금도학이 변화가 쉽게 만들어질 리 없다는 것을 모르진 않을 터. 아마도 답답하여 입에 나오는 대로 외친 말이었을 것이다.

그러나 그 순간 철산의 머릿속이 하얗게 비었다.

'변화?'

거침없던 그의 발이 우뚝 멈춰 섰다. 마치 뇌전이 지나치듯 머릿속에 떠오르는 것이 있었다.

철산이 움직임을 멈추자 혁련광은 최후를 선사하겠다는 듯 용두괴장을 무서운 기세로 휘둘렀다.

번쩍.

철산의 눈이 번득였다.

멈추었던 그의 발이 내디뎌졌다. 왼발을 작게 내딛고 연달아 오른발을 내딛는다. 철산의 몸이 좌우로 크게 움직였다. 잔상이 남겨질 정도로 빠른 몸놀림이었다.

몸의 움직임에 따라 철산의 머리도 좌우로 흔들린다. 그의 목을 노리고 날아들던 괴장이 헛되이 허공을 찌르고 지나갔다. 그사이에도 철산은 멈추지 않고 혁련광에게 접근해 갔다.

"헉!"

혁련광의 입에서 경악성이 터져 나왔다. 정확히 노리고 찌른 괴장이 연속으로 빗나갔다. 철산이 접근해 오고 있기 때문만은 아니다.

신출귀몰. 철산의 움직임을 도저히 읽을 수가 없었다. 왼쪽에서 기척을 느끼고 후려치면 어느새 오른쪽에서 나타난다. 당황하여 오른쪽을 공격하면 다시 왼쪽에서 나타나고 있었다.

"이, 이놈이!"

혁련광은 당혹스러움을 감출 수가 없었다. 마치 귀신에게 홀리기라도 한 듯 정신이 없었다. 온몸의 털이 곤두서고 등줄기에는 땀이 맺혔다.

'두려움? 내가 겁을 낸다고?'

인정할 수 없는 감정이 오기를 불러일으켰다.

"죽어라!"

고함을 지르며 두 손을 거세게 회전시키자 괴장이 사방을 찢어발긴다. 혁련광이 물샐틈없는 공세로 철산의 움직임을 제약할 때였다. 우측 어깨 너머로 검은 그림자가 보인다.

"헛!"

혁련광은 허겁지겁 몸을 돌렸다. 그러자 바짝 웅크리고 있던 철산의 몸이 보였다. 그리고 강하게 파고드는 그의 주먹도.

혁련광은 급히 괴장으로 가슴을 가로막았다.

꽝!

꽝음과 함께 혁련광의 몸이 일 장여나 밀려났다.

"크윽!"

혁련광이 신음을 토할 때 철산의 몸이 다시 흐릿해졌다. 그의 신형이 한줄기 선을 그린다. 좌우로 거세게 흔들리는 삐뚤빼뚤한 선이다.

혁련광이 그것을 막기 위해 괴장을 정신없이 휘둘렀다.

부웅!

전력을 다해 괴장을 뻗어도 철산의 머리는 이미 반대쪽으로 움직이고 있었다. 속도를 빨리 해도 마찬가지다. 철산은 마치 귀신이 된 것처럼 불쑥불쑥 나타났다.

접근하는 자와 그것을 막으려는 자. 아까는 철산이 온몸이 피투성이가 되어도 성공할 수가 없었다. 그러나 지금은 반대 상황이다. 이제는 혁련광이 철산의 접근을 막지 못하고 있는 것이다.

휘잉!

채 한 호흡을 내쉬기도 전에 혁련광은 열다섯 번을 공격했고, 그 횟수만큼의 절망감을 느껴야 했다. 그가 다시 한 번 괴장을 휘둘러 철산의 접근을 막으려는 찰나,

흐릿하게나마 모습을 드러내던 철산이 그의 시야에서 완전히 사라졌다.

'어디?'

필사적으로 철산의 위치를 파악하려던 혁련광은 본능적으

로 몸을 돌리며 괴장을 들어올렸다.

괴장 위로 떨어져 내리는 주먹.

'잡았다!'

혁련광은 철산의 위치를 파악하자 쾌재를 불렀다. 이번 공격만 버텨내면 기회가 올 것이다. 무서운 것이라고는 그 알 수 없는 보법 하나뿐. 아까처럼 주먹에 몸만 밀려나지 않는다면 충분히 반격을 가할 수 있고, 일단 손을 쓸 수만 있다면 전세를 만회할 수 있다.

혁련광은 짧은 순간 머릿속으로 스쳐 지나가는 생각을 정리하며 천근추를 펼쳤다. 혁련광의 발이 땅을 깊이 파고듦과 동시에 철산의 주먹이 부딪쳐 왔다.

꽝! 우직!

괴장이 단번에 부러져 나가고 혁련광의 몸이 허공으로 떠올랐다. 천근추의 수법이 대번에 깨져 나갔다.

"으악!"

처절한 비명이 뒤를 이었다.

털썩!

땅에 떨어진 혁련광이 몸을 부르르 떨었다.

"크윽!"

혁련광은 움푹 들어간 가슴이 고통스러운지 신음을 참지 못하고 몸을 꿈틀거렸다.

조용해진 장내의 분위기에 압도당했는지 밤벌레 소리조차

사그라졌다.

금도학은 자신의 눈을 믿을 수가 없었다.

그 스스로도 철산에게 패한 바 있지만 그것은 단순히 방심한 탓이라 여기고 있었다. 다시 겨룬다면 충분히 이길 거라 생각하고 있었다.

그렇기에 철산이 다시 나타날 때만 해도 그가 표국을 구해줄 수 있을 거라는 기대조차 하지 않았다. 그저 이목을 집중시켜 시간을 끌어주기만을 바랐다. 일단 시간만 끌 수 있다면 소란을 듣고 관에서 사람이 나올 것이다.

혁련광이 아무리 무서울 것 없는 악한이라지만 관병들에게까지 함부로 손을 쓰지는 못할 터. 그렇게만 되면 일단 큰 위기는 넘길 수 있으리라 생각했다.

그런데 단지 시간만 끌어주면 다행이라 여겼던 철산이 눈 깜짝할 사이에 혁련광의 수하들을 모두 쓰러뜨렸다. 그것도 부족해 혁련광까지 눕혀 버렸으니 그가 놀라는 것은 당연했다.

철산은 사람들의 놀라는 시선을 묵묵히 받아내며 걸음을 옮겼다. 그가 이곳에 더 있을 이유가 없다.

비틀거리는 철산의 발길을 따라 굵은 피가 뚝뚝 떨어진다. 몸 곳곳에서 통증이 느껴졌고, 무엇보다 창자가 끊어질 듯 아팠다. 검붉은 피가 입술을 비집고 흘러나왔다. 극심한 고통에 정신이 아득해져 온다.

사박.

철산의 걸음 소리에 멈추었던 시간이 다시 흘렀다. 일순 고요하던 표국이 소란스러워졌다.

"뭣들 하는 게냐? 어서 저놈들을 포박하고 부상자들을 돌봐주어라!"

바쁘게 움직이는 소리와 고통에 찬 신음성이 요란하다. 철산은 그런 소란을 뒤로한 채 대문을 나섰다. 그가 막 다른 세상에서 벗어나려 할 때 그를 부르는 소리가 들려왔다.

"이, 이보게."

철산은 고개만 돌려 소리가 들려온 곳을 쳐다보았다. 그곳엔 금도학이 어색한 표정을 지은 채 서 있었다. 그는 뭔가 할 말이 있는 듯 연신 입을 벙긋거렸지만 쉽사리 말문을 트지 못하고 있었다.

대답을 요하는 철산의 시선에 잠시 동안 주춤거리던 금도학은 결국 한숨을 내쉬며 품속에서 작은 상자를 꺼내 철산에게 내밀었다.

"내상에 효과가 좋은 환단이네. 자네에게 필요할 것 같군."

철산은 금도학의 얼굴을 쳐다보았다. 팔에 부상을 입어 가벼운 약상자를 들고 있는 것조차 힘에 겨운 듯 이마로 굵은 땀이 흘러내린다.

그럼에도 딴에는 인심을 쓴다는 듯 약상자를 내밀고 있

었다.

철산의 시선이 부담스러웠던지 금도학은 괜한 헛기침을 하며 고개를 돌렸다.

무심한 눈길로 응시하던 철산의 입이 열렸다.

"당신 때문에 도와준 게 아니야. 단지 살인을 아무렇지도 않게 저지르는 저들이 마음에 안 들었을 뿐이야."

철산은 금도학이 내미는 약상자는 쳐다보지도 않은 채 몸을 돌렸다.

그의 행동에 금도학의 표정이 일그러졌다.

그가 내민 것은 종남파의 보물이라는 환우신단이었다. 내상을 치유하는 효력이 클 뿐만 아니라 몸에 기운을 심어주는 효능까지 있어 무림에 몇 안 되는 영약 중 하나였다.

금도학이 종남파의 유력한 고수와 친분이 깊지 않았으면 결코 얻지 못했을 보물인 것이다.

그런 호의가 무시당했으니 금도학은 크게 자존심이 상했다. 생각 같아서는 철산에게 자신의 위엄을 가르쳐 주고 싶었다.

하나 그는 결국 표국을 벗어나는 철산을 다시 불러 세울 수가 없었다.

'표국을 구해줘서 고맙네.'

그저 체면 때문에 끝내 입 밖에 꺼내지 못했던 말을 소리없이 중얼거릴 뿐이었다.

*   *   *

철산은 표국을 벗어나자 고통이 심해져 오는 것을 느꼈다. 몸이 뜨겁게 달아오르고 호흡은 점점 더 힘들어진다. 어깨가 떨어져 나갈 것 같았고, 오장육부가 칼로 난도질당한 듯 통증을 호소해 왔다.

한 걸음 한 걸음 움직일 때마다 정신이 아득해졌다.

산더미를 짊어진 듯 무거워진 발이 피에 젖어 끈적끈적한 족적을 남긴다.

"울컥!"

입에서 피가 쏟아져 나왔다. 참고 참았던 피를 쏟아내고 나자 한결 속이 편해진다. 그러나 흘린 피만큼 정신은 육체에서 더욱 멀어져 갔다.

고개를 들어올리자 휘영청 떠올라 있는 만월이 눈 시린 달빛을 내려 보낸다. 달빛에 눈이 익자 어슴푸레 보이던 길이 환하게 보였다. 그때 구름이 스리슬쩍 다가와 달을 가리자 그림자가 나타났다 사라졌다 장난을 쳐왔다.

잡아보라는 듯 약 올리며 도망치는 그림자를 쫓다 보니 이곳이 어디인지, 자신이 지금 걷고 있는 것인지 뛰고 있는 건지조차 알 수가 없었다. 그저 습관처럼 한 발 한 발 움직일 뿐이다.

"크큭."

문득 웃음이 흘러나왔다. 현실을 구분할 수 없는 몽환적인 기분에 취하자 고통조차 잊혀지는 듯했다.

얼마간의 시간이 흘렀을까.

살살 약을 올리며 도망만 치던 그림자가 마침내 멈추어 섰다. 바닥에 길게 누워 있던 몸을 일으켜 철산을 내려다보는 그림자의 얼굴이 차츰차츰 사람의 형상으로 바뀌었다.

"너 같은 놈은 결코 나를 이길 수 없을 것이다."

"자네는 근골이 굳어 몇 년이 지나도 우리의 옷자락도 건드릴 수 없을 것이야."

"이놈아, 그런다고 무림인을 이길 수 있을 것 같으냐? 우리 같은 무지렁이들한테는 불가능한 일이야."

한 명 한 명 얼굴이 바뀔 때마다 그림자가 커져 마침내는 벽을 온통 뒤덮을 정도로 거대해진다. 덩치를 앞세워 철산을 위협하던 그림자가 손을 휘둘러 왔다. 철산을 단번에 삼키려는 손짓이다.

철산은 주먹을 꽉 쥐었다.

'안 된다고?'

주먹이 어깨까지 활짝 젖혀진다.

"웃기지 말라 그래."

젖혀진 주먹이 덮쳐 오는 그림자를 정면으로 후려친다.

꽝! 와르르!

벽이 무너져 내리자 그림자가 비명을 지르며 사라진다. 그와 함께 철산의 마음속 벽도 함께 무너져 내렸다.

털썩!

철산은 무너진 벽에 기댄 채 주저앉았다. 멀어져 가는 의식 속에 누군가의 목소리가 들려온다. 언젠가 경험해 보았음직한 포근함에 철산은 결국 의식의 끈을 놓치고 말았다.

"카악! 퉤!"

걸쭉한 가래가 땅에 찰싹 달라붙는다. 자신이 뱉은 가래를 발로 슥삭 문지르던 자가 일순 눈을 크게 뜬다.

"막휘 형님, 저놈 어떻습니까?"

그의 말에 벽에 기댄 채 꾸벅거리고 있던 사내가 부스스 몸을 일으킨다. 침을 뱉은 자가 가리킨 방향을 살펴보던 막휘가 짜증스럽게 중얼거렸다.

"젠장! 장칠, 이놈아. 저건 완전 거렁뱅이잖아. 저런 놈을 털어봤자 인력 낭비밖에 더 되겠냐?"

말은 그렇게 하면서도 이미 그쪽으로 걸음을 옮기고 있는 막휘였다. 그들이 향하는 곳에는 술에 취하기라도 했는지 비틀거리면서 걸어가는 남자가 있었다.

"쯧쯧, 아주 그냥 술독에 살림을 차렸구먼. 제대로 걷지도 못하네."

혀를 차던 막휘가 취객을 불렀다.

"이봐."

그러나 취객은 막휘의 말을 못 들었는지 계속 앞으로 걷기만 할 뿐이다.

"하! 이놈이 날 무시하네? 장칠, 저놈한테 교육 좀 시켜줘라!"

막휘의 말에 장칠이 좁은 가슴을 펴며 나선다.

"이분으로 말할 것 같으면, 주먹 세계에 한 획을 그은 전설적인 영웅 이빨 빠진 도끼자루 막휘 형님이시다! 우리가 지금 돈이 필요하니 냉큼 엎드려서 가진 돈을 다 바치거라!"

허리에 손을 턱하니 올린 채 장황하게 설명하는 장칠의 모습에 막휘는 절로 한숨이 나왔다.

'저런 멍청한 놈을 데리고 이 짓거리를 해야 하다니……'

막휘는 어느 마을에서 우두머리 노릇을 하고 있다는 친척을 떠올렸다.

'조만간 일을 때려치우고 사촌 형한테나 가봐야겠어.'

그가 한심스러운 눈초리로 쳐다보고 있는 사이에도 장칠은 여전히 소리만 지르고 있었다. 막휘는 참을 수 없는 분노에 장칠의 머리를 후려쳤다.

딱!

"아야! 형님, 왜 때리세요?"

억울함을 호소하는 장칠의 표정에 막휘는 다시금 한숨을

내쉬며 굵은 몽둥이를 내밀었다.

"우리가 탐관오리냐, 말로 돈을 뜯어내게? 그냥 이걸로 뒤통수를 후려쳐서 기절시켜 버려!"

"아!"

막휘의 말에 장칠은 그제야 자신의 잘못을 깨달은 듯 몽둥이를 건네받았다.

"형님, 그런데 이놈이 반항하면 어쩌죠?"

장칠의 말에 막휘는 코웃음을 쳤다.

"저렇게 취한 놈이 어떻게 반항을 해? 절대 그럴 일은 없겠지만 혹여 반항을 하면 내가 직접 족칠 테니 걱정 말고 빨리 기절시키기나 해."

그의 말에 장칠은 머리를 긁적이며 취객에게 다가갔다. 취객은 막휘의 말대로 반쯤 정신이 나간 듯 담벼락만 노려보고 있었다.

'오줌 마려운가?'

그의 행동이 궁금하여 지켜보고 싶었으나 뒤에서 노려보는 막휘의 시선이 너무 따가웠다.

"에라, 모르겠다! 그냥 뒈져라!"

소리를 지르며 취객의 뒤통수를 후려치려는 순간,

멈춰 있던 취객의 주먹이 뒤로 활짝 젖혀진다.

우직!

취객의 주먹에 닿은 몽둥이가 그대로 부러져 나갔다.

"억!"

장칠이 놀라 소리칠 때 젖혀진 취객의 주먹이 벽을 강타했다.

꽝!

우르르!

무너져 내리는 벽과 함께 장칠의 담력도 같이 무너져 내렸다.

"혀, 형님!"

주춤 물러나며 소리쳐 봤으나 대답은 없다. 황급히 뒤를 돌아보니 벌써 저 멀리 뛰어가고 있는 막휘의 뒷모습이 보였다.

"으악! 같이 가요!"

장칠이 뒤에서 애절하게 불러도 막휘는 뒤 한 번 돌아보지 않고 전력으로 내달렸다.

'제길, 일 때려치우고 서평의 막꿍 형님한테나 가봐야겠어.'

취객들의 주머니를 털며 살아가던 막휘가 겪은 수난이었다.

한차례 소란이 지나간 후 조용해진 거리에 새로운 인영이 나타났다. 가벼운 걸음걸이로 나타난 사람은 무너진 담벼락에 주저앉아 있는 철산을 발견하곤 놀란 표정을 지었다.

'이 사람은……'

별처럼 반짝이는 눈동자에 이채가 떠오른다. 그는 잠시 동안 주변을 살펴보더니 이내 철산을 부축하여 어디론가 사라져 갔다.

*   *   *

"일단 신단을 쓰긴 했는데 정말 괜찮겠느냐?"

늙수그레한 목소리가 혼미한 정신을 깨워왔다. 영롱한 목소리가 뒤를 잇는다.

"어차피 사람을 살리기 위한 약이에요. 목적에 맞게 쓰였으니 제 몫을 다한 것이죠."

어디선가 들었음직한 목소리였다. 철산이 흐릿해진 의식을 차리려 힘쓸 때 다시 말소리가 들려왔다.

"사람도 사람 나름이지, 이자가 그런 약을 쓸 만한 가치가 있단 말이냐?"

못마땅한 기색이 역력한 말투에 영롱한 목소리가 다시 대답했다.

"사람의 목숨에는 귀천이 없다 가르쳐 주신 건 백부님이시잖아요. 저는 가르침을 따르는 것뿐이에요. 게다가 저 사람은……."

말이 이어질 때 철산은 무거운 눈꺼풀을 들어올릴 수 있었다. 처음 눈을 뜨자 밝은 빛이 일시에 쏟아진다.

빛에 적응하여 사물을 볼 수 있게 되었을 때 그가 처음으로 마주친 것은 반짝이는 눈동자였다.

'저 여인은……'

철산의 마음에 잔잔한 물결이 쳐왔다. 그와 시선이 마주친 상대의 눈에서도 밝은 이채가 스쳐 지나갔다.

말이 끊기고 기묘한 정적이 흐르자 처음 들려왔던 목소리의 주인이 의아한 듯 말을 꺼낸다.

"왜 말을 하다 마는 게냐? 저 사람이 뭐 어쨌다고?"

그의 물음에 여인은 가볍게 웃으며 대답했다.

"아예 모르는 사람은 아니라고요. 그것보다 사흘은 지나야 깨어날 거라던 백부님의 예상이 틀린 것 같네요."

"으잉?"

그녀의 말에 철산에게 등을 돌리고 있던 노인이 고개를 돌린다. 철산이 정신을 차린 것을 발견하자 노인의 얼굴에 놀란 표정이 떠올랐다.

"허, 대단한 강골이구먼."

짧은 한마디를 내뱉은 노인은 여인을 힐끗 쳐다보더니 밖으로 나갔다.

"네 부탁이라 들어주긴 했다만, 나중에 네 아비한테 싫은 소리 듣는 건 아닐지 모르겠구나."

노인이 나가고 나자 방 안에 다시 정적이 흘렀다.

잠시 어색함이 흐른다. 견디기 힘든 고요함을 깬 것은 여인의 목소리였다.

"절 기억하고 계신가요?"

그녀의 물음에 철산은 고개를 끄덕였다.

"오랜만이오."

단지 스쳐 가듯 만난 사이임에도 아직 자신을 기억하고 있다는 사실이 기뻤던 것일까?

여인의 얼굴에 안도의 빛이 지나쳐 갔다.

"당신은 볼 때마다 좋지 않은 상황에 처해 있군요."

그녀의 말에 철산은 쓴웃음을 지었다.

"어쩌다 보니 그렇게 되었소."

"그렇지만 이번엔 위험했어요."

별거 아니라는 듯 말했으나 철산은 의식을 잃기 전 자신의 몸 상태를 알고 있었다. 내장이 토막난 듯한 고통과 끊이지 않는 토혈. 숨조차 제대로 쉬지 못했다.

그대로 숨이 끊어져도 조금도 이상하지 않았을 것이다.

그러나 지금 그의 몸은 가뿐하기만 하다. 몸 곳곳에서 고통이 전해져 오긴 했으나 그런 것은 외상에 불과할 뿐.

가장 심각하던 내상은 씻은 듯이 사라져 있었다.

여간한 약으로는 힘들었을 것이다. 아까의 대화를 떠올려 보면 구하기 힘든 약을 쓴 것이 틀림없었다.

철산의 생각을 읽은 듯 여인은 웃으며 고개를 저었다.

"그리 귀한 약은 아니에요. 쓰일 곳이 없어 몇 년간 품속에 지니고 있었기에 기회가 되면 아끼지 않고 쓰려고 생각 중이었죠."

그러나 내상을 치료하는 데 큰 효력을 지닌 약이 귀하지 않을 리 없다. 철산의 표정에 여인은 말을 덧붙였다.

"게다가 백부님의 의술이 워낙 뛰어나셔서 약은 큰 기여를 하지 못했어요."

부담을 덜어주려는 그녀의 의도를 이해하지 못할 만큼 철산이 어리석진 않다.

"고맙소."

짧은 한마디에 여인은 방긋 웃어주었다. 그녀의 웃음에 방 안에 꽃 내음이 풍기는 듯했다. 철산이 그 향기에 취하려 할 때 여인이 말을 걸어왔다.

"아직도 위험한 행동을 하나요?"

여인의 말은 잠시 풀어져 있던 철산의 마음을 굳어지게 만들었다.

"나는 일부러 위험한 행동을 하진 않소."

"기분이 나빴다면 미안해요. 하지만 당신의 부상은……."

애써 삼키는 그녀의 뒷말은 굳이 듣지 않아도 알 수 있었다.

'주제넘게 나섰다가 무림인에게 당한 것이 아닌가요?'

아마도 오 년 전의 일을 생각한 것이리라.

철산은 그녀의 말을 부정하지 않았다. 어찌 보면 그녀의 말이 틀린 것은 아니다.

금룡표국은 그에게 좋지 않은 기억을 남겨준 곳. 표사들이 죽든 말든 그냥 갈 길을 갔으면 이렇게 큰 내상을 입지는 않았을 것이다.

어쩌면 오히려 그것이 옳은 일일 수도 있었다. 조금이라도 빨리 우삼광을 찾아갈 수 있을 테니 말이다.

그러나 철산은 그럴 수가 없었다. 눈앞에서 도륙당하고 죽어나가는 사람들을 두고 그냥 발길을 돌린다면, 그는 이미 장철산이 아니다. 그런 것을 그냥 지나친다면 우삼광을 찾게 될지라도 그를 똑바로 쳐다볼 수 없을 것이다.

그가 스스로 당당해질 수 있는 길. 그것은 바로 마음이 시키는 일을 하는 것이다. 그리고 그 결과로 이런 부상을 입게 되었다.

"나는 내 행동을 후회하지 않소."

철산의 말에 여인은 한숨을 내쉬었다.

"힘이 없으면 정의로운 행동도 단지 무모함에 지나지 않죠."

돌려 말했으나 결국 능력에 맞게 행동하라는 말이다. 그러나 그럴 수 있었다면 이미 오 년 전에 그렇게 했을 것이다. 그럴 수 없었기에 산속에서 오 년 동안 고행을 했다.

그리고 금룡표국에서는 무림인들에게 자신의 뜻을 관철시키기도 했다. 바로 그들이 원하는 힘이라는 것으로.

그녀에게 그런 사정을 말해주고 싶었다. 지난 오 년이라는 시간 동안 당신네들이 그토록 말하던 힘이라는 것을 얻기 위해 지옥 같은 시간을 보냈노라고. 그래서 소위 고수라는 자들을 당당히 꺾었다 자랑하고 싶었다.

하지만 철산은 아무 말도 하지 않았다. 자신을 걱정해 주는 그녀의 기분을 상하게 하고 싶지 않아서였다.

철산이 입을 다물자 여인은 자신의 말이 통했다 여겼는지 다시 말을 이었다.

"더 이상 무림인들과 얽혀 위험한 일을 당하지 말고 고향으로 돌아가세요."

"내게는 꼭 해야 할 일이 있소."

고집스러운 말에 여인의 고운 아미가 찌푸려진다.

"백부님의 말씀으로는 당신의 내장이 많이 손상되었다고 하더군요. 뿐만 아니라 몸도 축난 곳이 많아 제대로 치료를 받지 못하면 이십 년을 채 버티지 못할 거라 했어요. 또다시 무리를 하게 되면……."

철산의 목소리가 그녀의 말을 끊었다.

"세상에는 오 년을 채워도 모자라는 일이 있는 반면, 단 하루도 못 기다리는 일도 있는 것 아니겠소? 내겐 이십 년 후의 일보다 지금 당장의 일만이 보일 뿐이라오."

확고한 철산의 말에 여인은 더 이상 그를 만류하지 못했다. 서로에 대한 서먹함이 다시금 방 안을 감싸려 들자 여인은 한숨을 내쉬며 몸을 돌렸다.

방을 나가려던 그녀의 몸이 잠시 멈춘다. 뒤에서 들려오는 철산의 말 때문이다.

"내 이름은 장철산이오."

잠시 망설이던 여인은 결국 입을 열었다.

"전 오혜령이라 해요."

이름을 밝힌 후 방문을 나가는 그녀의 귀에 철산의 말소리가 들려왔다.

"고맙소, 오 소저."

오혜령과의 세 번째 만남이었다.

오혜령은 그날 바로 떠나갔다.

그녀의 모습이 보이지 않자 철산은 왠지 모를 아쉬움을 느꼈다.

그러나 지금은 감상에 빠져 있기보다는 해야 할 일이 우선이었다. 철산은 다음날 바로 자리를 박차고 일어났다.

아직 통증이 있긴 했으나 움직일 수는 있을 것 같았다.

'대단한 의술이군.'

단지 약 기운만으로 다 죽어가던 그가 이렇게 멀쩡해질 수는 없었다. 오혜령의 말대로 그의 몸을 고치는 데는 백부라는 노인의 역할이 컸다는 것을 느낄 수 있었다.

'오 노인이라 했던가?'

수시로 찾아드는 환자들의 대화 소리를 듣고 오 노인이 낙양에서도 유명한 의원이라는 사실과 가난한 이들을 무료로 치료해 준다는 사실을 알 수 있었다.

철산은 돈주머니를 꺼내어 침대 머리맡에 올려두었다.

돈을 보고 치료해 준 것은 아닐 테지만 그렇게라도 하지 않으면 마음이 편치 않아서였다. 게다가 오 노인의 선행으로 미루어 자신이 가지고 있는 것보다는 훨씬 좋은 일에 쓰일 거라 여겨졌다.

철산이 방문을 나섰을 때 마침 다른 환자의 치료를 마치고 나온 오 노인과 마주치게 되었다. 철산을 본 오 노인은 눈살을 찌푸렸다.

"찬바람을 쐬면 안 좋다 하지 않았나? 괜히 상처가 악화되게 하지 말고 들어가 있게."

그의 꾸짖음에 철산은 공손히 읍을 하며 말했다.

"신세를 많이 졌습니다. 덕분에 몸이 많이 나아져서 이만 길을 떠나려 합니다."

그 말에 오 노인이 어이없다는 표정을 지었다.

"질녀가 자네 몸 상태에 대해 말하지 않던가? 여기서 몇 달 동안 치료를 해도 명줄을 원래대로 돌릴 수 있을까 말까 하는 판국에, 뭐? 길을 떠나겠다고? 이대로 가면 자네 명줄은 이십 년도 못 가."

"오 소저에게 들었습니다. 그러나 제게는 지금 반드시 해야만 하는 일이 있습니다."

철산의 말에 오 노인은 눈살을 찌푸렸다. 수십 년간 의술을
행하며 이렇게 고집을 부리는 환자를 수없이 겪어보았다. 처
음 의술을 배워 사람을 살려야 한다는 욕심이 앞섰을 때는 소
리도 질러보고 강압적으로 치료해 보기도 했다.

그러나 결국 남는 것은 제때 치료하지 못해 죽어가는 환자
의 원망 섞인 눈빛뿐. 그런 일이 한 번 두 번 반복되어 이제는
고집을 부리는 환자는 애써 만류하지도 않았다.

다만 오혜령이 아는 사람이라기에 한 번 더 신경을 써줬을
뿐이다.

"잠시만 기다리게."

잠시 철산을 물끄러미 쳐다보던 오 노인은 나왔던 곳으로
들어가더니 이내 손에 무엇인가 들고 나왔다.

"질녀가 준 천보신단을 넣어서 만든 약일세. 이틀에 한 개
씩 복용하면 최소한 내상이 도지는 것은 막아줄 수 있을 거
야."

그가 내미는 것은 작은 환단이 수십 개가 든 자기 병이었
다. 철산은 그것을 받아 넣으며 다시 한 번 고개를 숙였다.

"고맙습니다."

진심이 담긴 인사에 오 노인은 그저 안타깝다는 듯 혀를 찰
뿐이다.

철산은 몸을 돌려 의가를 벗어났다.

'부상 때문에 발길이 너무 지체되었다.'

그가 누워 있는 동안에도 우삼광의 안위는 장담할 수가 없었다. 오 년이라는 시간이 흘렀으니 고작 며칠쯤이야 어떠랴 여길 수도 있었으나 철산으로서는 우삼광이 겪을 고초를 생각하니 단 하루라도 견딜 수 없었다.

'종남파라…….'

금자룡이 있다는 곳이다. 그리고 그에게 가장 큰 벽을 만들어준 노인, 하순원이 있는 곳이기도 했다.

그곳에 가면 우삼광에 대한 정보를 들을 수 있을 것이다.

그리고,

'또 하나의 빚을 갚을 수도 있겠지.'

종남산을 향하는 철산의 걸음이 빨라졌다.

제10장

종남파

종남파

종남산의 산맥은 하남성에까지 뻗어 있어 거리상으로는 얼마 되지 않았다. 그러나 철산이 가려는 곳은 단순히 산이 아니라 종남일문이 자리한 곳이었다.

산로는 길이 닦여 있지 않기에 결국 종남파에 가기 위해선 관도로 섬서성까지 가야 했다. 섬서성은 낙양에서 도보로 육 칠 일 정도 가야 되는 거리.

철산은 길을 걸으며 줄곧 생각에 잠겼다.

'변화……'

그의 머릿속을 어지럽히고 있는 것은 금룡표국에서 펼쳤던 벽파였다.

산속에서 수도 없이 연습했던 것과 같으면서도 어딘가 다른 움직임.

위급한 순간 금도학의 외침을 듣고 벼락같이 떠올랐던 움직임이다.

변화.

그것은 다름 아닌 벽파의 연속 시전이었다. 지금껏 벽파를 상대의 사각으로 파고들기 위한 수단으로만 생각하고 있던 철산으로서는 생각지도 못한 방법이다.

우연한 깨달음. 그것은 철산의 싸움 방식에 큰 변화를 가져다줄 수 있는 것이었다.

이전의 벽파는 다분히 상대의 의표를 찌르는 기습적인 측면이 많았던 것이 사실. 한 번에 성공하지 못한다면 그 이후를 생각하기 힘들었다.

그러나 금룡표국에서 펼쳤던 연환벽파는 그에게 두 번, 세 번의 공격 기회를 가져다줄 수 있었다. 또한 상대의 공격을 흘려보내는 데도 유용했다.

머릿속에 남아 있는 움직임을 정리하던 철산은 그때의 움직임을 펼쳐 보았다.

슉!

바람 소리와 함께 철산의 몸이 앞으로 쏘아졌다. 우측을 향하던 동작이 뚝 끊기며 이번에는 반대쪽으로 전진했다. 몇 번 반복해 보던 철산은 고개를 저었다. 위급한 상황에서 본능적으로 펼쳤을 때와 달리 어색한 감이 느껴졌기 때문이다.

'몸에 익혀야 한다.'

한 동작 한 동작은 완벽했다. 그러나 그것을 계속하여 펼치려 하자 매끄럽지가 못했다. 금룡표국에서는 워낙 갑작스럽게 변화가 나타났기에 혁련광에게 통하였던 것이다. 하지만 다음에도 그런 행운을 기대할 수는 없었다.

최소한 머릿속에 그려지는 움직임만큼은 행할 수 있어야 했다. 그러기 위해서는 연습뿐이었다.

그때부터 철산은 걸음을 옮길 때마다 벽파를 펼쳤다. 한 발 한 발 내디딜 때마다 그의 상체가 이리저리 흔들렸다.

한 번도 쉬지 않고 날이 저물 때까지 벽파를 펼치며 나아가자 철산의 몸이 온통 땀으로 흠뻑 젖었다. 걸음걸이마다 신경을 쓰려다 보니 하루 꼬박 오십 리를 채 못 걸었다.

간혹 지나치는 행인들은 몸을 이리저리 비틀며 걸어가는 철산을 기괴하다는 듯 쳐다보기도 했다. 아마도 머리가 이상한 사람이라 여겼을 것이다.

그러나 철산은 개의치 않았다. 사람들의 시선은 그에게 아무것도 아니다. 그보단 우삼광에 대한 걱정이 더욱 마음을 조급하게 만들었다. 그러나 우삼광의 행방에 대해 들어야 할 곳은 종남파. 그는 아직도 하순원의 걸음을 따라잡을 수 있다고 자신할 수가 없었다. 그렇기에 연환벽파가 필요했다.

연환벽파로 걸음을 옮기던 첫날, 무쇠를 방불케 할 만큼 몸

을 단련했던 철산도 온몸의 근육이 찢어져 나갈 듯한 고통을
겪어야 했다.

다음날도 철산은 그만두지 않았다. 끼니로 건량을 씹어 먹
으면서도 오로지 연환벽파의 완성만을 생각했다. 잠을 자는
시간 외에는 오로지 수련뿐이었다.

길을 떠난 지 사흘째 되던 날 철산의 동작은 부드러워지고
속도는 더욱 빨라졌다.

휘잉―

땅을 스치듯 지나가는 철산의 몸놀림에 흙이 말려 올라갔다.
첫 번째 걸음과 두 번째 걸음을 구분하기 힘들 정도로 빠르
게 나아갔고, 좌우로 흔들리는 상체는 잔상만을 남겼다. 앞으
로 나아가는 걸음걸이 역시 전날과 비할 바가 아니었다. 뜀박
질하는 속도와 거의 차이가 없을 정도였다.

수련을 하며 길을 떠나온 지 오 일째 되던 날 철산은 마침
내 종남산에 도착할 수 있었다. 예상했던 것보다 훨씬 빠른
행로였다. 빠르게 전진하는 벽파를 쉬지 않고 펼친 결과였다.

종남산에 접어들어 산을 오르는 길을 미끄러지듯 나아가
던 철산의 시야에 한 무더기의 사람들이 보였다. 그들은 대부
분 유생 차림을 하고 있었는데, 산천 구경이라도 하는 듯 느
긋하게 걸어가고 있었다.

'학자들인가?'

원래 종남산은 도문으로 유명한 곳이었기에 도가에 관심

이 있는 유학자들이 종종 찾아와 견문을 넓히곤 했다.

특히 한때 세상을 떠들썩하게 했던 전진교가 자리잡고 있을 때는 매일 학자들이 끊이질 않았었다. 지금은 전진교가 사라졌지만 그 계통을 일부 전해받은 종남일문이 있었기에 옛 학문에 관심이 많은 사람들이 한 번씩 들르곤 했다.

그런 사정을 알지 못하는 철산으로서는 무림인들이 모여 있다는 종남파로 오르는 길에 유생들이 있다는 것이 이상하게 여겨졌다.

그런 생각은 상대방 역시 마찬가지였던 모양이다. 철산을 발견한 유생들의 얼굴에도 기이한 표정이 떠올랐다.

'웬 촌놈이 이런 곳에……'

말은 하지 않았으나 하나같이 그런 얼굴들이다.

그들의 생각은 철산이 특유의 동작을 펼치자 더 이상 숨겨지지 못했다.

쉬쉭.

좌우로 몸을 비틀며 걸어가는 철산의 모습에 한 명이 어이없다는 듯 입을 열었다.

"허허, 살다 보니 별 해괴한 자를 다 보겠구려. 몸에 벼룩이라도 키우는가 보오, 저리 몸을 비꼬는 것을 보면."

한 명이 말문을 트자 다른 자들도 참지 않고 속내를 드러냈다.

"세상이 미쳐 돌아가다 보니 따라서 미치는 자들이 많은가 봅니다."

"혹시 무림인이 아니겠소? 그들은 몸을 단련하기 위해 무공이라는 것을 익힌다고 하던데……."

"저런 게 무공일 리가 없지 않소?"

"허헛, 내가 아는 사람 중에도 무인이 있는데, 그가 무공 수련을 할 때는 바람 소리가 나고 눈이 어지러울 정도로 화려하게 움직이더이다. 그런데 나는 그가 저러는 건 한 번도 본 적이 없소."

아는 무인 이야기까지 증언되자 더 이상 철산을 정상인이라 여기는 사람은 없었다.

상대의 흠은 곧 자신의 우월함으로 느껴지는 법.

처음엔 철산이 들을까 조심스럽게 소곤거리던 그들의 음성이 점점 커져 나중에는 귀를 기울이지 않아도 절로 들려올 정도가 되었다.

'제 까짓 게 들으면 어쩌겠어?'

상대를 깔보는 마음이 은연중 그들의 얼굴에 드러났다.

그러나 철산은 그들을 신경 쓰지 않았다. 지금은 스스로 필요해서 하는 행동일 뿐, 다른 사람의 눈치를 살피며 살아가기엔 철산의 가슴속에 품은 불덩이가 너무 뜨거웠다.

다시 걸음에 전념하자 철산은 순식간에 그들을 앞질러 갔다. 여유있는 철산의 움직임에 처음엔 별로 의식하지 않던 유생들의 걸음이 점차 빨라진다.

같은 길을 걸어가다 뒤처지게 되자 왠지 모르게 자존심이 상했기 때문이다. 조금 전까지 하찮게 여기던 자가 아닌가? 발아래로 보던 자에게 무엇인가 뒤진다는 것은 그리 기분 좋은 일이 아니다.

누가 먼저랄 것도 없이 걸음을 재촉하던 유생들은 종내에는 뜀박질까지 하게 되었다.

우르르.

먼지를 날리며 앞서거니 뒤서거니 하며 철산의 뒤를 쫓으려 했으나 서가에 틀어박혀 책만 펼치던 자들의 다리로는 그 거리를 좁힐 수가 없었다.

본의 아니게 유생들의 오기를 자극시킨 철산은 한참 뒤 하나의 비석 앞에서 걸음을 멈추었다. 비석은 석 자 높이에 거무튀튀한 빛갈이 감돌았고, 반반한 표면에는 일필휘지로 종남지문이라 새겨져 있었다.

범상치 않아 보이는 비석 너머에는 커다란 건물 십여 채가 있었고, 그 사이로 많은 사람들이 오가는 것이 보였다. 그중 약관 정도의 나이로 보이는 청년이 그를 발견하고 다가왔다.

"누구를 찾아오셨습니까?"

공손히 물어오는 말에 철산은 잠시 망설였다. 찾고 싶은 것은 당연히 우삼광이었으나 다짜고짜 우 노대를 내놓으라 할 수는 없었다. 이곳에 온 것은 금자룡에게 우삼광의 행방을 물어보기 위해서였다.

"금자룡을 찾아왔소."

철산의 대답에 청년은 살짝 눈살을 찌푸렸다. 대답 속의 인물을 몰라서가 아니었다. 남의 이름을 함부로 부르는 철산의 말투에서 적대감을 느꼈기 때문이다.

"금 사숙을 무슨 일로 찾으시는 겁니까?"

"물어볼 것이 있소. 또한 가능하면 빚도 갚고."

청년은 잠시 철산을 위아래로 훑어보았다. 아무리 보아도 좋은 일로 찾아온 것 같진 않아 보였다. 어지간하면 그냥 돌려보내고 싶었으나 그에게 그런 권한까지는 없다. 혹여 금자룡에게 중요한 손님일 수도 있었다.

'설마 이곳에서 행패를 부릴까?'

세인들에게야 종남일문이 전진의 계통을 전해받아 도가의 학문을 공부하는 이들이 모인 곳이라 알고 있었지만, 어지간히 칼 좀 들었다 싶은 사람이라면 이곳이 무림에서도 이름 높은 종남파임을 모를 리 없었다.

"이곳에서 잠깐 기다리십시오."

사문에 대한 자신감 때문인지 청년은 철산을 세워둔 채로 어디론가 사라져 갔다.

혼자 남겨진 철산이 주변을 살펴보고 있을 때였다.

"헉헉!"

숨을 몰아쉬며 유생들이 나타났다. 그들은 이곳까지 뛰어왔는지 숨이 턱에까지 차올라 가슴을 크게 들썩이고 있었다.

"헥헥! 귀신이 곡할 노릇이로다!"

"저자는 축지법이라도 쓰는 건가?"

그들은 너도나도 한마디씩 하며 땅바닥에 털썩털썩 주저앉았다. 단정하던 옷차림은 엉망이 되었고, 항상 예의와 체면을 소리치던 입으로는 가쁜 숨을 몰아쉬기에 바빴다.

'우 노대는 학문을 닦으면 항상 여유가 넘친다고 하던데, 꼭 그런 건만은 아닌가 보군.'

철산은 우삼광이 책을 읽으라며 소리치던 모습을 떠올렸다.

"사람은 배워야지 제 구실을 할 수가 있는 게야. 날 봐라. 지식이 넘치니까 눈에서 광채가 나잖아?"

"헉! 눈이 아니라 머리에서 광채가 나는데요?"

그 말에 대한 답변은 주먹으로 날아왔다.

행복한 추억은 언제나 달콤했다. 철산은 우삼광과 어울렸던 때를 떠올리자 절로 웃음이 지어졌다.

철산이 자신들을 보며 웃자 그 유생들은 급히 옷매무새를 다듬으며 몸을 일으켰다. 철산이 자신들을 비웃고 있다 여긴 것이다.

"흥, 예의도 모르는 무식한 자로군."

"감히 우리를 비웃다니, 누가 저자에게 예의를 가르쳐 주시오."

"내가 하겠소. 저놈이 우리가 책만 읽는 서생들이라 깔보는 모양인데 우리 가문의 비전절기로 혼쭐을 내주겠소."

"오오, 알고 봤더니 조 공자가 무공의 고수였구려."

유생들의 등장으로 주변이 시끌벅적해질 무렵.

철산에게 말을 걸었던 청년이 돌아왔다. 그의 옆에는 거만한 표정으로 거드름을 피우며 걸어오는 자가 있었다.

"사숙님, 저분입니다."

청년의 말에 거만한 자가 철산을 내려다보며 입을 열었다.

"아버님께서 보냈느냐? 내 안 그래도 저번에 보내준 은자를 모두 써서 궁핍하던 참이었는데 잘……."

말을 하며 손을 내미는 자의 얼굴을 보는 순간 철산은 뜨겁게 끓어오르는 가슴을 더 이상 참을 수가 없었다. 오 년 전 금룡표국에서의 기억이 뇌전처럼 온몸을 훑고 지나갔다.

"금자룡!"

철산의 입에서 벼락같은 노성이 터져 나왔다. 그 소리가 울려 퍼지기도 전에 철산의 주먹이 금자룡의 얼굴에 꽂혔다.

퍽!

『철산전기』 2권에 계속

화제의 베스트셀러 「삼성처럼 경영하라」의
저자가 제시한 제대로 사는 삶을 위한 성공 법칙 !

Coordinated People Who Live Satisfactorily

이채윤 지음 | 값 8,900원

제대로 사는
통합형 인간

나는 여러분에게 지금보다 많은 것, 좋은 것을 찾는데 경주하기보다는 자신의 능력을 향상시키는데 주력함으로써 성취감을 느끼고 '제대로 살고 있다는 기쁨'을 느끼는 것이 중요하다고 강조할 것이다.
그렇게 함으로써 나는 여러분이 이 책을 읽고 자신의 능력을 하룻밤 사이에 두 배 이상으로 늘릴 수 있고 제대로 인생을 즐기며 살아갈 수 있는 방법을 제시하고자 한다!

제대로 사는 삶을 위한 5단계 성공 법칙!

- step 1: 자신의 재능이 선택한 삶을 산다
- step 2: 자신의 일 외에 다른 것에 집착하지 않는다
- step 3: 세상에 대해서 자신의 목소리로 말한다
- step 4: 심신을 조화롭게 유지하며 산다
- step 5: 뜻을 같이하는 멋진 동료들과 어울려 산다

입소문을 통해 아는 분은 다 알고 계십니다!
올 한해 공인중개사 최고의 화제작!

1-2권 합본 | 이용훈 지음
3-4권 합본 | 이용훈 지음
5-6권 합본 | 이용훈 지음
용어해설 | 이용훈 지음

수험생 기본 필독서
만화 공인중개사

제목 : 만화공인중개사 쓰신 분에게 감사드립니다.

학원을 두달 다녔어요. 근데 과연 그 숫자 외우기 그런게 몇 문제나 나올까 생각을 했어요.
아니라는 생각이 드네요. 학원강의를 뒤로 하고 서점을 갔어요. 내 머리에 가장 이해될 수 있는
책이 없나 하구요. 거기서 만화를 발견했어요. 무조건 세번 봤어요. 3개월 걸렸어요. 문제집을
보라고 했는데 그건 시행을 못했어요. 근데 합격을 했네요.

어떻게 감사의 말을 해야 될지…

도서관에서 만화책 들고 다니니까 사람들이 비웃더라구요. 만화책으로 공인중개사를 공부한
다고 미친사람처럼 보더라구요. 근데 그거 다 감수하고 했던 내가 자랑스럽습니다.

어떻게 감사의 말을 해야 할지 정말 감사합니다.

부디 행복하세요. 제 나이 41살에 좋은 스승을 만난 거 같습니다.

엎드려 감사드립니다.

-본사 홈페이지에 독자분이 올린 메일 中에서 발췌-

다세포 소녀

'다세포 소녀'는 인터넷에서 300만 명의 '다세포 폐인'을 양산한 인기만화다.
'무쓸모 고등학교'를 배경으로, '뿌사시한' 순정만화 주인공 같은 외모의 남녀 고교생들이 펼치는 엽기적이고 황당한 내용과 성(性)에 관한 발칙한 상상력을 보여주면서 네티즌들로부터 폭발적인 반응을 얻고 있다.
"제 또래들과 함께 나누고 싶은 성, 사회 문제 등을 짚어보고 싶었다"는 작가의 변에서 볼 수 있듯 만화 속 이야기의 절반가량은 주변에서 전해 들은 '실화'를 참고했다. 작품에서 보여지는 비꼬는 패러디와 냉소적인 유머에서 삶에 대한 진지한 성찰이 엿보이는 것은 그 때문이 아닐까!

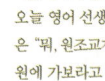

외눈박이의 일기

오늘 영어 선생님이 성병으로 결근하셔서 담임 선생님이 대신 수업을 하셨다. 담임 선생님은 "뭐, 원조교제 하다 보면 그럴 수도 있으니 이해하라"고 말씀하시더니 여자 반장한테도 병원에 가보라고 하셨다. 반장은 눈물을 글썽이며 외쳤다. "너무해요! 선생님! 전 원조교제 같은 건 안 했어요!" 그러나 매독이라는 담임 선생님의 말을 듣곤 벌떡 일어나 후다닥 짐을 챙겼다. 그러더니 남자 부반장 면상에 욕과 함께 주먹을 날렸다. 부반장은 "습진인 줄 알았다"고 변명했다. 그걸 본 다른 아이들도 병원에 간다며 서둘러 교실 밖으로 나갔다. 결국 교실엔…"제…제길! 나만 남았다. 그래, 나만 숫총각이다. 제기랄!" 담임 선생님은 자책하지 말라며 "세상은 용모로 살아가는 게 아니잖아" 라며 화를 돋우셨다. "뭐라구요? 지금 놀리시는 겁니까? 선생님! 그래! 나 외눈박이다! 그래서 한번도 못해봤다! 크아악!!"